U0030811

SEBASTIAN 費策克

FITZEK

獵眼者

Der Augenjäger

費策克 *Sebastian Fitzek*——著

林宏濤——譯

獻給我父親弗萊穆特。

我們會在下週日十點見面。一如往常。

警告啟事

事先警告？那又如何？費策克從來沒幹過這種事嗎？

沒錯。別擔心。我知道有些讀者對開場白已經很反感了，我就不想再用長篇大論的前言惹毛你們了。

但是寫個幾行字還是有必要的，「警告」一詞並不是為了引起你們好奇才放在標題上的，而是我覺得你們在閱讀之前，必須先明白一個重要的背景：《獵眼者》是一系列作品中的第二部（我自己也不清楚這個系列會有多長）。

這並不意味著你們得先讀過《集眼者》才能明白事情的來龍去脈。這部驚悚小說是個獨立的故事，不必有什麼背景知識。

但想當然耳，續集總是和第一集關係密切。這一點也不會顯得突兀，因為《集眼者》的遭遇已經把故事的主角雅莉娜和佐巴赫搞得筋疲力竭，也嚴重影響了他們的生活，就算沒有……唉呀，我不要再透露什麼了。我只想說：當你們開始讀《獵眼者》時，《集眼者》就不會那麼緊張刺激了。可惜這是難免的事。

因此，請恕我做此「預告」，但這絕對不是為了替我的新書打廣告。但是不想知道第一部在寫些什麼的人，我再說一次：這樣也行。這本書自成一格，有自己獨立的故事。我只是不想事後收到這樣主旨的信：「為什麼你沒有先警告我呢？」我已經及時做到了。現在還不算太晚。你們可以就此闔上這本驚悚小說，把它放回書架上或是寄回去。

然後你們當然會錯過接下來的幾頁將要發生的事。而你們真的想錯過嗎？

順頌　時綏

瑟巴斯提昂·費策克

二〇一一年四月於柏林

集眼者的驚人轉折：孩子獲救。凶手承認犯行。但是繼續犯案。

幾個月前，他一直在玩致命的捉迷藏，現在「集眼者」的身分真相大白：法蘭克．拉曼，二十三歲，柏林一家大報的實習生，承認一共犯下四位女性和三個孩童的凶殘謀殺案。

拉曼的犯案過程既令人作嘔又天衣無縫：他先是殺死母親，然後綁架孩子，對父親下了四十五小時又七分鐘的最後通牒，讓他找出孩子的藏匿處。期限一到，受害者就會在被禁錮的地下室裡窒息而死。集眼者之所以有如此駭人的名字，是因為每個被發現的孩子屍體，他們的左眼都不見了。

犯罪心理學者認為，集眼者的病態行為應該是童年經驗所導致的。初步調查顯示，拉曼的成長環境相當惡劣。母親拋棄家庭，父親覺得他的孩子們是個累贅，尤其是拉曼的弟弟，他的左眼因為得了癌症而失明。

有一天，兩兄弟躲到一座廢棄的冷凍櫃裡，他們相信父親一定憂心如焚，很快就會來找他們。可是他們心中盼望的「愛的考驗」落空了。他們的父親一無所知，跑去酒館喝了一整晚，兩兄弟沒辦法憑著自己的力氣從冷凍櫃脫身。湊巧有個林務員發現了他們，可是為時已晚。在受困了四十五小時又七分鐘之後，法蘭克．拉曼的弟弟已經死了。

心理學家認為這個精神創傷就是他後來的犯案動機。拉曼寫了一封信給報社主編坦承犯行：「當然，我承認，我（編者按：還有我的犯行）總是很病態地根據我和我弟弟當時受困的環境來設定遊戲條件。一個對我們而言已經死去的母親，因此我一開始就必須把她驅逐出場。一個不關心孩子的父親。一個藏匿處，裡頭的空氣只能維持四十五小時又七分鐘，以及一具屍體，和我弟弟一樣缺了左眼。」

只不過，由於警政記者亞歷山大．佐巴赫的介入，在最後一秒鐘阻止了集眼者第四回合的遊戲。多虧佐巴赫鍥而不捨的調查，警方終於發現凶手藏匿雙胞胎兄妹的地點。但是這位記者必須為他們的救援行動付出慘重的代價。當他從電梯井裡救出兩兄妹時，法蘭克．拉曼已經找到新的受害者：佐巴赫的兒子尤利安。拉曼殺死了尤利安的母親妮琪，然後綁架了尤利安。

從此以後，拉曼就銷聲匿跡。亞歷山大．佐巴赫如果還想看見他的兒子活著回來，就必須和再一次的最後通牒作戰，而時間正在一分一秒地流逝……

若有別害，就要以命償命，以眼還眼，以牙還牙，以手還手，以腳還腳，以烙還烙，以傷還傷，以打還打。

——《舊約．出埃及記》21:23-25

你們聽見有話說：「以眼還眼，以牙還牙。」只是我告訴你們，不要與惡人作對；有人打你的右臉，連左臉也轉過來由他打。

——《新約．馬太福音》5:38-39

約翰娜・史卓姆

1

是日溫暖多雲，氣溫十三度，九月颯爽的微風習習。約翰娜・史卓姆很喜歡這樣的天氣。正是尋死的大好時節。

她坐在花園的長椅上，身旁的男人似乎察覺到她不為人知的想法，即使他們今天還沒有說上一句話。他本來就不是多話的人。在位於漢堡的醫院四周圍著高牆的花園裡，每天一次，午餐後兩個鐘頭，她可以「伸展一下筋骨」，誠如護士長所說的。在這條坑坑洼洼的小路上散步時得非常小心，它蜿蜒穿過精神療養院的老樹林。昨天那個老維什尼夫斯基才被覆滿秋天落葉的樹根絆倒，撞傷了臀部。「我倒寧願他撞破頭，」她聽到這位失智症病患的看護嘲笑他說：「下次他也這麼不小心就好了。」

就像聖法倫霍普療養院（Sankt Pfarrenhopp）（當地人都取其諧音叫它作「頭上中箭療養院」）（Pfeil im Kopp）裡的每個病人一樣，她也覺得這裡不是自己該待的地方。倒不是因為她自以為沒病，**天曉得，她根本就有病**，而是因為她對於治療這種事嗤之以鼻。如果面對的只是先後奪走她的尊嚴和健康的酗酒問題，說不定哪一天她甚至可以振作起來，和群魔交戰，用加油站商店利樂包裝的劣酒把牠們淹死。如果她有專業協助的話，當她的丈夫又想要將她綁起來「調教」的時候，或許她甚至可以反擊。在他們的關係剛開始時，她還把它當成一種遊戲，如果那可以讓伴侶開心，或許是尚可接受的事。

她在床上被罵成「三個洞的母馬」、蕩婦、思春的臭婊子，儘管一開始她必須承認很難為情，但是當他對她越來越粗暴時，她卻沒辦法否認自己的確有種莫名的興奮感。打屁股、掐脖子，感覺還不錯。她看到這些動作讓他很興奮，自己也跟著想入非非；她也知道，如果她拒絕在他射精前跪在他面前，他會大發雷霆，而她就有罪受了。他就是想要滿足從色情片學來的幻想。反正這也沒什麼大不了的。

在她意識深處的儲藏室一隅，她隱約明白一切都已經太遲了。她錯過了生命道路上的最後一個岔口，一個可以挽救這一切的岔口，在她完全失控之前。她任憑他百般作賤她，而沒有任何抗議。如果在結婚這麼多年之後，突然對克里斯提昂承認說，她其實不喜歡他的某些嗜好，那會使他發現她是個騙子，因而覺得很受傷（這是想當然耳的事，她心想）。於是她始終沉默以對，欺騙自己說一切都在掌握之中。

在八月一個悶熱的夏日，這個希望終於破滅。在假日大採購之後，她滿頭大汗地回家。女兒妮可拉跟著班上同學到波羅的海旅行了，她原本打算在這個寧靜的週五夜晚享受她的披薩和影片（米基．洛克主演的《天使心》，她丈夫還不知道有這張光碟，是她在大賣場平台花三歐元買的），可是回家一看到客廳裡的不速之客，她頓時大失所望。克里斯提昂和法律事務所的兩個同事大剌剌躺在沙發上。他們顯然已經喝掉幾瓶酒。約翰娜沒打算要親他當作見面禮，克里斯提昂老早就不喜歡來這套了。她每次回家時，他總是隨便拍一下她的屁股，後來則是輕輕捏一下她的乳頭。可是今天他做得太過火了。

她再也不記得那天晚上發生的所有事，其中許多事都安然無恙地鎖在她的下意識裡，然而光是留在記憶裡的，就足以讓她至今仍然時常從夢中驚叫醒來。

克里斯提昂站起來，毫無預警地摑了她一巴掌。

「妳讓我們等太久了，妳這頭死母豬，」他裝出責備的語氣，然後轉向他的朋友說：「你們說我們該怎麼處罰我的這個蕩婦？」

約翰娜勉強扮了個鬼臉，以微笑若無其事地表示她的丈夫突如其來的暴力只是個無傷大雅的玩笑。他的律師朋友（他們兩個都西裝筆挺，繫著領帶，胸前口袋塞著方巾；兩個人都戴著婚戒）曖昧地笑了笑。這會兒她才注意到螢幕上正以靜音模式播放著愛情動作片。一個一絲不掛的女性頭上套著皮罩。

「你們想要來點什麼嗎？」約翰娜顫聲問道，直到今天，她仍然不確定這個舉動到底是不是個錯誤。克里斯提昂是不是認為她同意在他的朋友面前表演角色扮演的遊戲。

演出。克里斯提昂把它當成家暴的同義詞。他總是在床上對她輕聲談到他的暴力幻想：他想要在樹林裡把她剝光衣服綁在大樹上，讓她像獵物一樣任由路過的慢跑者蹂躪。他的幻想有時候很可笑（有一次他甚至要她到一家妓院當妓女），因此她從來沒有擔心他會真的那麼做。在八月的那個夏天夜晚，她才明白她錯了。

那夜過後，她就開始酗酒。為了麻醉自己，為了遺忘。她最痛苦的一天，也是後來她被安置到聖法倫霍普的導火線，在那四年後，當她失去了工作、所有的人脈關係以及一大半的求生意志，克里斯提昂在廚房餐桌上對她說他要離婚。他愛上一個年輕貌美又聰明的女子，一個女學生，而且不像她這樣自暴自棄。而他當然也要帶走妮可拉，他們正值荳蔻年華的女兒，怎麼也不能留在一個如蕩婦一般對每個男人投懷送抱的墮落的女酒鬼身邊。

她淚如雨下，雙手抖個不停，這次很例外地不是因為血液酒精濃度下降的關係。「你不能這麼做，」她很想對他叫嚷說：「你不可以把我當作破腳墊一樣扔掉，你不可以奪走我的女兒。」可是她什麼話都說不出來，只能發出痛苦的荷荷聲。

克里斯提昂一臉鄙夷地搖搖頭，眼神裡充滿輕蔑。他知道她還沒開始打仗就先輸了。他是個律師，而她只是個精神崩潰的女酒鬼。光是他拍攝的影片，就足以讓每個自由派的家事法庭法官都不得不站在男方這邊，她在影片裡和每個朋友、熟人以及陌生男子雲雨巫山。在影片裡，約翰娜是唯一沒有戴臉罩的人。

妮可拉和克里斯提昂搬出去的兩個月後，在她女兒無聲無息地失蹤之後，她第一次試圖自殺。在第三次自殺失敗之後，正當警方在搜尋妮可拉的時候，她在大白天被送進療養院。

她就這樣在這裡待了半年，由於碰不到酒，至少讓她的身體逐漸康復。她的牙齒都壞了，肝功能指數一直嚴重超標，但是解尿的疼痛一天比一天好轉，戒斷的盜汗情況也不再那麼嚴重，而自從她可以讓人用梳子輕輕梳頭，對外界也不再有那麼多戒心了。可是她仍然處於精神分裂的狀態，一直覺得自己是個人渣。

一個穿著晨袍的人渣，在療養院的花園裡踽踽獨行。

長椅上的老人總是很和善地向她頷首致意，作勢要她坐到他身旁，似乎一點也不在乎她顏色憔悴、形容枯槁。由於在療養院待得夠久了，約翰娜幾乎覺得自己成了這裡的固定資產。

她至少知道她大多數的「獄友」的名字，可是她至今一直搞不清楚這個坐在她身旁的男子為什麼被送進療養院。她從來沒有在療養院大樓裡遇見他，不管是在走廊或餐廳點餐區，都不曾不期而遇。可是每次她到花園伸展筋骨時，這個看起來很古板的男子總是坐在那裡。腰桿挺得筆直，稀疏的頭髮剪得很體面，髮線就像他的灰呢褲上的折線一樣涇渭分明，他掰了些麵包屑，分給在他腳下活蹦亂跳的鴿子、山雀、椋鳥和麻雀。他不時對約翰娜投以狡黠的微笑，嘴巴裡塞著一塊麵包屑。

在他們沉默的交流片刻，她的視線幾乎沒離開過他的眼睛，那雙眼睛看起來比男子自己還要年輕、警醒而且莫測高深，她猜不出他的年紀，大概有五十開外了吧。

今天，他們一如往常地默默比肩而坐，傾聽遠方城市高速公路隆隆車聲，過了一會兒，她主動向他攀談。

「我可以問你一個問題嗎？」

「當然。」

他的聲音聽起來很友善，讓她想起過世很久的數學家教，一個題目就算解釋了二十遍，他仍舊沒有失去耐心。

「你為什麼進療養院？」

他轉過身，以不尋常的眼神直視著她。「為了妳。」

她哈哈大笑，以為他會馬上收回他的話，說他只是在開玩笑而已。

但是這個男子的神情一直很嚴肅。

「你這話是什麼意思？」

「我不是病人。我是個訪客。」

「那麼你要探望……」她遲疑了一下。「你要探望我嗎？」

「的確是。」

「為什麼？」

「我要對妳證明一件事。」

「什麼事？」

「證明生命到現在為止一直對你很好。」

這個男子的聲音突然再也不那麼親切。他看起來也不再像是個提早退休的人，因為無所事事而每天在花園餵鴿子。

「妳仔細瞧瞧這個。」

他遞給她一張照片。約翰娜看到一張年輕女孩的高解析度照片，她的瞳孔突然變大。

驚駭萬分的她愣了好幾秒鐘，才明白整張照片有多麼殘忍暴力，因為約翰娜腦袋裡的防衛機制拒絕辨認這個不可思議的畫面。

「這張照片妳可以留著，」這個老男人把拍立得照片塞到她手裡。「妳就把它當作是在懲罰妳自己所犯的罪吧。」

他起身整理他的夾克，檢查一下他的灰呢褲的拉鍊。

「對不起，我得回去工作了。如妳所看到的，我和妳女兒的事還沒有完了。」

接著，在約翰娜崩潰尖叫之前，這位訪客一溜煙地走開了。他的步伐輕快、靈活而迅捷。就像一個怡然自得的男子，對自己和他的世界都很滿意。

五個月後的現在

2

亞歷山大・佐巴赫（我）

不願面對的真相。最嚇人的恐怖片往往有個無關緊要的名字。很久以前，在我的生活還像個人樣時，我曾經採訪過飽受精神創傷的婦女。雖然她的不幸遭遇——她的不願面對的真相——已經是多年以前的事，她仍然不時會有恐慌發作的現象。拉拉・懷策曼以前並沒有幽閉恐懼症的問題，可是後來就連在我們報社偌大的辦公室裡，她都會感到呼吸困難。在兩次失敗的訪談開場白之後（我們一直在她難以想像的傷痛的第一個問題上打轉），我們只好中斷訪問，到另一個比較寬敞的地方往下談。就這樣，我在動物園裡的烈日下傾聽一個年輕婦女如夢魘般的故事。「那只是小腹的一個囊腫而已，」她輕聲說，後來我每次想起她在我的錄音帶上的沙啞聲音，總會忍不住打個哆嗦。拉拉的聲音和她的外表搭配得天衣無縫，宛如一個導演為這副孱弱的身體仔細挑選過的。那個創傷使她的心靈千瘡百孔，細看下甚至認不出來那顆心。拉拉太瘦了，皮膚像羊皮紙一樣蒼白，如果她站在光亮處，陽光或許會直接穿透她的身體傾瀉下來。

「我以前不知道世上會有這種事，」她搖搖頭說，宛如至今仍然難以置信。這種例行性的手術，她的外科醫師已經開過幾千次了，她剛開始也沒有什麼特別的併發症，至今都和囊腫的摘除無關。

一切就如以前無數次手術一樣進行著。只不過有個差別：拉拉．懷策曼**並沒有**失去知覺。至今沒有人知道，麻醉藥的劑量是不是弄錯了，或者是她的體質異常，麻醉藥對她的身體起不了作用。藥劑只是癱瘓她的活動能力。拉拉一直是清醒的，卻苦於說不出話來。她沒辦法告訴別人說她可以感覺到一切：劃開她的肚皮的手術刀，伸進她身體裡撐開切口的不鏽鋼撐開鉗。不到一個鐘頭，傷口就縫起來了。她很想對醫師和護士們咆哮說她痛得不得了，而他們卻在手術中聊起現在在柏林很難找到一家沒有外國孩子的幼稚園。算了。沒有人聽得到她內心的吶喊，至今仍然在她心裡震耳欲聾的吶喊。

不願面對的真相。在手術中意識清醒、完全有痛覺、卻說不出話來的病人。

在統計上，這是相當罕見的病例，在小數點後面要加好個零才能表示。只有〇．〇三％。機率比在大太陽底下遭到雷擊還要低。這個說法至少讓人安心一點，只要人們沒想過還是有萬分之三的可能。在滿座的奧林匹克運動場裡會有三十個人。是很罕見，但不是那麼難以置信。

自從那個集眼者，那個殺死我的妻子、綁架我的兒子的男人，把我玩弄在他的股掌之間，我才真正體會到拉拉．懷策曼當時在手術檯上的感覺。她活生生地被開腸剖肚，而施打的止痛藥的作用只不過像是貼在腰上的痠痛貼布而已。

我們可以試圖以遮掩致命風險的統計數字來麻醉自己。總要有人為那萬分之三的悲劇事件負責吧。而有時候該負責的人就是他自己。他會親眼看到，有如在豔陽天裡遭到雷擊一般，正如在十二月寒風刺骨的這一天，我總算找到集眼者綁架我兒子的藏匿處。他要我在四十五小時又七分鐘內找到尤利安。如果我來晚了，就算是晚個幾分鐘，尤利安也會在他的地牢裡窒息而死。這就是遊戲規則。既變態又不可改變。當我打開隔板踏入黑暗深處，才明白究竟是什麼東西在等著我。

最後期限終了後的七分鐘。

3

「他媽的，」我身後持著手電筒的男子說。我驀地很想轉身朝他臉上狠狠揍一拳。我再也不想強忍心裡的絕望，史托亞儘管右手持著手槍，對我而言卻是很管用的避雷針。在那一轉瞬間，他左手裡的手電筒的光束掃過金屬地板上的一只箱子。我整個人都僵住了。

「撤退，」我聽到指揮官對著對講機說。「派一支爆破小組來。這裡有不明物。」

是啊，這裡有不明物。而那不是我兒子。

我跪了下來，雙手撐在一塊棧板上，聽到身後特勤小組的皮靴踩在鐵板階梯的達達聲。

我們從漢堡船塢的一個警衛那裡得到線索，趕到這座廢棄的油輪找尋尤利安。那個提前退役的傢伙的工作就是到處巡邏，免得廢金屬回收商把停放在乾船塢上的駁船洗劫一空。他在巡視貨艙時聽到一個孩子哭號的聲音，於是通報他的上級。我倒抽一口涼氣。

這艘廢船的船腹裡瀰漫著柴油、潤滑油和汗水的氣味。聞起來像是灰塵、便溺和恐懼的氣味。可是最駭人的是：裡頭有尤利安的氣味。

聞起來像是他發燙的皮膚以及濕漉漉黏在額頭上的頭髮的氣味，那是他上氣不接下氣地站在走廊上的氣味，每當他忘了時間，他總會一路從足球場跑回家趕著吃晚飯。這種十來歲的男孩特有的氣味，在自己的孩子身上聞起來總是特別甜蜜，可是如果是別的孩子，當他們擠在一堆，例如體育課後在更衣室裡的五年級生，就會令人掩鼻。

「你聽到什麼不對勁的聲音嗎？」身後的史托亞問我說。從金屬牆壁反射在他臉上慘白的燈光使他看起來活像個幽靈似的。看得出來他澈夜未眠，憔悴凹陷的臉孔盡是憂心的皺紋和浮腫的眼袋，而我看起來大概也跟他沒兩樣。

「這裡除了這只箱子以外什麼也沒有。有可能是炸彈，一下子就會朝我們臉上飛過來。」我深深吸一口氣，讓空氣進入鼻腔聞聞看：在恐懼和痛楚的氣味之間，在這黑暗的藏匿處裡聞起來像是油漆、清潔劑和廢柴油的氣味之間，空氣中有尤利安的氣味，雖然很淡，卻清晰可辨。我知道我兒子在這裡，在這艘船的貨艙裡，等了他父親四十五個小時，在一頭已經殺死他母親的禽獸的魔爪裡。他在船艙左後方一團已經纖維化的錨纜上小解。他的指甲在金屬牆壁上抓出一道道刮痕，可能是在黑暗中找尋藏匿處的出口。

「好啦好啦，我往前走就是了，」我高舉雙手說。「我可不是活得不耐煩了，」我繼續扯謊說。史托亞滿意地點點頭，接著犯了一個嚴重的錯誤。他把手搭在我左肩上，想要對我表示他的同情。在趕到漢堡的車上，他一直跟我講他親戚的事。他未滿周歲的小姪女，老是把「Baum」的音唸成「Bau」，雖然她已經可以很流利地發出「媽咪」的聲音。

史托亞想要讓我明白他也有家人，而不只是重案組組長而已，他要讓我知道他可以了解我的感受。或許他真的可以體會，誰曉得呢？可是他搞錯了，他以為我會因為害怕炸彈而退卻。我好不容易才趕到。這裡，最後看到我兒子的地方。我總算來到夢魘的盡頭。這世界我再也沒有別的地方可去。我的處境和拉拉．懷策曼如出一轍。而目睹此情此景時的驚嚇則是我的麻醉劑，其強度雖然不至於使我完全喪失意識，卻讓我再也受不了集眼者的凶殘手段。這個不願面對的真相始終揮之不去。而和拉拉不同之處只是在於，我的這個手術彷彿永無止境。

這一切，史托亞是不會明白的，他甚至完全無法想像。他沒有想到我會冷不防一矮身，用頭猛撞他的下頷。一個兔起鶻落，我已經奪下他手裡的手電筒，伸腳踹中他的下腹，只見他悶哼一聲跌出門外。

前後不到三秒鐘，我從裡頭鎖上艙門，把警察都擋在外頭。

就在這個瞬間，我的手機鈴聲響了。

4

手機螢幕顯示在這底下幾乎沒辦法收到訊號，也因此電話那頭一直在捉弄我的禽獸的名字越發顯眼：法蘭克．拉曼。集眼者，這個名字得自於他在每個被綁架的受害者死後都剜去他們的左眼。

我按下通話鍵，把手機湊到耳朵旁。

「嗨，亞歷，」法蘭克說。他在電話以及編輯部裡已經如此和我打招呼了上千次。他的語氣平淡、冷漠而實事求是。宛如我們只是報社同事，一起討論下個鐘頭就要付印的共同採訪的報導。彷彿他既不曾扭斷我的妻子的脖子，也沒有綁架我的兒子。

「我一定要找到你！」我很想大聲咆哮。「我拚了老命也要把你挖出來，你最好祈禱我早一點逮到你。因為時間拖得越久，我就越有空檔思考怎麼整死你。」

可是這個不願面對的真相不讓我有時間東拉西扯，我只是用沙啞的聲音對著手機說一句話：「在哪裡？」

尤利安在哪裡？你把他的屍體拖到哪裡去了？

他的犯案手法還有另一個特徵，集眼者從來不會把屍體留在它們的藏匿處，而是棄置在空曠處。在類似這裡的樹林裡，也擺放了一座冷凍櫃。

「你遲到了，」他說。史托亞像瘋子似的狂敲鎖上的不鏽鋼艙門，使得我幾乎聽不見法蘭克的話。「可是我原諒你。」

「你要原諒**我**？」

「是啊，亞歷，雖然你把所有線索都搞砸了。雖然你把你的時間浪費在追蹤我上面，寫了一篇篇關於我的報導，而忘了替你十一歲的兒子慶生。雖然你和其他那些把生命浪費在工作上而不肯花時間陪孩子的父親沒什麼兩樣，可是我發現我們很有緣分。」

有緣分。我突然覺得一陣暈眩而喘不過氣來。法蘭克是我的見習生。我在我服務的八卦新聞版培訓他。他是我錄用的，也一再向主編推薦他，因為他暴虎馮河的個性和工作幹勁讓我想起從前的我。我知道我非得親手找出殺死我的家人的凶手不可，而當這一切都過去以後，這個念頭遲早會把我逼瘋。

「亞歷，我從來沒想過我們會變成敵人。我真的把你當作我的榜樣。也因此我想盡辦法不讓你蹚這個渾水，可是你就是不聽。話說回來，我也不是那麼不近人情。我真的很喜歡你。就算是個濫情的蠢主意吧，念在我們過去的情誼，我要再給你一次機會去救尤利安。」

救他？

在這一秒鐘，我才明白為什麼人會信神。我向我認識的每個神乞求，但願有虐待狂的法蘭克不至於給我一個沒有根據的希望。

「尤利安還活著？」

「沒錯，不過你知道的，這次情況有所不同。」

「我該怎麼做？」我試著不去理會門外的叫罵聲。史托亞的援手已經到了，他威脅說如果我不馬上出來，他們就要撤出船艙，把我一個人留在這裡。

我激動得心旌搖曳，突然搞不清楚我是否真的問了那句話，或者只是個念頭而已，於是我又問了一次：「我要怎麼做，你才會放了他？」

法蘭克的回答幾不可聞。

「十三。十。七十一。」

「那是什麼鬼東西？」

「就一組數字啊。」

「那是做什麼用的？」

「用來打開箱子的。」

我費了九牛二虎之力才抬起左臂，把手電筒的光束照在正方形的貨艙中間的一個東西，它就在我腳前。

木質的箱子，上頭有許多失去光澤的黃銅配件，讓我想起一只年代久遠的珠寶盒。妮琪也有一只類似的盒子，雖然尺寸小得多，它至今仍然擺放在我們的床頭櫃裡，不過裡頭什麼首飾都沒有。那只珠寶盒圓圓胖胖的，裡頭襯著天鵝絨的墊布，是我太太在「六月十七日」大街上的跳蚤市場找到的，就像其他許多不知所謂的東西，她把它搬回我們在魯道夫多夫布里克的家裡。光是這只箱子勾起的回憶，就使我不禁熱淚盈眶。我願意付出一切，只要能夠再一次在臥房裡為了沒有用的吸塵器和妮琪吵架。可是法蘭克已經永遠剝奪了我的這個機會。「你聽說過『我愛妳勝過我的生命』這種說法嗎？」我聽到他在問我。我的耳朵貼著手機，感覺像著火一樣發燙。我跪下來，伸手摸到箱子上面的號碼鎖。

「亞歷，我聽不到你的聲音。」

「是啊，我聽過這個說法，」我一面回答，一面費力地轉著很難扳動的號碼輪。

十三。十。七十一。

「然後呢？你也是如此嗎？」

「什麼？」

最後一個號碼嚙合，號碼鎖以出其不意的力道彈了起來，脫離鎖扣，掉落到地上。我打開箱子，裡頭的東西正如我所料。

「你愛尤利安勝過你的生命嗎？」

「是的。」

「那麼就證明看看。」

「我要舉槍自盡嗎？」我從箱子裡拿出一把手槍。它的重量很輕，就像玩具手槍一樣，可是根據我多年前當警察的經驗，我很清楚它在擊中目標時的破壞力有多大。我手裡的這把槍的型號，和我當年擊斃那個意圖殺死男嬰的精神錯亂的女子所用的槍枝一模一樣。

「是的，可是你要做對。」

做對？

「那是什麼意思？」

「你聽得到我這裡的聲響嗎？」

我將手機貼緊耳朵一點，這才聽到一只碼表的滴答聲。我必須強忍怒氣，才不會對法蘭克咆哮起來。

別再玩你病態的小把戲了。把尤利安還給我。然後你最好躲遠一點，躲得比你的每個受害者都要隱密。因為如果我或是別人逮到你，你會……

「你還有四分又六秒鐘，」法蘭克說，碼表的滴答聲轉弱。「把槍管對準你的左眼，扣下扳機。只要我在報上看到你的屍體，我就會放了尤利安。不過如果你猶豫太久，你的王牌就會失效。我會讓尤利安窒息而死，然後剜出他的左眼。」

就像先前所有其他孩子一樣。

「對了，還有：如果你讓我覺得你在耍詐……」法蘭克頓了頓，「如果你讓我對你的死有一點點懷疑，我一樣會處決尤利安，你也絕對找不到他的屍體。你到處找尋的，再也不會是尤利安，而只是一具沒有靈魂的軀殼，你甚至沒有屍體可以埋葬。魚還在我的網裡活蹦亂跳。我可以多給警方一點線索，讓他們找到尤利安。用來救他的小命的線索。你明白我的話嗎？」

「我知道，」我用嘶啞的聲音說。

「可是為什麼我一直聽到你的聲音？如果我是你，我會立刻扣下該死的扳機，就像我跟你說的！時間可是不等你的。」

我始終跪在箱子前面，把手電筒擱在地上，一隻手持著手機，另一隻手舉起手槍。現在我緩緩站起來，身後的不鏽鋼艙門已經悄然無聲，我心想史托亞真的像他所威脅的撤退了。

「我要跟他說話，」我的聲音出乎意料地平穩，兩脅間卻冷汗直流。我的呼吸混濁沉重。「我兒子。把他還給我。」

「你這話很傷我的心，亞歷。你再也不相信我了嗎？我一直表現得很正派，不是嗎？」他在電話裡的聲音很低沉，雜訊掩蓋了他最後幾句話。聽起來像是打開電動刮鬍刀的聲音。或許只是法蘭克換個地方站，旁邊剛好有什麼電器。我趁這個空檔開啟手機的錄音功能，把我們的談話錄下來。

「是誰給你們關鍵線索讓你們救出那對雙胞胎的？」他追問說。「我原本可以在你們找到孩子之前把他們從藏匿處放出來，不過我還是照著我的遊戲規則走。」

「我、要、跟、尤利安、講話，」我一字一字地說。每吸一口氣，肺部的壓力似乎就越大。我知道襲上心頭的恐慌不會給我喘息的餘地。我的換氣過多症再不多久就會發作。

時間在空氣中凝結，電話那頭的雜訊聲越來越響。接著喀嚓一聲，法蘭克嘆口氣。

「好吧，就因為你是亞歷。可是長話短說。你還有四十秒鐘。」

雜訊的嗡嗡聲戛然而止，在那個片刻，我很害怕通話會斷訊，可是接著傳來一句輕聲低語，讓我的眼淚奪眶而出。

「爸爸？」

「天啊，尤利安。」

我兒子的聲音，聽起來比記憶中童稚許多，既像鹽巴也像藥膏，塗抹在被法蘭克撕裂的心靈的傷口上。

我搖搖晃晃失去了平衡，只好再次跪了下來。我已經好幾天不曾闔眼，心焦如焚，在營救那兩個孩子時又差一點溺死。我把遇害的妻子擁在懷裡，一路追蹤這個心理變態——然而這不是終點。我其實一直在起點上。經過千辛萬苦，在所有給我的最後通牒都結束之後，我總算趕到了。我再不多久就可以救出我十一歲的孩子。法蘭克提出的交換條件，在這幾秒鐘裡，宛若我的救贖禮物。

「你什麼時候來？」尤利安問道。他聽起來既疲憊又恐慌，就像以前他被打雷的聲音嚇醒，跑來敲我們臥室的房門一樣。

「我不知道，好孩子，」我輕聲說，一面舉起手槍。

「還有十秒鐘，」我聽到那個心理變態在孩子身後說。尤利安哭了起來。

「爸爸，我愛你。」

「我也愛你。」

永遠。

我深深吸一口氣，而後憋住它，將槍管抵住我閉起來的左眼。在我的呼吸反射動作再度起作用，在我的肺部膨脹欲裂的當下，我扣下扳機。

先是刺耳的槍響，接著噗的一聲，子彈穿過我的腦袋，爆裂開來——然後一切都消失了：貨艙、我手裡的槍、手電筒和爆炸聲。然後……

一片漆黑。

在這個世界裡，我浪擲這幾年來的生命而且失去一切，現在這個世界再也不存在了。

七個星期後

5

雅莉娜．額我略夫

「我該脫衣服嗎？」

查林．蘇克（Zarin Suker）的聲音聽起來像是要轉告一個壞消息似的。輕柔、溫暖而體貼。如果你要信任哪個很了解你的人的話，那會是一個手術室裡的大師的聲音，一個德高望重的學術巨擘的聲音。

一個強暴犯和殺人凶手的聲音。

「**根據我們的檔案顯示，他可以說是世界上技術最頂尖的眼科醫師，**」在他們先前的第一次會談時，重案組組長菲利浦．史托亞在他的辦公室裡簡單介紹了蘇克的來歷。「**他擅長最困難的眼睛手術。在和他同年紀的學生當中，他是最年輕的大學入學生，高中會考成績也是最好的。他有四所大學的畢業文憑，擁有無數醫療器材的專利，其中包括了手術刀，像是以他的名字命名的蘇克刀。他研發出這種手術刀，以便更精準地修復視神經。當時他才二十三歲。**」

「脫掉上衣就好，」雅莉娜對這位陰陽怪氣的病人說道。

她今天咒罵了史托亞不下數百次，都是他唆使她從事這件瘋狂大膽的事。

「拜託妳幫我一個忙，」他央求她，而且裝出一副手裡沒有任何王牌的樣子。一副組長手裡沒有可以用來要脅她的情報似的。為了那些情報，她願意做任何事。

該死的混蛋，害我現在跑來這裡。

在這裡，在監獄醫院的隔離部門的小房間裡，瀰漫著消毒藥水和橡膠腳墊的氣味，她的話語在空蕩蕩的牆壁間迴響著，而這一切原本都跟她八竿子打不到一塊兒。

「妳會小心一點嗎？」蘇克問。「我可不想被妳弄痛。」雅莉娜聽到一個讓人很尷尬、近乎猥褻的聲音，那是一個骨瘦如柴的身體躺在人造皮革的診療床上造成的聲音。

蘇克的受害者沒有一個是直接死在他手裡的。那些女孩子都捱過了身體的痛苦，卻受不了心靈的創傷，他對她們連日的凌辱導致的創傷，才是她們後來選擇自我了斷的原因。兩個女孩上吊自殺，一個女孩在浴缸裡割腕自盡。最後一位、也是最年輕的女孩，則是在腓特烈海恩臥軌自殺。

「請你在治療過程當中保持坐姿端正，」雅莉娜說。

醫院的主任醫師原本堅持要在他們訊問受刑人時全程在場，可是重案組組長史托亞不想讓任何人目睹這次不尋常的治療，因此對醫師的要求不予理會，這可好了，雅莉娜只得一個人和這個禽獸關在監獄醫院的診療室裡。和一個禽獸共處一室，而且她待會兒還必須撫觸他。

診療室裡裝設了隱藏式麥克風以供監聽，門口還有兩個配槍的警衛站崗，只要一有風吹草動，他們就會破門而入，在幾秒鐘內提供她支援。可是雅莉娜一想到要和一個既沒有穿束縛衣，也沒有戴手銬的變態關在一起，就覺得渾身不舒服，即使她知道蘇克從來沒有因為一時衝動而徒手殺人。

查林・蘇克。這個名字聽起來就像是個罪犯的名字，隱隱然有恐懼、痛苦和煎熬的意味。[1]她當然也知道她是受到八卦雜誌的標題影響，他們對這位五十八歲的眼科醫師未審先判，說他是強姦犯和虐待狂。

雅莉娜把背包擱在談話桌上，伸手觸摸它的美耐板桌面。摸起來像是小時候學校的課桌椅。她很好奇桌面上的切口和刮痕是怎麼來的。在監獄的安檢閘門那裡，她身上所有尖銳的東西都必須交出來。

「妳的眼睛怎麼回事？」蘇克劈頭問道。她知道他一定會問，因為每次要和讓她受不了的人碰面時，例如難纏的病人，她都會戴上墨鏡。遇到這種人的時候，眼鏡就像面罩一樣，可以擋住對方咄咄逼人的眼光。

「我的眼睛和我們的治療無關，」她一面說，一面記住這個正方形空間的輪廓。她早到了一個鐘頭，在兩個警衛押送蘇克進來之前，便已經把這個地方摸清楚了。這個時候她早已記住桌子、診療床和椅子的距離。就連四周的牆壁，她都摸過一遍，直到她「閉著眼睛」也對這個空間瞭若指掌。

在熟稔的空間裡，她的動作總是比較有自信，許多人過了好一會兒才注意到她從外表上看不出來的視障問題。雅莉娜眼盲但心不盲。她不必用自己的眼睛審視周遭的生活世界，就知道外表比內在價值重要得多的道理。包裝可以決定內容。只有傻瓜才會和這個老生常談爭執不休。

每當她穿著自己最愛的舊衣服走在路上（膝蓋處有破洞的皮褲、淺綠色馬靴和 A&F 的汗衫），人們總是對她不理不睬。可是當她換上一身職場行頭，腳上穿著 Manolo Blahnik，緊身襯衫裡搭配魔術胸罩，不到半分鐘就會有人為她端上咖啡，不管她是到精品店或是銀行。許多人第一眼都只會注意到她亮麗的外型，尤其是她那引人注目的頭髮。隨著雅莉娜的心情，她的頭髮或長或短，或卷或直，有時候紮個馬尾，有時候綁個雷鬼辮子，甚至往往一天內就換了好幾種顏色。層出不窮的髮型變換，或許是她作為物理治療師的主要收入來源。

基於今天的情況，她穿著比較樸素，選擇了白色牛仔褲、平底短靴、灰色套頭毛衣，以及一頭黑色披肩長髮。今天是週末，這幾個月來，她宛如到地獄走了一遭，其實很想試試看狂野一點的風格。好比說迷彩裝，讓她看起來像是亞馬遜女戰士，她尤其想要捨棄美容院，自己理個大光頭到外頭亮相。但撇開在這個宛如西伯利亞的二月天裡恐怕會著涼不

1 譯按：查林（Zarin）是女沙皇的意思。他的名字意譯就成了「吸吮女沙皇的人」。

說，蘇克要是看到她這副模樣，大概也不會信任她；今天她一身穿著得體地出現在監獄門口，著實讓史托亞鬆了一口氣。「我無意冒犯妳，」這位眼科醫師察覺到她的不自在。「可是妳的太陽眼鏡滑下來了，我注意到妳的眼球有很典型的混濁，它告訴我，妳不是一出生就看不見的，對不對？」

雅莉娜點點頭，旋即為自己的反應心下著惱不已。那場意外已經是二十三年前的事了，可是那次讓她失明的爆炸場景比任何回憶都要歷歷在目。

「你到底是要治療還是不要？」她沒好氣地對受刑人說。

「小朋友，妳的態度有必要這麼差嗎？」蘇克莞爾而笑，搖搖頭說。

我態度差？就憑你對女人們幹的那些好事，開槍轟掉你的腦袋也只是剛好而已吧。還有，你要是再叫我「小朋友」，小心我啐你一口痰。

「好吧，」她從桌子上拿起隨身帶來的按摩油瓶，放回她的背包裡。

「妳要做什麼？」

「我看起來像是要做什麼？我要走了。」

她拉上拉鍊，背起背包。

「他們跟我說，你在牢房裡做體操的時候壓迫到神經，需要專業的協助，可是看起來我在這裡只是浪費我的時間而已。」

「**這個白癡在腹肌訓練時扭傷腰部脊椎。妳要和他建立信任關係，說服他接受治療。撫**

觸他，或許妳會……」在先前的談話中，史托亞說到這裡頓了一下，或許他也覺得聽起來很瘋狂而說不下去了。

「妳在玩什麼把戲，雅莉娜？」蘇克冷不防說道。

她聽到她的名字從他嘴裡迸出，不由得楞住了。她在自我介紹時說她叫作莎賓娜．史耐德。

該死。我就知道。

她擔心的事情真的發生了。「**他總有一天會認出我來的。幾乎所有報紙都刊登了我的照片，每一份雜誌都寫有我的名字。**」

史托亞三言兩語就打發掉她的抗議。

「**蘇克已經隔離監禁了快兩個月。他沒有電視、網路，也看不到任何報章雜誌。對他的精神鑑定結果認為他可能會危害其他受刑人，因此他也沒辦法接觸任何人。他就連放風也和其他人隔離，他隔壁甚至沒有可以交談的獄友。妳，雅莉娜，是這幾個星期以來第一個和他接觸的人。對他來說，妳只是一個瞎眼的物理治療師而已。我認為我們可以冒險一試。**」

「妳真的以為我不知道妳是誰嗎？」蘇克放聲大笑。她聽到他從診療床緩緩站起來。

「妳的全名是雅莉娜．額我略夫，二十六歲，三歲時眼睛就失明。」醫師語氣很單調地唸出她的資料，一副倒背如流的樣子。「妳父親是個建築師，母親是家庭主婦，妳在美國加州長大，很早就有行為障礙的症狀。那些官員原本要把妳送到啟明學校，妳卻堅持要上一般公立中學。後來妳申請擔任學校導護遭拒，於是妳再度向行政法院提出訴願。結果妳又贏了。」

你聽到沒，史托亞？你不是說蘇克在監獄裡得不到任何資訊嗎？好極了。現在有好戲可看了。

雅莉娜舉起雙手作投降狀，卻沒辦法打斷醫師滔滔不絕的談話。「妳在十七歲時被警方逮捕，因為妳開車載妳酒醉的朋友回家。兩年後，妳在一次風浪板大賽中贏得銅牌，在兩百多個參賽者當中，妳是唯一的視障者。妳在物理治療師的職業訓練結業之後環遊世界一年，在中國學會指壓按摩的技術，接著拐一個大彎到南非、印度、紐西蘭和南美，最後在柏林落腳，在市中心的噴泉街開業。」

「真精彩！」雅莉娜刻意放慢節奏拍手叫好。

「你的家庭作業呢？我該在聯絡簿上貼一張獎勵貼紙嗎？你的功課做得真好。」

「關於妳的這些報導都是事實嗎？」蘇克的語氣不再那麼沉著穩重。

「聽說妳是個靈媒，可以看到人的過去，是嗎？妳真的在執業時治療過集眼者，在按摩時看到這個凶手如何凌虐可憐的孩子們嗎？那個可悲的亞歷山大・佐巴赫憑著妳的線索才從法蘭克・拉曼的魔掌中救出那對雙胞胎是嗎？」

他的笑聲裡沒有半點開心的意味。當他的下一個問題命中要害時，雅莉娜很想摑他一個耳光：「現在妳要對我故技重施，找出不讓我無罪釋放的證據是嗎？妳不是應該撫觸我，然後看到我的過去嗎？」她聽到他樂不可支的竊笑聲。「這就是他們要妳做的。妳要為我治療，好讓警方循線找到被我藏起來的手術刀，我用那把刀，在沒有麻醉的情況下，劃開那些女人的眼皮……」

6

蘇克的問題還在診療室裡迴響，早在一個星期前，當史托亞說服她接受如此荒唐的冒險任務時，雅莉娜就應該想到他們會有這樣的對話。

「我這裡有一份精神鑑定報告，證明查林・蘇克有嚴重的反社會行為，一旦判決確定，就建議讓他接受精神療養院的預防性羈押，」重案組組長開始他的獨白，「委託鑑定的不是檢方，而是辯方。這是我從側面得知的，因為就連蘇克的律師或許也不想讓這個禽獸重獲自由。我最好是給妳看看受害者的照片，可是這根本行不通。不過我想這個東西會讓妳印象深刻。」

雅莉娜先是聽到喀答聲，接著窸窣作響，有點像她父親以前在車子裡播放的錄音帶。後來一陣讓她毛骨悚然的噪音撕裂了那個沙沙聲。她馬上就聽出來，從史托亞的錄音機迸出來的是尖叫的聲音。至少是個活生生的人。

那個從喉嚨呼嚕呼嚕發出的尖叫聲，由於音頻太高而幾不可辨。過了好一陣子，它的音階才磕磕絆絆地下降一些，如野獸一般的鬼哭神號越發低沉飽滿，直到最低點，它漸漸增強為原始的嘶吼，彷彿是在惡夢中的狼嚎。一直到那個尖叫聲變成一陣陣的哭喊，雅莉娜才明白有個女人正處於生命中最痛苦的時刻。

「天啊，他對她做了什麼？」

「現在嗎？」史托亞按下暫停鍵。「什麼也沒做。這是蘇克的受害者的聲音，那時候他通常早就完事了。妳剛才聽到的是一個叫作塔瑪拉．史利爾的女人的聲音。他的第五個受害者。就像先前的所有其他人一樣，蘇克綁架她，把她擄到不知名的地方。我們只知道他把那裡布置成一間手術室。」

雅莉娜很不以為然地擺擺手，但是史托亞自顧自往下說。

「白天他治療病人的白內障，晚上他則切開受害者的眼皮。然後強姦她們。他滿足獸欲以後，就把她們扔到色情電影院或是妓院的後門，或是流鶯聚集的地方。難怪她們一恢復行動能力就都以自殺收場。」

「我不想再聽了，」雅莉娜央求說。

「塔瑪拉．史利爾很幸運，如果在這個情況還有幸運可言的話。她在喝下排水管清潔劑之前被人及時發現。她是我們的主要證人，她休養了一個星期以後，才對我們提供一個有價值的證詞。」

史托亞重新按下播放鍵。那個女人高頻率的尖叫聲如銀瓶乍破一般，再度從喇叭裡迸出來，錄音機又湧出交織著恐懼和痛苦的聲響。

「這是塔瑪拉在第一次偵訊時的聲音，」史托亞把尖叫聲調低一點，彷彿那只是收音機裡的一首歌似的。「蘇克非常狡猾。沒有指紋，沒有ＤＮＡ痕跡，每次強姦都用保險套。我們根據一個匿名線索監控他好幾個月，但是沒有發現絲毫可以在法庭上使用的證據。只有若干對他不利的間接證據，但是有了塔瑪拉，我們就掌握到具有說服力的人證，我們相信她會指認出蘇克。」

「好吧，這真的很駭人聽聞，」雅莉娜說：「但是我不明白為什麼要為了這個案件傳喚我。」

直到當下，她真的還是一頭霧水。史托亞這時候總算讓炸彈引爆。「我們必須在一週內釋放蘇克。」

「什麼？」

「塔瑪拉．史利爾失蹤了。整個起訴都建立在她的證詞上。我們除此之外並沒有任何證據，就連多羈押蘇克一天都不行。我們的主要證人猶如被地表吞沒，而我們手上沒有任何可以整治這頭豬玀的證據。」

這一切讓雅莉娜再度陷入回憶之中，她很想掉頭就走，再也不要回到這間診療室。自從佐巴赫自殺以來，她就發誓不再考驗她的命運，也不想和「它」牽扯不清，尤其是她不是很有把握真的能夠控制「它」。每次遇到它，報紙上所謂的通靈能力，至今總是有百害而無一利：佐巴赫的太太遇害，他自己則是朝腦袋開槍，而警方迄未尋獲尤利安的屍體。可是如果說她有辦法不讓這個強姦犯獲釋的話，她就必須先跳出自己心裡的陰影。

「不，」雅莉娜沉默了半晌才回答蘇克的問題。

不。我看不到你的過去。

這個回答不能算是說謊，至少有一部分是事實。老實說，雅莉娜必須承認她自己也不知道在為蘇克按摩時會發生什麼事。

以前，在她遇到集眼者之前，她真的相信，也很害怕，在某些情況下，會在撫觸一個人時看到他的過去。那些宛如剪接拙劣的影片一般在她內心的眼睛前閃現的幻象，第一次闖入她心裡，是在她小時候被一個酒醉的駕駛抓住以後。那個男子攙扶著她，而她自己想要撐著受傷的腳站起來，在疼痛中混雜著一種恐怖的感覺，宛如她換了個軀殼，再次感覺到意外前的那個瞬間，只不過這次是用那個酒醉駕駛的眼睛在看。

這不是她年輕時唯一一次讓她驚慌失措的經驗。那幾乎就像是上天要以這個至今沒有發掘的能力補償她失去的視覺，讓她在例外的狀況下用其他人的眼睛「觀看」世界。由於雅莉娜對於身為視障者引以為恥，她一直不願提到自己的這個「天賦」。她不想對人講到這個不可名狀的「它」，它總是突如其來地襲上心頭，沒有任何可以辨識的模式。經過了許多年，由於良心不安，她才打破沉默，對亞歷山大．佐巴赫訴說她在一次指壓按摩時浮現腦海的駭人畫面。那是一個遇害的母親和被綁架的男孩的畫面。那時候，兩個月前，她很確定她為集眼者按摩，在她的幻象裡「看到」最後一次綁架事件。雅莉娜的線索也果真讓佐巴赫以及調查人員先後找到被綁架的雙胞胎的藏匿處，雖然雅莉娜在緊要關頭誤解了她自己的能力。

我看不到你的過去，蘇克。如果我真的看到什麼的話，那麼我看到的應該是你行凶的未來。

「報紙上說妳是個靈媒，」這位眼科醫師說。

「你在哪裡看到的？我以為你被禁止與外界接觸。」

「我的律師除外。」

雅莉娜嘆了一口氣，好像是在氣自己太傻太天真了。「報紙上說的不盡可信。」

他放聲大笑。「那麼妳親口告訴我的就可信嗎？」

她的身體緊繃起來。蘇克早上洗臉用的手工皂的酸澀氣味越來越濃烈。他似乎從診療床起身朝著她走來，雖然她聽不到他有動作的聲音。

「很有意思的觀點，報紙上對於我的人格肆無忌憚的羞辱，妳照單全收了。」

「誰說的。」

「妳的身體。妳對我的一切厭惡，它全都告訴我了。而且我在問候妳時既沒有朝妳的臉吐口水，也沒有任何挑釁的動作，我猜妳對我的厭惡應該是來自報紙上對我的毀謗吧。」

「你是說你無罪嗎？」雅莉娜故作若無其事地說。

「無罪？誰敢說自己無罪？」

她轉身朝向他的聲音源頭。剛才他還站在她前面，現在應該是在她右邊倚著牆壁。

或者在門邊？

雅莉娜心裡越來越不安，她必須承認她在這個小房間裡失去了方向感。

「五名女性，」她想辦法爭取一點時間收斂心神。「她們都在你休業的時間失蹤。她們的眼皮也都被劃開。」

「我們生活在一個恐怖的世界裡，不是嗎？」

現在蘇克站在她身後。

「沒錯，在我們的世界裡，精神變態者必須被放出來，因為他把關鍵證人清除掉了。」

他吃吃笑說：「妳真的相信我威脅塔瑪拉．史利爾不得做出對我不利的證詞嗎？」

雅莉娜聳聳肩。「不管怎樣，她已經人間蒸發了。」

「那麼我是怎麼辦到的？我已經被羈押了好幾個星期。更何況，如果我真的有罪……」蘇克深深吸一口氣，「如果我當初真的綁架了塔瑪拉，而且在她意識清醒時先後切除她的上下眼皮……」

雅莉娜默不作聲，心下思忖著是否該說出預先約定的密語。史托亞只要一聽到「冰箱」兩個字，就會率員衝進來中斷治療。

「又假如說，當然只是純粹的假設，我把這個不幸的女子拖到一個四面都是鏡子的房間對她肛交，那麼我在她眼皮上劃的切口又怎麼會如報紙上所說的那麼性急而拙劣呢？」

雅莉娜囁囁嚅嚅地說：「是策略嗎？你知道這個不合理的地方以後在法官那裡會構成疑

點。」

「豈有此理。我連續三年獲選國際眼科醫師協會的歐洲卓越醫師獎。哈佛醫學院因為我的成就而聘任我為榮譽教授。我不知道要怎麼說，才不會顯得我在自吹自擂，可是就算郎朗故意彈錯某個地方，他的鋼琴曲仍舊是大師作品。真正的藝術宛如錐處囊中，它是藏不住的，孩子。就算我一個星期不睡覺，喝得酩酊大醉，故意以顫抖的雙手在黑暗中動手術，妳還是可以把手術過程拍下來給醫學系的學生們當作觀摩影片。」

他伸手摸她的手臂，她嚇了一跳。

「妳瞧，雅莉娜。妳我都知道為什麼妳來這裡。他們既沒有人證也沒有物證。檢察官再也不能羈押我，警方束手無策，只好抓著最後一根可笑的蘆葦不放。那就是妳！他們要妳撫觸我，憑著據說會襲上妳心頭的幻象找到有用的證據。」

「那又如何？如果你真的無罪，你有什麼理由拒絕呢？」雅莉娜很訝異自己其實知道這個詭辯的問題的答案。

「我是沒理由拒絕。妳說的沒錯。」

「那麼我可以按摩了嗎？」

「可以。」

「我才不相信你呢，」雅莉娜說，他們談話中突然的峰迴路轉讓雅莉娜感到詫異。

「來吧，動手吧，替我按摩。刺激我的經絡。然後趕緊去找史托亞，對他形容妳的感覺。也許我真的是個大惡棍，而妳會『看到』……」他說話的語氣宛如在那兩個字上加了引號，「『看到』我那至今沒有被發現的刑房。或者妳認得那地板，我的手術刀就藏在底下，在我家或診所都搜索不到的手術刀。」

雅莉娜又聽到人造皮革的窸窣聲。蘇克走回診療床躺在上面。

「我只有一個條件。」

當然囉。魔鬼總是會建議立個合約。

「拿掉妳的眼鏡，孩子。我要看到妳的眼睛。」

她嘆了一口氣。這一切根本沒有意義。這個瘋子只是在玩弄她。「你是個自我感覺良好的混蛋。」

「我不是。如果真要說的話，我應該是個很有能力的混蛋，我可以證明給妳看。妳瞧，我很確定妳的童年有一半的時間是耗在眼科醫師那裡。這些所謂的專家都跟妳說妳這輩子再也看不見了，因為像妳這種眼角膜完全損壞的病人沒有任何治癒的機會，我說的沒錯吧？」

「那又怎樣呢？」

「於是妳把時間都浪費在庸醫身上。因為這些醫生都搞錯了。在極少的病例裡，以及特殊的狀況下，是可能成功移植的。而妳這種化學物質的意外剛好就可以一試。當然也要取決於捐贈的角膜狀況以及醫師穩定的手，在兩階段的手術中，先是必須移植角膜緣，它的厚度只有幾十微米。全世界能夠進行這種手術的，我一隻手就數得完。而且其中只有一個人敢跟妳保證手術會成功。」

「你讓我猜猜，」雅莉娜不經意地嘲弄他說。

「是的，就是我，」蘇克說。「而且妳很走運，我一離開這個鬼地方，下週就可以接受約診。以無罪之身。」他很得意地咂咂舌頭。「我知道妳很受不了我，雅莉娜。可是我可以給妳盼望一輩子的東西。想像一下，經過二十三年，妳將第一次睜開眼睛，重見光明。」

他的聲音和談話之初一樣溫柔。

「妳勉為其難過來一下吧，」他在雅莉娜身後叫她，雅莉娜總算決定走過去。她在門前站了片刻，緊握著右拳。

「雅莉娜，請妳摘下眼鏡，讓我檢查看看是否有手術的機會。」

她猛敲不鏽鋼門，蘇克聞之吃吃竊笑。警方沒有及時把門打開，使得她必須忍受他最後一句話。

「妳讓我看一下妳的眼睛，我也讓妳窺視我的靈魂，雅莉娜。妳有什麼好損失的？」

7

二十分鐘後，蘇克的提議仍舊縈繞在她耳際。一方面厭惡不已，另一方面卻又心旌搖曳，使得她難以專注於眼下的狀況。

「**想像一下……妳將重見光明。**」

這句話就像洗腦歌一樣，第一次聽的時候很受不了，卻又難以從腦海中抹去。

「**妳有什麼好損失的？**」

雅莉娜思忖著那溫柔的聲音，不懷好意的弦外之音，那個有虐待狂的變態試圖在她心裡撒下難以實現的願望的種子。她一時恍神，撞上噴泉街和班瑙爾街交叉口的紅綠燈，在那一瞬間，好幾件事同時發生。先是她的手機震動起來。她還沒來得及從背包裡掏出來聆聽留言，就被一隻強壯的手抓住。那個男子氣息濃濁，她聞到塞在厚重的冬季大衣裡的菸草氣味，感覺到自己的手臂被緊緊箍住，硬拽著她過馬路。

啊，不，又來了，她心想。這個冬天她已經是第二次遇到這樣的衰事。她站在人行道上，綠燈一亮，就有行人自告奮勇要牽著手持盲人杖的瞎子過馬路。柏林今年的冬天是自從有氣象記錄以來最冷的一年。夜間氣溫降至零下二十度，相繼有四個街友凍死。清潔隊的鹽已經用罄，主要街道都沒得撒了；連續好幾個星期，人行道差堪比擬滑冰賽道，到處可見汙穢的雪堆積如山。每天上班的路上也成了求生訓練，因此，雅莉娜基本上並不反對有人伸出援手。但是她可沒同意被誘拐。

在她的盲人朋友當中，幾乎每個人都曾經是「誘拐的對象」。或許是因為她讓人有孤立無援的印象，而她剛好又在分隔島上要從背包裡掏出手機。路上行人當然也不知道什麼是定向訓練，多虧了這樣的訓練，即使是在最惡劣的天氣裡，她也可以對周遭環境瞭若指掌。可是她到底給了人家什麼印象，讓人覺得可以像對待動物一樣在她頸間套上繩子？只有一個小孩子很有禮貌地問雅莉娜是不是迷路了。所有其他「救援者」或許都認為她不只是瞎了，而且還是個連話都說不清楚的白癡。

「謝謝，不必，」熱心的男子想要牽她走過濕滑的十字路口，雅莉娜試圖掙脫他的手；她的方向感總算還是正確的。自告奮勇的救援者往往只是幫倒忙，讓視障者失去方向感，折騰了好久以後，發現自己來到一個不想來的地方。

「我自己來就好，謝謝。」

正如她所擔心的，她的柔性抗議一點作用也沒有。那個男子默不作聲，手抓得更緊，她只有兩種可能：她要不順著他，像哭哭啼啼的三歲小孩一樣被這個陌生人拉著穿過結冰濕滑的大街；要不場面就會變得很尷尬。

雅莉娜決定選擇後者，胡亂揮打她的手杖。那男子立刻放開她，接著尖叫了一聲。他其實是在慘叫，她強忍著不發噱。他尖銳的慘叫聲聽起來很不像男人的聲音，從他粗重濃濁的呼吸聲，以及手掌的大小，雅莉娜估計這個傢伙至少有一百公斤重、一百九十公分高，相形之下，這個笑聲顯得完全搭不在一塊兒。

「啊，很抱歉，」雅莉娜言不由衷地說。剛才她的手杖故意往他的胯下招呼過去。

好極了。

「媽的，我再也不幫妳了，」她感覺到他的熱氣噴到她臉上。

顯然他恢復他的聲音了。

打中蛋蛋看起來沒怎麼樣嘛。

「臭瞎子，」他輕輕喘氣說，又後退了一公尺左右。雅莉娜送給他一個飛吻，微微一笑，朝著她剛才聽到他的所在方向走去。她身旁響起喇叭聲，分隔島的草地顯然已經在身後了，於是她趕緊走過行人穿越道。

她沒走多遠就撞到一個人，她很害怕那個男子轉身回來對她動粗，因為她感覺到耳際一陣溫暖的氣息掃過。接著她聽到一個聲音。她知道她以前不曉得在哪裡聽過這聲音，可是該名男子在這個當下對她說的話，更讓她一頭霧水。

「十三。十。七十一。」他悄悄說。

他挨近她的時候無聲無息，離開時又像一陣風飄然而逝，雅莉娜如果不是感覺到那個陌生人用濕熱的舌頭舔了她耳朵一下，她或許會以為這個詭異的經歷只是她的幻想而已。

然而她胃部一陣痙攣，不知所措地佇立在十字路口，耳邊的颯颯低語似乎比呼嘯而過的喇叭聲還要響亮。

8

俗話說，眼睛是靈魂之窗。就算在許多頭腦簡單的羅曼史裡讀到，雅莉娜還是覺得這句老生常談既庸俗又乖謬。難道視障者只因為他們的眼睛混濁不清，就沒有可以辨識的靈魂嗎？

雅莉娜很確定，每當她哭泣的時候，真正的靈魂之窗就會敞開。她估算了一下，哭泣的方式和人類在地球上的生活方式一樣變化多端。從嗚咽、啜泣、抽噎、哭號、飲泣、嘆息、悲鳴到千千萬萬種絕望的身體從氣息擠出來的其他聲音，每一種哭泣都和指紋一樣獨一無二。

然而那婦人在臥室裡哭泣的方式，卻是雅莉娜從來都沒聽過的。那聲音幾不可聞，宛如沉睡的嬰兒不自覺的鼾聲，只不過要哀傷得多。雖然聲音很柔和，但是那靜靜的啜泣卻讓雅莉娜很難受，宛若這位不速之客是在放聲哭號似的。可是約翰早就警告過她了。

「Fuck，妳怎麼跑回家去了？我不是語音留言跟妳說，妳要事先打電話給我嗎？還有半個鐘頭，我真想擺脫這個瘋子。」

她才關上門，她的閨密就絮絮叨叨地對她指摘起來。約翰就是這副德行，每次他做錯什麼事，總是會找一堆藉口。

「我以為她是個病人，在門口找不到地址，就讓她進來了，真是shit。」

雅莉娜住在噴泉街一棟兩層樓公寓的頂樓，一樓則是作為她的診療室。約翰住在她家替她照顧湯湯，牠最近經常生病。再說小狗也不能進監獄，所以雅莉娜只好把這個活生生的導航系統留在家裡，自己持著手杖出門。

「誰曉得她這麼難搞，baby。」

Fuck、shit、baby……約翰明明德語說得很溜，卻喜歡滿口英語，尤其是發飆的時候。他是美國人，口音字正腔圓，不像許多喜歡耍酷而發音卻荒腔走板的德國人那麼讓人尷尬。

「那個女的找我做什麼？」她問他說，在他的傷疤上匆匆親了一下。有鉛筆那麼長的疤痕宛若一條小河流，在約翰的額頭蜿蜒而下，和他的左眼只差幾毫米，一直到他的下顎骨；那是一群恐同者用刀子在他臉上留下的紀念品，他們在一家舞廳的廁所裡把他打得半死。

「不曉得。She's crying，我一開門她就哭個不停。」

「終於有個人沒有被你電到。」約翰從外表看起來根本就是個異性戀的男人，也正好證明人不可貌相。她自從幼稚園就認識約翰，多年的友誼使她對他一直印象很好，而不再相信她的女性朋友的繪聲繪影，她們幾乎每個人都幻想著跟他上床，甚至是已婚的。**尤其是已婚的女人！**

那些女人在家裡會為了先生沒有洗盤子而大發雷霆，可是看到約翰用皮靴鞋跟踩熄菸頭卻不以為意。她的這個閨密討厭香水和芭芭拉．史翠珊，寧可聽阿姆或「三十秒上火星」的歌。他也討厭克里斯多夫街紀念日，以及每年夏天在柏林舉行的同志彩虹大遊行。「我們像瘋子一樣穿著露臀的褲子，站在花車上招搖過市，妳想那些異性戀者會把我們當一回事嗎？」每年看到遊行的電視畫面，他都會如此評論。

這個外型粗獷的小夥子為什麼要大費周章地用蓬亂的頭髮和滿臉鬍鬚遮住他惹人矚目的臉孔，卻又迷倒一堆女人，對此她有自己的想法。她覺得他沒什麼危險。約翰就像一部驚悚小說，讀者只是想體驗一下緊張刺激的東西，而只要他覺得夠了，就可以闔上書扔掉它。沒有哪個型男可以撐上幾晚的。妳可以安全無虞地坐上他的機車，在湖邊過夜，享受兩三次高潮以後，翌日就可以結束這一章。完事以後女人可以回家，繼續盯著她們的先生刷牙後有沒有關水龍頭。**原本可以的**。那只是無法實現的虛擬二式，因為約翰比市長還娘炮。這是雅莉娜的親身體驗。有一次她真的說動他和她睡，而他們感覺就像兩個脫光光並排躺著的小學生在玩性愛的「遊戲」。不到三十秒就以笑場結束，而這次實驗也跟著胎死腹中了。

「妳的訪客看起來真的病得很重，」他們回到樓上的公寓時，約翰還在碎碎唸，他把「krank」說成「kränk」。「頭髮活像稻草似的，比妳還要瘦，牙齒長得跟小精靈的一模一樣。所以我才會覺得有必要伸出援手。然後她就突然放聲大哭，真是crazy。」

那是五分鐘前的事，現在一直到走廊都還聽得到那婦人的哭聲。現在，雅莉娜就坐在她對面的沙發上，她還是淚流滿腮，可是哭泣聲已經低了許多。

「請問妳是？」雅莉娜問道，過了半晌，她才聽到答案。那婦人擤了不下十次鼻涕，才把手帕捏成一團，說：「我叫約翰娜．史卓姆。」

9

雅莉娜的不速之客說話輕聲細語，一如她幾秒鐘前的啜泣聲。「史卓姆（Strom），電流的意思，我先生都這麼說。」

「唔，是啊，我們認識嗎？」

「不，我想我們不認識。」

這個陌生客語氣中有詢問的意思，宛如她自己也不確定似的。雅莉娜有個感覺，眼前這個愁眉不展的婦人對於她自己的整個生活似乎充滿了問號。由於害怕被拒絕，婦人習慣性地不敢確定任何事。

哇，這真是個心理學的偉大發現啊，雅莉娜。妳的沙發上坐著一個哭哭啼啼的陌生人，妳卻預感到她的自我懷疑。這太瘋狂了。

「我有什麼可以效勞的嗎？」

「我女兒……我……等一下……」

雅莉娜聽到一陣簌簌聲。約翰娜．史卓姆似乎在她的皮包裡翻找什麼東西，過了一會兒，她找到她要找的。

「妳瞧，我一直放在我的錢包裡，它一直跟著我。她十四歲，那是兩年前的照片。我很年輕就生了我的小寶貝，那時候剛通過高中會考。她叫妮可拉，而她……」那婦人突然頓了頓，接著趕緊道歉說：「啊，真是對不起，我怎麼這麼蠢。」

「沒關係的，」雅莉娜作勢說。

真的沒關係。比起拿照片給盲人看，還有許多更失禮的舉動。好比說問都不問就拽著盲人過紅綠燈。

「我真蠢，」陌生客喃喃自語。雅莉娜心想她是否意識到自己的習癖，也就是每一句話都要重複一遍。又是個不安全感的徵兆。她很擔心別人誤會或是沒聽到她的話。

「我還是把照片放在這裡吧，如果妳不介意的話。我的地址就寫在背面，也許妳有什麼辦法，可以告訴我，是否……」

「妳女兒怎麼啦？」雅莉娜打斷她的話。

約翰娜擤一下鼻涕才低聲說：「我先生克里斯提昂和我，我們正協議離婚，他離開了我。」

「嗯。」

「我們的婚姻，呃，我該怎麼說，我們的婚姻有問題。是的，有問題。就是這麼回事。就是這麼回事。」

「我不是心理醫生。」雅莉娜心想這個婦人八成是搞錯了。人們把物理治療和心理治療搞混，這已經不是第一次了。

「我的治療項目是運動傷害、肌肉緊繃、姿勢性脊椎側彎等等。當然這些病症也和心理有關，但是我的治療方式是指壓按摩。我想妳得另請高明，史卓姆小姐。」

「這我知道。我知道，」那婦人乾咳一聲說。

「可是問題不在我。」

雅莉娜掀開手錶的蓋子，觸摸上面的錶盤。十三點二十九分。她第一個約診的病人再一個鐘頭就會來，而她也必須休息一會兒。

「有問題的是妮可拉。」

「妳女兒？」

「是的，她不見了。」

「不見了，是離家出走嗎？」

「不，不。那是他們說的。是他們說的。可是他們搞錯了。」

「妳說的『他們』是誰？」

「我先生。警方。就是所有人。所有人。」

雅莉娜有點遲疑。當下把這個婦人請出去，或許才是聰明之舉。可是她還搞不清楚她的問題到底是什麼，既不知道該怎麼幫她，也不能就這樣下逐客令。更何況這個婦人處境堪憐，眼下的她又擤起鼻涕來了。雅莉娜覺得不分青紅皂白地把她轟出去，那未免太不近人情了。

「問題很大，」陌生客說。「應該說是『我的』問題很大。現在問題大概還在。因此我現在還在治療當中。治療我的酒癮。對不起，打擾妳了。可是我們主任，我是說聖法倫霍普療養院裡的主任，他總是說，我們應該敞開心胸地面對它。是的，敞開心胸。」

啊哈，然後就雲淡風輕嗎？女酒鬼。雅莉娜心想，卻還搞不清楚這和她有什麼關係。

「雖然我先生很不以為然。這樣的直言不諱，妳知道嗎？他覺得這讓他很沒面子。面子，是這麼說的嗎？」

雅莉娜聳聳肩。

「克里斯提昂是個律師，這妳得知道。很厲害的律師。非常厲害。妳要是看見他，千萬不要……噢，對不起。真是尷尬，我的意思是說，我又提到『看見』這回事。妳當然不會看見他。很抱歉，真是失禮，我太激動了，才會口沒遮攔。」

「妳不必抱歉，史卓姆小姐。我很樂意協助，可是妳得先告訴我，為什麼妳會來找我。如果妳是要找婚姻諮商，我知道有一家很不錯……」

「不，不。妳真好，不過不必了。我們離題了。再說我也不需要什麼顧問之類的，雖然我曾經想過。後來他乾脆把妮可拉也搶走了，可是他的決定的確是對的，他是個律師。律師很懂法律的，不是嗎？」

「或許吧。」

她又摸了摸手腕。十三點三十三分。

「妮可拉過得很辛苦。我也很辛苦。她時而會無意間聽到什麼。我的失敗。失敗，克里斯提昂總是這麼說。不過他總是對的。就她而言，我想我是失敗的。」

雅莉娜微微欠身，約翰曾經跟她說，這個姿勢對說話的對象而言意味著煩躁和焦慮。若真是這樣，那麼約翰娜顯然對此一無所知。

「妮可拉很喜歡她爸爸。後來她對我不理不睬，吃飯的時候連正眼都不瞧一眼，就算我做她最愛吃的菜。她『以前』最愛吃燉鹿肉佐義大利水餃。天啊，我在說什麼。她現在當然也愛吃義大利水餃。她還活著。還活著。」

這個神祕的訪客開始說話語無倫次了。

「有一天，她再也沒有回家。學校打電話給我，因為他們打到克里斯提昂的事務所找不到人。我在家。他搬出去了，我第一次一個人在家。幸好那時候我很清醒。或者說很倒楣。是這麼說的嗎，很倒楣？無所謂啦。現在很多事都無所謂了。應該說是一切都無所謂吧。我什麼都不管了，直到我知道她在哪裡。直到我……」

「好，如果我理解的沒錯，妳和妳先生分居以後，你女兒就離家出走了？」雅莉娜打斷她的話說，「真的很遺憾，不過我還是不清楚該怎麼……」

「不，不。她不是離家出走。她喜歡跟她爸爸一起住。她喜歡他的住所，她在那裡可以自由自在。她的臥室要大得多，她的朋友們可以在那裡過夜，他沒有那麼嚴厲，而且……沒有。我想解釋得清楚一點，對不起。真蠢，我真的很蠢。我這麼嘮嘮叨叨，浪費妳的時間。這就是我要說的，很簡單。妳瞧，妮可拉不可能離家出走，也不可能連手機都沒帶。她絕對不會忘記她的手機，這我很清楚。我也跟警方這麼說，可是他們不相信我。沒有人相信我。」

「不相信什麼？」

「關於那個禽獸的事。」

「禽獸？」雅莉娜提高聲調，好讓隔壁的約翰聽見。他和湯湯在隔壁默不作聲，可是她知道，只要她們的談話失控，當她需要援手時，他會隨時現身。

「是的，我一開始就知道。當那個女校長打電話給我，跟我說『史卓姆小姐？約翰娜·史卓姆小姐嗎？妳女兒出事了』，在那一秒鐘我就知道了。她在說到『女兒』時加重了語氣，我就知道發生了什麼嚴重的事。比叛逆的青少年違反校規還要嚴重的事。更何況她一點也不叛逆。倒是有點倔強。是的，倔強。但是她沒有離家出走。而且現在我有了證據。」

「證據？」

「我有問題，是的，我有自殺意圖，好幾次。就是因為這樣，我才被送到療養院。我可以直言不諱，不只是因為主任醫師要我們敞開心胸。我沒什麼好隱瞞的，妳知道的。妳會注意到我是不說謊的。我真的看到照片。照片裡只有她一個人，獨自一人。我看見她了。我的女兒，她一絲不掛地躺在床上，一臉恐懼，是的，恐懼。妳不覺得一個母親看得見她孩子的恐懼嗎？……噢，真是對不起。我又提到『看見』。我不是故意的。」

雅莉娜作勢表示沒關係。她很想跟她說，只要能夠說到重點，她可以隨意使用任何視覺語詞。畢竟她必須承認，這個由隻字片語組成的拼圖遊戲，這個由約翰娜·史卓姆在她面前攤開的拼圖遊戲，它越來越有意思了。「妳是說，妳看見妳女兒的照片？」

一張她女兒遭到凌虐的照片？

「是的，是的。上面還有時間顯示。九月二十二日。這個當然也可以偽造，不是嗎？可是為什麼要偽造呢？」

「妳為什麼來找我，而不是去找警方？」

「對不起。真是抱歉。我無意浪費妳的時間。我只是剛好讀到報導說，妳剛好也有類似的問題，是嗎？妳去找警方時，同樣沒有人相信妳，不是嗎？」

雅莉娜漸漸明白，這個精神錯亂的婦人找她要做什麼了。

真是蠢到家了，約翰。你怎麼會讓她進來的？

「聽好，史卓姆小姐。我不想失禮，可是我真的愛莫能助。」雅莉娜的耐心已經用完了，而且她也極力避免談到她最害怕的事。可是接下來的談話急轉直下。

「我讀了許多關於妳的報導，額我略夫小姐。他們說妳有別人所沒有的能力。和失蹤的孩子有關的能力。」

「妳誤會了，」雅莉娜倏地站起身來。

「可是報紙上說……」

「他們也誤會了。」

「我只是想，既然那一對雙胞胎，妳……」

天啊。

兩個月來，她一直在躲避所有記者，把他們擋在門外，接到電話也不斷重複一句話：「無可奉告。」她甚至考慮再度改名字，就像以前一樣，為了平靜地活下去。

「我給妳一個建議，史卓姆小姐，妳最好去找警方。」

「我早就找過他們了。可是他們也說，妮可拉只是個蹺家的孩子而已。」

那婦女咳嗽起來，一副嗆到的樣子。

「可是我不相信。妮可拉已經十六歲了。的確，當家庭有了問題，每個孩子都會很為難。可是她很勇敢，至少在她爸爸那裡的時候。當克里斯提昂說：『妮可拉，妳要在午夜前回家，』她總是會提早五分鐘到家。而且她從來不和男孩子亂來，到現在都還是處女。至少我相信如此，她從來不會跟我說……」

「妳沒有把照片拿給警方看嗎？」雅莉娜打斷她的話。

「我沒辦法。」

「為什麼？」

「照片已經不見了。是的，是的。我知道聽起來很奇怪，但就是這麼回事。那是一張立可拍，但不是真正的照片。它經過特殊處理，有點像魔術戲法之類的。這種東西我不是很熟。那到底是不是個戲法，這種事以前在我們家都是克里斯提昂在傷腦筋的。他離開沒幾秒鐘，影像就不翼而飛了。」

「他是誰？」

雅莉娜這才想到，她一直沒有問約翰娜・史卓姆是怎麼拿到這張可疑的照片證物的。

「一個老頭子，他在療養院的花園裡拿給我的。他看起來很和藹可親，可是根本不是那麼一回事。他也不是病人，而是一個壞蛋。他是個禽獸，因為照片裡也有他。映入眼簾的不只是妮可拉以及這些止血鉗，他甚至就站在她身旁，在手術床旁邊，她被綁在上面。那個東西是這樣說的嗎？在手術室裡的床怎麼說？手術床嗎？噢，天啊，妳以為我瘋了是嗎？」

「我很抱歉，」雅莉娜轉移話題說。「我真的很抱歉，可是我還在等一個病人。」接著是一陣沙沙聲，應該是約翰娜・史卓姆準備起身，可是她並沒有放棄說服雅莉娜。

「他在療養院的花園和我攀談時，我根本沒見過這個人，我在療養院裡很少看電視，也不讀報紙。可是他在幾個月後被捕，我注意到這個人。如此友善、古板、和藹可親。『就是這個傢伙！』我指著休息室的電視尖叫。大家只是對我哈哈大笑。沒有人相信我，相信一個男子在花園拿照片給我看的故事。這張駭人的照片。他說那是對於我的罪行的懲罰。可是我根本不知道我犯了什麼罪。他給我看過那張殘忍的照片以後，我整個人就精神崩潰了。崩潰。」

雅莉娜有個不祥的預感。「那個人，把照片拿給妳看的……」

在一家療養院的花園裡，一張影像居然憑空消失的照片。

「……我們是在說查林．蘇克嗎？」

雅莉娜的診療室裡頓時一片死寂。老舊建築的天花板底下，只有噴泉街的車馬聲鑽了進來，直到約翰娜．史卓姆開口回答，接著她又號啕大哭起來。

10

「謝謝妳，小朋友。」

同樣的診療室，同樣的聲音。然而，雅莉娜由於想到接下來要做的事而襲上心頭的噁心感，卻大不相同。那讓她更想吐。她伸手把十分鐘前因為劇烈動作而滑落的太陽眼鏡推高。

說也奇怪，雅莉娜並不在意在陌生人面前裸裎相向。反倒是讓人在這麼近的距離端詳她混濁而受損的眼睛，她會覺得嚴重侵犯到她的隱私。蘇克先是抱歉說他沒有器具可用，接著就不發一語，在檢查她的眼睛時，只是輕輕哼著歌。檢查終於結束，她覺得身體被弄髒了，很想去沖個澡。

「妳為什麼改變主意，雅莉娜？」

蘇克不知道，在好幾個鐘頭前，史托亞在辦公室裡也對雅莉娜提到相同的問題。當然偵辦這第六起凶殺案的組長說話的口氣不像被羈押的眼科醫師那麼傲慢而自負。雅莉娜立即切入重點，反問史托亞說：「約翰娜．史卓姆這個證人的可信度如何？」

「史卓姆？」史托亞不必看任何檔案，也沒有在電腦上搜尋或是詢問其他同事，他馬上就知道她說的是誰。

「妳怎麼會偏偏提到她？」

「她昨天來找我。」

「了解。妳應該幫她的。我真不該相信這個可憐的婦人的。」

「什麼？」

「有太多個人因素了。那個史卓姆有嚴重的憂鬱症，又是個酒鬼，而且就我所知，她來找我們的時候，正在接受精神治療。她精神崩潰，在整個調查過程中不斷咆哮。休勒那時候問我是否相信她的話，不過已經無所謂了。大概整整兩個星期，她天天出現在警局；到後來她指責我們什麼都沒做。我們真該不要理會她的。雖然就連她先生都勸我們別聽這個發瘋的家庭主婦的話，她連自己的家庭都毀了。」

「然後呢？」雅莉娜挑釁地問道。

「什麼然後？」

「你們沒有搜尋那孩子嗎？」

「搜尋那個叫尼古拉還是妮可拉什麼的嗎？當然有啊。可是和蘇克無關。那只是很簡單的失蹤案件。」

這種案件什麼時候簡單過？雅莉娜話都到嘴邊了，不過還是忍住沒說。接著她問道：

「那麼你們是怎麼排除她的？」

「那個孩子才十五、六歲，還太年輕了。蘇克的被害者都是成年人，大多數在三十歲以上。此外，她的經歷再清楚不過了：破碎的婚姻、父親搬出去、還有個正值青春期的女兒。妳沒有小孩，雅莉娜，可是妳知道裡頭沒有任何未知數的方程式是什麼東西。那就像是個三分法：母親酗酒，父親打包走人，孩子離家出走。再美滿的家庭也會發生這種事。」

史托亞站在他吵吵鬧鬧的辦公桌後面，說話時在辦公室裡踱方步。在雅莉娜的想像裡，他應該還會比手畫腳吧。

「唉，雅莉娜，我現在就可以跟妳解釋這整個荒誕不經的故事，不過妳得先替我搞定蘇克，這件事本身就夠瘋狂的了。」史托亞說話的語調透露了他根本是一派胡言。他當然會相信這個荒唐的故事。至少他很渴望相信它。再過幾個鐘頭，法官就會裁定撤銷蘇克的羈押，而由於證據不足，這個禽獸又可以逍遙法外。

「或許不足採信，而妳也根本看不出來、感覺不到這和他有什麼關係。然而就算有關吧，妳也沒辦法幫上可憐的史卓姆小姐什麼忙。他們的女兒不就是蹺家了嗎？妳可以問她父親。如果我沒有搞錯的話，他們兩個吵過一架。我當然應該展開調查，但是就我所知，他們父女前一晚發生口角，第二天小孩就失蹤了。這麼說吧，如果妳肯幫我一個忙，那麼我很開心。可是我希望妳是基於別的理由。我不想用謊話慫恿妳。」

到後來雅莉娜已經搞不清楚這究竟是怎麼回事了。因為一個謊言，讓她回頭去找蘇克，而且是最拙劣的謊言：對自己說謊，騙她自己說她可以藉此彌補一個嚴重的錯誤。

「他們對妳承諾什麼，好讓妳擺脫自己的陰影？」眼科醫師如是說，彷彿猜到她在想什麼似的。蘇克不待她要求，逕自走到按摩床，窸窸窣窣地躺了下來。「國家機器拿什麼誘餌引妳上鉤？」

誘餌，當你知道你這麼接近真相的時候？雅莉娜思忖著，而她也越來越厭惡眼前的這個男人。

「如果我答應治療這個男人，」雅莉娜在道別時問史托亞：「我最後可以拿到你答應要給我的東西嗎？」

你會給我那捲錄音帶？

她話還沒說完，組長就滿口答應。

「我最後確認一次，蘇克先生：你已經看過我的眼睛。我從現在起不想再跟你講話了。」

「妳不想知道我的診斷意見嗎？檢查妳的眼睛真的讓我長見識了。」

雅莉娜走到診療床前。「不必了，謝謝，我沒興趣。」

她的手沿著床墊的邊緣一路摸索到床腳，然後戴上擱在右邊床腳的手套。

「如果我提出一個交易，妳也沒興趣嗎？等一會兒，妳什麼也不要說，先聽我說好嗎？靜靜地聽可不是對話吧？」

雅莉娜神情緊繃地嘆口氣，不得不同意蘇克的話。

「關於我，有一件事妳必須知道，雅莉娜。不管史托亞怎麼說，不管報紙怎麼寫：我愛眼睛。我說的不是在廣告看到的、琥珀色的、閃閃發光的、經常被比喻成鑽石或星星的小東西。**健康**和**美麗**只是**無聊**的同義詞，不是嗎？我在追尋的是真正的美。不平凡的、獨一無二的、世間罕有的美。在大自然裡，與眾不同總是意味著一種異常現象，妳想過這點嗎？小女孩。」

「難道不是嗎？」

「我看過妳那美極了的、異常的眼睛以後，很確定妳可以動手術。如果妳願意的話，雅莉娜，如果妳想要重見光明的話，只要兩次手術，我就可以讓妳恢復視力。而且妳不會收到漫天要價的帳單，一切免費。妳要做的，就只是在此時此地不要給我任何回報。」

「你要我不進行按摩？」

如果可以不必摸到他，雅莉娜何樂不為？可是史托亞也就不必履行他們的協議，雅莉娜就永遠不會知道佐巴赫在儲油槽上面的最後幾秒鐘發生了什麼事。

可是我會平白無故地放走一個心理變態。

「這就是我的提議。」蘇克再次低聲說。

「你的提議被拒絕了。請面向牆壁坐直，背對著我。」

蘇克喟然嘆息。「好吧，就聽妳的，小姐。」

她從聲音聽得出來這個眼科醫師真的照著做了，雅莉娜這才有機會把左手拳頭塞進嘴裡，而不讓蘇克看見。

「這是妳的決定。我沒辦法強迫妳接受我的好意，不是嗎，小朋友？」

她屏住呼吸，將腿往後引，然後使勁往前踢，她的腳趾頭撞到診斷床的不鏽鋼支架。她的整條腿痛得都痲痺了，許久沒有任何感覺。腳上的疼痛傳遍全身，讓她很想大叫，但是她塞在嘴裡的拳頭使她只是悶哼一聲。雅莉娜額頭冷汗直流，暈眩作嘔。然後她開始診療。

11

暈眩。

每當一個難以言喻的荒謬念頭浮現在雅莉娜心裡，每當一道閃電從腦袋裡轟然襲向她的眼睛，她都會有這樣的感覺。一道閃電，以耀眼奪目的光芒，衝破了她生活在其中的無邊無際的黑暗。

這個疼痛的過程幾乎都會引發一連串的聯想，從車庫裡的回憶開始，三歲的時候，她和鄰居小孩在堆沙堡，她到車庫裡的架子上拿了一只衛生杯要做模子。他們剛剛搬到加州一個小鎮郊區不久；她父親找到一個水壩興建計畫的工程師的工作，在那以前，還沒有人到車庫翻箱倒篋過。沒有人知道前任屋主用那只杯子裝碳酸鈣，小雅莉娜剛把水倒進杯子，它就爆炸了。

暈眩。

雅莉娜的手一碰到蘇克的肩膀，就很本能地想要縮回來，但是她總算忍住了，接著就閃現刺眼的光芒，就像小時候把她的眼角膜燒壞的強光。

現在中止治療還太早。

她還沒有看到任何影像，更不用說任何聲音，雖然有聲音的影像總是在事件發生時第一個出現。**如果**有什麼事發生的話。

以前她以為這種情況只發生在特定的人們身上。也就是感覺上具有負面的、有害的能量的人，當他們和她有身體上的接觸，這個能量就會傳到她身上。後來，在她和佐巴赫一起如夢魘般地迷航時，她才醒覺到，她只有在疼痛的狀態下碰觸陌生人，才能進入他的內心世界。

正因為如此，她才會刻意撞傷自己的腳趾頭。

眼下她看不見、聽不到也沒有任何感覺，除了腳上血管悶悶的搏動，以及周遭耀眼灼目的光。她幾乎有一種欣快感，因為她的自殘讓所有感官印象都清晰起來。

我有感覺，但是沒有發瘋。

她很想這樣說服自己。她很想馬上收拾好背包，給守在外頭的警衛一個訊號，然後對史托亞聳聳肩，抱歉說她什麼也沒「看見」。但是她沒能實現這個願望，因為她在內心的眼睛前面突然籠罩著一片濃霧，在那個瞬間，她聽到……

我聽到音樂了嗎？

才第一個小節，她就認出了那段旋律。

Let me take you on a trip
Around the world and back

那是她最喜歡的一首歌，可是她一下子想不起歌名和樂團名稱，不過相較於接下來發生的事，這也不算什麼了。她先是看到若干空隙。看不見的手扯破了她眼前的光幕，露出了後面的影子。雅莉娜再也感覺不到她的手如何從蘇克的鎖骨一路游移到他的脊椎。她只顧著凝神觀察霎時間紛至沓來的影像。就像上次在集眼者身上看到的，現在她又潛入她的病人的世界裡。一個漸漸豁然開朗的世界，它的輪廓也有了形貌，就像沖洗中的照片一樣。

一面牆壁。白色的。摸起來很粗糙，就像大多數老舊的壁櫥一樣，上頭覆著一層廉價的膠膜。然後我聽到音樂。約翰會說那是真正臨場的音樂，就算它是從音響流瀉出來的，那個喇叭比我摸到的木皮牆壁還要廉價。

And you won't have to move
You just sit still

她驀地看到眼前迸出紅色火花，就像是壁爐一樣，裡頭一塊燒盡的木頭塌了下來，雅莉娜這才把周遭看得更清楚一點。接著，她靜下心來思索著，她的邏輯理性認知會不會拒絕相信她真的闖進蘇克的內心，用她的眼睛「看見」這個世界。

有個精神科醫師就佐巴赫之死的報導，談到幻象和幻覺的問題。她說那應該是白日夢或記憶。後者又更加貼切一些。

記憶。

正如她的夢，她沒辦法知道還沒有儲存在她的記憶裡的東西，況且她三歲就失明了，她的視覺記憶其實很有限，隨著時間的推移，也會漸漸褪色或消失。她從來沒看過手機、電玩或艾菲爾鐵塔，不過，她倒是認得現在顫巍巍地站在上頭的馬桶。

我站在馬桶上，扶著白色木皮牆壁。噢，不，我沒有扶著它。我想接近那道光。我踮起腳尖。

她突然很想瞇著眼睛。

我的雙手扶著牆壁上緣，兩腳踏在馬桶邊緣上面，然後我看到……

音樂越來越大聲，她的腳同時消失了……

不，不是我的腳，而是……

那雙腳從她的視野裡消失。接著她看到……**頭髮、紅褐色的、自然卷的頭髮。**

一如往常的，那頭髮是……**我母親的。真該死。**

經過二十三年幾近全盲的歲月，在雅莉娜的記憶裡只剩下兩個人的臉龐。她的爸爸和媽媽。她在青少年的時候還隱約記得她哥哥的長相。可是時間一久，他在她內心的眼睛前的形象越來越模糊，最後完全消失——就像暴露在雨中的水墨畫一樣。因此，雅莉娜在夢中或記憶中遇見的人，他們的長相都和她父母親一樣。這也是為什麼她翻牆從上面往下窺探第二間廁所時，偏又看到她母親的頭。

那一定是一間公廁。蘇克從一間女生廁所翻爬到隔壁廁所。

彷彿是要證明給她看似的，她看到那婦人伸手拿了幾張抽取式衛生紙。

Now let your mind do the walking

And let my body do the talking

合唱的段落還沒開始，歌曲就戛然而止，如果不是那婦人突然抬頭望著她，雅莉娜或許會大感懊惱吧……

她看到我嗎？噢，不是，是看到蘇克。

……廣播主持人切掉歌曲說：

「今天是二月十六日，噢，我想我得喝個咖啡放空一下，然後……」

後來的話她再也聽不清楚，因為那個主持人的說話聲被驚詫萬分的婦人的聲音壓過去了。她顯然是蘇克以前的病人，因為她正在求饒說：「噢不，求求你，別再……」

接著她站起身來。

不，不對，她不是站起來。她是被往上拉。鋼絲頸圈讓她別無選擇。那個頸圈原本在我手裡，現在我把它套在我的受害者頭上，把它勒緊，使得那婦人的喉嚨荷荷作聲，兩隻腳亂

踢亂蹭，卻也不敢利用體重往下拉，因為她知道我會勒斷她的脖子。於是她只得任憑我擺布，我從她的眼睛裡看到她的絕望。我看到我母親溫柔、慈祥、因為恐懼而睜大的眼睛，那不只是恐慌，更有一種我在當下難以言喻的模樣，直到我從母親的嘴裡聽到蘇克的聲音，我才明白他在獲釋後下一個要加害的人是誰。

他的下一個受害者是他以前的病人，他以前應該對她施暴過，因為蘇克說：

「唉，妳不記得我了嗎？時候到了。我回來找妳，要了結我已經起了頭的事。」

從這一秒起，雅莉娜的幻覺又持續了二十秒左右，直到她完全受不了為止。

12

在她心裡有三個人，她很希望他們生個重病，一輩子臥病不起。第一個人是她父親的醫師，他誤診了她父親的胃癌，用藥草茶治療了一年，害得她父親嘔血死亡。第二個人則是趁著她睡覺時潛入她家裡、爬到她床上強暴她。至於第三個人，眼下就在她身旁，在天寒地凍的冬天裡，和她一起佇立在一座墓園裡。

「史托亞在哪裡？」雅莉娜問道。

「他和檢察官有緊急會議，所以派我來。」

「真遺憾，你大老遠跑這一趟，卻只能無功而返。我只跟史托亞談，不會跟他的小嘍囉講的。」

「幹嘛這麼拒人於千里之外？」米克・休洛科夫斯基問道。

「嗯嗯，你讓我想想，」雅莉娜蹙額說。「或許是因為上次我遇見你的時候，你正好要把我的好朋友的臉按到熾熱的電爐盤上是嗎？」

她脫掉手套，給他看她的左手掌。上頭布滿了一道道火紅的燒燙傷疤。那是不到兩個月前的那一天的個人紀念品。所幸沒有傷及筋肉，否則現在她就失業了。

「那是個緊張狀況。我很難過。」

「你會感到難過嗎？」

對於米克．休洛科夫斯基而言（他們都叫他「休勒」〔Scholle〕），集眼者自始至終就只是一個人：亞歷山大．佐巴赫。休勒一口咬定他就是凶嫌，於是在一處廢棄的療養院廚房裡對他嚴刑拷問，要找出孩子們的藏匿處。

「你早就審訊過法蘭克．拉曼，你這個白癡。而你居然把他放走。你的無能讓佐巴赫白白送命，而那個集眼者至今一直逍遙法外。我真不明白你這個腦滿腸肥的大屁股怎麼還有辦法蹲在你的管區裡。」

「天啊，真高興妳那麼了解我，」那探員大笑說。「我真擔心妳會一直記仇。」

冷冽的寒風刺痛了雅莉娜的手，她忙不迭地把手插進夾克口袋裡。她很懊惱自己沒辦法看到休勒確切的長相。她只有從佐巴赫那裡知道他在一般的服裝店裡買不到他的尺寸的衣服。**「休勒就像是退休的重量級拳擊手，把每天的訓練都荒廢了，卻沒有忘記大吃大喝，彷彿要維持體重的量級似的。」**佐巴赫有一次對她說。**「他是那種穿得活脫像是舞廳保鑣的人，他的個性也確實很暴戾。他往往會利用人們以為胖子脾氣總是比較好的刻板印象作為掩護。休勒的臉不算癡肥，沒有像豬一樣的瞇瞇眼，說話時也不會汗如雨下。他看起來真的像是一隻沒脾氣的泰迪熊。圓滾滾的腦袋，頂著一顆啤酒肚，手腳幾乎要把衣服撐破，就好像把吹風機插進衣服裡似的。」**

對雅莉娜而言，這些描述一點意義也沒有，就像佐巴赫說休勒長得很像漫畫《高盧英雄傳》裡的歐貝利一樣不知所云。她從來沒看過拳擊賽，也不知道舞廳保鑣長什麼樣子，更不曾躲在被窩裡就著手電筒一頁頁看漫畫。佐巴赫在她腦袋裡植入的唯一聯想，正是她原本最不想碰的，也就是泰迪熊，她在幼稚園就認識的玩具。

「算了吧，雅莉娜。這外頭真他媽的冷，我膀胱裡的尿都要結冰了。我已經好話說盡，妳可以告訴我從蘇克那裡得知什麼了嗎？」

她搖搖頭。

「妳是不想跟我講，還是妳一無所獲？」

「是的，我什麼也沒探出來。」

「連一點線索都沒有嗎？」

「娜妲。她叫……」雅莉娜敲一敲額頭。「啊，有了，我看到他下一個受害者的電話號碼，這個重要嗎？」

「妳在搞笑嗎？」

雅莉娜思忖著，不知道休勒是否在端詳著她的臉，如果是的話，他會不會看出什麼來。她一直很不會說謊。約翰總是嘲笑她說，那是她唯一比路邊停車還不在行的事，現在她甚至可以感覺到兩頰充血的樣子，她只盼望頭頂上的天空就像掃墓的天氣一樣：灰暗、烏雲密布、沉悶。在霪雨霏霏裡，休勒或許才看不到她的滿臉通紅。

這個地方雅莉娜來過一次，就在五週前的葬禮。她沒有得到正式的邀請，誰都沒有。集眼者消滅了他們整個家庭，佐巴赫沒有兄弟姊妹，他的父親已經過世，他母親在安養院裡中風後就一直是個植物人。儘管如此，在馬利安菲爾德墓園的葬禮還是擠滿了人，他們都是從報上得知葬禮的消息的。佐巴赫任職的報社以整個頭版刊登他的訃聞。她知道休勒故意約她到這裡談話是要暗箭傷人，讓她的情緒崩潰。他應該知道史托亞答應她替蘇克按摩的報償是什麼。

「他媽的！那個瘋子被放出去了，」探員嘆一口氣說。

「少來了，休勒。你以前還罵我是邪教瘋婆子，抱怨這個世界太早廢除焚燒女巫的刑罰。你才不會真的要騙我說，你指望我替蘇克按摩會探出什麼東西來。」

「真的嗎？」她聽到休勒點了一根菸。「不，我不相信妳什麼靈媒之類的。那些玩意兒我都當它們是騙術。至於要借助妳發現新事證，那就像是海蒂・克隆晚上打電話給我，說服我和她的閨密一起玩三人行一樣荒誕不經。但是不知怎的，這套把戲對集眼者就是很管用。而且自從我兒子出事以後，我學到一個教訓，那就是你得抓住任何一根稻草，否則你這輩子都會遭人指責說你沒有盡全力。」

幾年前，休勒的俄羅斯籍太太偷偷把他們四歲大的孩子馬庫斯誘拐出境，藏身在莫斯科和雅羅斯拉夫爾之間的某個地方。休勒那時候沒有當機立斷，當他趕到俄羅斯時，母子倆已經人間蒸發了。休勒從此再也沒見到他的兒子。

「我要將壞人繩之以法，雅莉娜。就這麼簡單。為了這個目的，對我或史托亞而言，任何非常手段都算不了什麼。」

「例如刑求。」

「嗯，是的，」他大方地承認。「那有什麼不對嗎？我問妳一個很簡單的問題，雅莉娜。假設有兩支足球隊，其中一隊全副武裝，完成不必遵守規定，可以動手打人、放黑槍甚或致人於死；另一隊則是被裁判盯得死死的，只能穿運動服上場，只要一犯規就會吃紅牌。妳想到頭來哪一隊會獲勝？」

「如果公平比賽的話，好人沒辦法獲勝嗎？」

「沒錯。」

「鬼話連篇。不過謝謝你對我這麼坦白，這樣我就更有理由討厭你了。」

而且對你撒謊。

至少她有了個不知道在哪裡的公廁這條線索，只要他獲釋，史托亞就可以去搜尋下一個受害者。而廣播主持人甚至透露了眼科醫師再度行凶的確切日期。

「今天是二月十六日，噢，我想我得喝個咖啡放空一下……」

二月十六日。

也就是五天後，而明天蘇克很可能就會被放出來了。可是現在跟警方說這個還太早了。

她得花時間想想。監獄醫院的審訊還要花一個鐘頭，如果她在治療結束前看到的幻覺是千真萬確的事，那麼她是否得把它告訴別人，那就很有疑問了。就此而言，史托亞派他的助手來，還真的算她走運。如果是他親自赴約的話，雅莉娜這套謊話恐怕一下子就被拆穿了。

「好吧。」

她聽到休勒戴著手套的雙手有節奏地擊掌聲。

「還是謝謝妳費心幫忙。」

從一陣窸窣聲可以判斷出，這位警官用他的鞋尖在磨蹭墓園小徑上的石礫。

「對了，有人把它挖出來，」他說，她一時完全會意不過來。

「什麼？」

「佐巴赫的棺材。昨晚不知道哪個流浪漢跑來盜墓，把屍體運走了。」

「你在耍我嗎？」

「這是真的。我也很想作弄妳。在攝氏零下一百度，站在墓園裡，扶著一個瞎子。」

墓園外的車馬喧囂顯得生氣盎然，但是在這裡，在佐巴赫的墳墓前，雅莉娜覺得宛如置身另一個星球。

「我不相信。」

「妳當然看不見，但是這裡的泥土還是剛翻過的樣子，被拔起的花也還沒有換掉。」

「可是那是為什麼？這一點都不合理呀。」

休勒嗯哼一聲，似乎是同意她的話。「的確。那真是禽獸不如的事。這該死的墓地都結了厚厚的一層冰。」

雅莉娜聽到遠方傳來兩個人的腳步聲。她知道他們所在的位置是墓園裡比較偏僻的角落，有矮樹籬和若干樹木遮蔽其他訪客的視線。腳步聲還很遠，可是她聽到他的說話聲。「為什麼？誰會幹這種事？」

「誰會在強暴婦女之前先割掉她的眼皮？」休勒又忿忿不平地踩踏石礫路面。「這個世界生病了，雅莉娜。我有時候真的搞不清楚我們誰是醫生誰是病人。」

她感到冷意從靴子的鞋跟竄上來，於是踮起腳跟，盡量減少寒氣侵襲的面積。

休勒冷不防抓住她的手臂，將她的手從夾克口袋裡抽出來。

「這是什麼東西？」

冷颼颼的空氣像個守候著獵物的猛獸，朝著她裸露的手指頭襲來。

「妳的報酬。妳雖然沒有幫上什麼忙，但是我們說到做到。」

雅莉娜抗議說：「史托亞答應給我的是錄音帶，而不是什麼名片。」

佐巴赫臨危不亂，在和法蘭克通話時啟動了手機的錄音功能。他和集眼者的最後談話，他的最後談話，一字一句都錄了下來。從他們的寒暄到朝著腦袋扣下扳機。可是雅莉娜和所有大眾媒體一樣，都不曾聽過這段錄音。

「妳到底為什麼這麼急著拿到這捲錄音帶？」休勒問道。

「你不會了解的。」

「妳為什麼不試看看呢？我雖然有時候會做點蠢事，但是我其實沒有那麼笨。」雅莉娜搖頭嘆息，宛如認為這場談話一點意義也沒有似的。接著她打起精神來，不讓自己的語氣聽起來太過沮喪。

「尤利安的屍體一直沒有尋獲嗎？」

「到現在為止還沒有。」

「沒有在你們和佐巴赫一起找到的那艘船的貨艙裡嗎？」

「沒有。可是其他受害者也是一樣。集眼者總是把屍體運到別的地方去。」

「嗯，沒錯。可是你們遲到了幾分鐘？」

「比最後通牒晚了七分鐘。」

「據你估計，一個男人從船腹跑到上面的甲板，穿過舷梯，一直到停在碼頭的車上，那要多久的時間？」

「我怎麼知道？兩三分鐘，也許吧。」

「手裡還挾著死掉的男孩呢？」

「我知道妳要說什麼，雅莉娜。」休勒模仿動畫片裡閃爍不定的電燈泡的滋滋聲。

「這些我們都估算過了。法蘭克・拉曼應該是在期限結束前就把尤利安從藏匿處擄走了。」

「或許他從來沒有離開那艘船？」

「我們已經澈底搜查過。妳要相信我們。法蘭克不在船上，他也沒有在船上殺害尤利安。」

「你們為什麼這麼確定？」

「錄音帶是其中一個因素。」

「我也是這麼想。所以我才想要拿到它。」

雅莉娜把皮夾克的兜帽拉下來遮住前額。雖然羊毛襯裡很厚實，還戴著黑色假髮，她還是覺得整顆頭像是浸泡在冰水裡一樣，冷得直打哆嗦。

「史托亞的話為什麼沒辦法讓妳滿意？」休勒問道：「這和妳親耳聽到有什麼差別？」

「那麼為什麼死者家屬總是要見死者最後一面？」她反問道。「我必須親自證實，才能相信你們說的話。」

而且我要聽到佐巴赫最後的聲音，才能和他道別。可是這跟你們這些沒用的傢伙無關。

「尤利安沒有在船上遇害，就這麼回事。我真不明白，這有什麼難以置信的？」休勒問道。

「這個意思會是說，我們有可能改變我們的命運。」

雅莉娜知道警探會反脣相譏，於是不待他開口就接著說：「在我上一次的異象裡，也就是在佐巴赫救出那一對雙胞胎之前，我看到了尤利安的結局。我看到一艘船。我看到一間貨艙，也許就是佐巴赫闖進去的那間。而且我看到尤利安是怎麼窒息而死的。」

「妳顯然搞錯了。」

她慘然一笑。「但願我真的搞錯了，我願意付出一切代價。」

如果是那樣，那麼佐巴赫就可以中斷這一連串殘忍的事件，也不會有宿命這回事，而我們也可以改變事情的結局。如果真是如此，那麼我無論如何都不能告訴你我最後一次看到的異象，休勒。

「請給我那捲錄音帶，」她再次要求。

「那不是錄音帶，而是一個隨身碟。而且妳拿不到，妳到底明白了沒有？」

「不，我不明白。我和史托亞說好的。」

「啊哈，妳有嗎？」休勒嘲笑她。「我老闆或許有點天真，但是妳是騙不了我的，小寶貝。妳真的以為我看不出來妳在隱瞞我什麼嗎？」

該死。雅莉娜心想她的臉色一定變得更陰沉了。

監視器。**我怎麼會這麼笨？**

她忘了裡頭有隱藏式麥克風，把診療室裡的每一句話都錄下來。她在治療蘇克時有一長段時間是靜默的。如果她真的什麼都沒有感覺到，為什麼她不馬上中止呢？

「妳沒有對我和盤托出所有真相，妳也拿不到語音檔案，就這麼簡單。」

休勒腳下的石礫又在沙沙作響，這次則是因為警探決定走人了。

「等一下，你要去哪裡？」她在他身後叫道。

「找個暖和的地方呀。」

「那麼我拿這個東西要做什麼？」她晃一晃休勒塞在她手裡的名片。

「我敢說妳會發現的，雅莉娜。」

她欲言又止，只聽到窸窸窣窣的腳步聲漸漸遠去，以及那個警察的聲音：「我確定妳很快就會發現。」

13

在森林邊緣沿著湖邊散步，對湯湯似乎很有好處。湯湯晚上睡得很不好。通常牠會睡在雅莉娜床邊的長條地毯上，可是昨晚牠習慣的床位移到暖爐下面。她好幾次被牠不安的悲鳴聲吵醒，感覺到牠的鼻子很乾，於是為牠盛了一碗水，不過牠只喝了幾口。該死的寒流。它不僅讓人們很不舒服（他們有時候會把他們的城市叫作「柏林格勒」），甚至影響到所有生物。鳥兒們在厚重的雪堆下找不到食物，冰凍的湖裡的魚群也都窒息而死，動保團體建議不要讓貓咪在戶外蹓躂，如非必要，也不要出門蹓狗，雖然牠們的康復能力比在這一波流行感冒中病倒的一萬兩千個柏林人要強得多。今天早上，湯湯還幾乎不碰任何飼料，可是現在牠開心地用鼻子頂牠的碗，彷彿迫不及待地要去小島上玩。

天鵝島七號。

就這樣。休勒在墓園遞給她的名片正面就只印了這幾個字，再多沒有了。沒有名字，沒有郵遞區號，也不知道誰「住」在那裡，「坐擁」或許是比較合適的動詞吧。雅莉娜在柏林住了四年。這個時間夠久了，她一離開湖邊，就知道自己來到了首都最昂貴的住宅區。

到這裡散步一下當然很愜意，不過住在這裡肯定不會很舒服。

她越走越覺得不安。她的肚子咕嚕咕嚕叫，可是她不覺得是今天那一頓寒酸早餐的關係。**應該是該死的寒流，我拉肚子，而且我不知道自己身在何處，我到底有什麼東西掉在這裡了？**

湯湯則跟她完全相反，牠似乎知道目的地在哪裡，很有把握地往前走，偶爾停下來提醒她路上有個坑洞或是樹枝。萬湖路沒有人行道，她盡量靠左走，好讓迎面駛來的車子看到她。可是到現在為止，還沒有一輛賓士、保時捷或越野車從她身旁呼嘯而過，她猜想這些車子都還在別墅的雙車位車庫裡吧。

雅莉娜在萬湖的城鐵車站下車，步行了四十五分鐘，而她大概花了四十四分鐘的時間在懷疑自己是不是發瘋了。

一個條子很不爽，因為妳沒有對他透露關於未來的預言，於是塞給妳一張名片。每個正常人都會安安分分地待在暖和的屋子裡，可是妳這個笨女人就是會被妳的好奇心給害死。

雅莉娜走過連接天鵝島和策倫多夫的小橋，感覺到風向在改變。此外她還聽到腳下冰層的碎裂聲。現在她不必走在馬路上，而是選擇了狹窄的步道。

整座小島只有幾戶人家，但是由於每一戶都佔地超過五千平方公尺，她每次都得走過半個足球場那麼遠才能找到下一個庭院大門。過了十幾分鐘，她的 iPhone 才發出 GPS 的語音訊號。她總算到了。天鵝島七號，不管這個地址後面藏了什麼東西。

雅莉娜當然也不想跑這一趟，可是她既沒有這裡的電話號碼，也沒辦法從網路查到任何蛛絲馬跡。天鵝島七號不像其他不動產，在任何官方記錄都找不到這個地址。島上的有錢人和名人願意花錢在所有可能的東西上面，除了門鈴的名牌。昨天她一整天都在自怨自艾，而今天她一早就出門了。

雅莉娜總算找到那根細細的金屬柱子，它立在圍牆外頭幾公分處，上端裝設著對講機。

她按了門鈴，心裡盤算著如果被問到她來這裡做什麼，她該怎麼回答。

「我知道聽起來很荒唐，可是米克．修洛科夫斯基警官給了我這個地址。如果我的理解沒錯的話，您應該有一些資訊可以告訴我。」

「哪位？」

雅莉娜原本以為要好幾分鐘才會有人從深宅大院裡出來應門，卻沒想到這麼快就聽到聲音。那個男子的聲音聽起來出人意料地親切。

「雅莉娜．額我略夫，我想……」

嗶的一聲，大門開了一道縫。她手腳並用，這才推開沉重的大門。

好吧，休勒，你顯然不是在鬼扯，我倒要看看⋯⋯雅莉娜心下思忖著，湯湯走了幾步就擋在路上吠了起來，可是已經來不及提醒她了。

雅莉娜被拽倒在地上。

14

有兩個人，他們都不發一語，直接一把拽倒雅莉娜，一拳擊中太陽神經叢，使她張大嘴巴，說不出話來，隨即用布塊塞住她的嘴巴，將一只袋子套在她頭上，他們的動作行雲流水，看起來像是排練很久的舞步。她有一種很不真實的失重感覺，手腳都被人抬起來。在這種情況下，她原本應該會恐慌症發作的。更何況她聽到他們撕開膠帶纏住她手腳的滋滋聲，接著又聽到鐵捲門打開的嘎嘎聲，然後她就被扔到一輛箱型車的後座。整個過程不到四秒鐘，或許是因為如此，她過了半晌才反應過來。

我的恐慌症沒有跟著發作，她心裡想著，她最擔心的湯湯原本吠個不停，後來悶哼一聲就不在她身邊了。**我們快到我沒時間害怕**。

箱型車加速行駛，根據傾斜角度，應該是往下坡疾駛。雅莉娜對別墅的大小完全沒有概念，但是裡頭顯然足夠鋪一條跑道。她覺得車子隨時都像是要衝到萬湖的水面上，行駛的聲音變了，越來越大聲而低沉，那意味著他們轉進一條隧道。

車子突然煞住，就像它剛才疾速前進一樣。如果那兩個劫持她的人不是坐在她的大腿上，駕駛踩煞車的時候，她很可能會被拋到前頭。

鐵捲門往上拉，詭異的舞步的第二幕開始了。這次是由其中一個男子把她扛在肩上。另一個人扯下她的手套，將她的手掌按在一個冰冷光滑的平面上。她開始冒汗，但不是出於恐懼，而是因為溫度突然升高了四十度左右。她內心的眼睛浮現一間熱烘烘的車庫的畫面，接著她聽到挾持者鞋跟的回聲，並且糾正她的第一印象。說它是車庫還太小了點。她不如說是置身於一座停機棚裡。

「這是怎麼回事？你們這些混球是什麼人？」她很想對他們咆哮，不過塞在她嘴裡的布塊使得她的話變成沒人聽得懂的呻吟聲。她就像是捲起來的地毯一樣倚著牆角，感覺到挾持者把她的手機、鑰匙、錢包、腰帶、香菸和打火機都拿走。

她心跳越來越快。恐慌症還沒有襲向她，不過也差不多要來了。

有好一陣子四下一片闃寂，可是驀地嗶嗶幾聲，不遠處又有一道鐵捲門打開。雅莉娜聽到有人在彈鋼琴，她不知道是什麼東西讓她覺得哪裡不對勁：是她倒栽蔥似的被扛進流瀉著古典音樂的電梯，或者是發現這個一路把她扛在肩上的猛男其實是個女的而讓她大惑不解？

「你有空嗎？」那個女挾持者問道，雅莉娜沒聽到回答，因而研判她是在講電話。可是眼下她也沒辦法做進一步的推論。她的恐慌終究在這場賽跑中獲勝，在最後一秒鐘偷偷溜進電梯裡。

「很好，」那女子爽朗地笑道：「時候到了。」

「什麼東西時候到了？我在哪裡？他們要對我怎麼樣？」

「妳等了很久的人，現在妳終於要看到了。」

15

「我得先為這次不當的邀請致歉，額我略夫小姐。」

「哈，廢話，別再提了。我很樂意遭到毆打和綁架。」

雅莉娜搓掉膠帶在手腳皮膚上殘留的黏膠。她的呼吸越來越緊促，不過他們總算將她鬆綁，也拿掉頭上的袋子，不然她覺得就要窒息了。而且自從那個有中國女子舉重選手的膂力的女子把她扛到這個房間裡，她再也不必含著布塊說話了。

「真是抱歉，這些警員反應過度了，」這個陌生人的聲音和藹可親而顯得格格不入。

「警察，他們是條子？」坐在沙發上的雅莉娜不可置信地笑彎了腰。

「那麼，你又是誰啊？聯邦總統嗎？」

「我是馬丁．羅特博士。」

羅特？她腦袋裡一個偏僻的神經束的突觸倏地活躍起來，可是雅莉娜在心裡的抽屜的檔案夾裡找不到這個名字。

「妳或許在和查林．蘇克有關的報導裡看過我的名字，」他給她一個提示。

對了，鑑定報告。

「史托亞把你的名字略去了。你就是替那個叫塔瑪拉．史利爾的證人做檢查的精神科醫師，對吧？」

雅莉娜很想跳起來賞他一巴掌，因為現在她至少知道其中一個挾持者的身分。

「沒錯。檢方委託我檢查她的精神狀態，並且做出鑑定報告。」

「幹得好。可是你是不是也應該讓人檢查一下比較好？你把我擄到這裡來做什麼？」

「史托亞先生沒跟妳說嗎？」

她忿忿不平地擊掌說：「哪裡有？那位好心的史托亞先生從前天就找不到人了。反倒是他的助手米克．休洛科夫斯基給我一張名片，跟我說我會自己發現真相的。你們這些人要麼就是都有病態的幽默感，要麼現在最好另外想出什麼唬人的把戲，在我打電話給我的律師之前。」

「我了解妳為什麼這麼激動。」

「真的嗎？老兄，看你幹的好事。我還真沒想到一個心理醫師會了解一個瞎子為什麼會因為嘴巴裡被塞了一塊布而發火。」

羅特在屋子裡踱來踱去，她在過去半個鐘頭裡被搞得暈頭轉向，因而沒辦法想像這個屋子的空間大小。

在她的想像裡，她宛如身處虛空中，獨自坐在彷彿飄浮在空中的沙發裡。她聽到羅特腳下的地板嘎嘎作響，這才修正她的印象。他應該是站在堅實的地板上的某個地方。

「請妳不要誤會，我絕對不容許這樣的暴力。但是警方必須小心為上。」

「為什麼？」

「他們得確定妳真的是雅莉娜．額我略夫小姐。妳當然不會察覺到，可是從城鐵車站就有人一直跟蹤妳。妳的跟監者注意到，即使身在荒郊野外，妳似乎一點也不慌亂。」

「跟監者？」雅莉娜不自覺地眨一眨眼睛。

這個地方越來越有趣了。

「是的，他懷疑妳只是裝瞎而已。門口的監視器也拍到妳分毫不差地找到這個地址。後來小組長把鏡頭拉近，發現妳戴假髮。我很抱歉，由於事關重大，我們必須確定妳不是要來刺探這個地方的不速之客。因此我們沒收了妳的證件，也驗過妳的指紋。」

「等一下……」雅莉娜想起她的手被人按在玻璃板上。「你是在唬弄我嗎？或者我是上了什麼殘障者的隱藏攝影機節目？我的手機有GPS，還有一隻訓練有素的導盲犬走在我前面。再說……」她打了個冷顫。

「你們把牠怎麼了？湯湯在哪裡？」

「別擔心，牠只是齜牙裂嘴地不斷嗚嗚叫，除此以外，牠沒什麼問題。多虧牠脖子上的固定架，我們不難抓到牠。現在牠被拴在大廳等著妳。」

「你馬上把牠帶過來！」

「噢，這不行。小狗是不能進醫院的。」

「什麼，我在醫院裡？」

「算是吧，不過不是一般的醫院。」

她輕蔑地哈哈大笑。「是嗎？你是說那種不能自由進出的醫院？」

「正是，」羅特很嚴肅地回應雅莉娜的嘲諷，她的怒氣頓時煙消雲散。或許是因為不管她怎麼挑釁這個心理醫師，他的語氣始終很平靜。他就像一根避雷針似的水波不興，而她在脾氣發作過後也漸漸恢復理智。

跟監者、監視攝影機、頭上的布套、擔心被刺探、史托亞、休勒、羅特、蘇克。

這些元素串在一起，不就是……

「等一會兒……」雅莉娜緩緩站起身來。「那個女證人沒有消失。」

「什麼？」

「塔瑪拉．史利爾，蘇克案的關鍵證人，她沒有人間蒸發。她就在這裡。」

一時間四下無聲，羅特或許正在點頭同意她的話。

「醫院是個掩護。他們把塔瑪拉藏在這裡，不讓蘇克找到她。」

所以這個地方才會如此戒備森嚴。所以你們對不速之客才會如此提高警覺。

「天鵝島七號是個極機密的地方，沒有多少人知道這裡，」羅特證實了她的猜測。

「人們很難越過兩公尺高的圍牆一窺究竟，就算他們從外頭看到什麼，這裡的主建築看起來也只會像是一座宏偉壯觀的別墅。其實它以前真的是一座城堡。這裡本來是羅倫斯家族的所在地。」

「這對我一點意義也沒有。」

「這點無關緊要。前院的大樓只是個障眼法。主要院區位在別墅背後幾公尺遠的地方，從外頭難以窺見，就在萬湖湖畔。從對岸望過來也只會看到一座船屋以及會反光的玻璃帷幕。保護受害者以及證人的安全住所大多數都在地下室，就在我們現在這個院區的正下方。」

「你們也在這裡治療塔瑪拉．史利爾。」

「算是吧。」

「這我就不懂了，你們既然掌握到你們的證人，為什麼要讓蘇克跑掉？」

「因為在這個不幸的案子裡，史利爾小姐做出有價值的證詞的機會很渺茫，可是我想要……」

「醫生，隨便你要怎樣，都跟我無關。」

她把牛仔褲的口袋往外翻以示抗議。

「請把我的手機和香菸還給我。還有請給我一個解釋，為什麼我會來到這裡？」

「這有點複雜。」

「這還用你說，」雅莉娜雙手叉在胸前。「你最好從頭說起。」

「噢，不，」羅特說：「我最好先讓妳看個東西再說。」

16

他們沿著長廊前進，空氣中有油漆和粉塵的氣味，羅特提醒她不要貼近剛粉刷的牆。刺鼻的溶劑臭味和周遭輕微的雜音使她很難分析這個陌生的環境。雅莉娜既不知道走廊的天花板有多高，也沒辦法估算兩面牆之間的距離。她心裡的眼睛浮現一個醫院走廊的典型畫面，有天然亞麻地板，牆上貼著木皮。羅特一再輕輕扶著她的胳臂，告訴她這裡有一張桌子，那裡有一張病床，或者迎面走來一個人，可是他們並沒有停下來寒暄。羅特對她解說整個院區建築的基本構造。建築最大的部分是沿著斜坡蓋在地底下，只有一小部分突出地面。

醫師對她說她已經離開地下樓層，就不發一語地走開，讓她整理一下自己的思緒。

我他媽的為什麼又被捲進來？

今天早上，她費了好大的力氣向約翰解釋，為什麼她要照著休勒提供的神祕線索，跑到天鵝島來。

因為那個條子固然是混蛋，但不是虐待狂，你了解嗎？至少他不會平白無故地整人。休勒一定是知道什麼，才會要我到那裡去。不過我不知道那是什麼……

現在，她顯然發現了。他們的關鍵證人精神失常，住在天鵝島上的精神科預防性羈押病房裡。

可是這跟我有什麼關係？雅莉娜從沉思中驚醒，驀地停下腳步。

他們不會是真的要……

「等一下，醫生。我不想再替任何人治療了。」

沒錯，就是這麼回事。如果史托亞或休勒對她明講，請她對另一個病人使用她的靈異能力，她一定會對他們比中指拒絕。可是現在她因為好奇心而掉進他們的陷阱裡。

「治療？」

雅莉娜敢說，同樣停下腳步的羅特，他的神情一定和當時她媽媽聽她解釋幼稚園裡發生的事時滿腹疑問的表情一模一樣。雅莉娜對於家人的影像的記憶不是太多，經過這麼多年，大部分都像她的哥哥伊凡的臉一樣泛黃模糊了，可是她母親褶起圍裙專心聽她說話的表情，她一輩子都會珍藏著。

「妳說的『治療』是什麼意思？」這位心理醫師問道。

「噢，我來這裡不是要……」雅莉娜眨眨眼。「那算了。」

「啊，我明白了，當然。妳是物理治療師。報上說妳甚至有靈媒的能力。」

「是有很多報導。」

「的確，不過我不是因為妳那個天生或習得的能力才把妳找來的。」

他們又往前走。雅莉娜突然想起電梯裡那個體格壯碩的女子所說的話。

「妳等了很久的人，現在妳終於要看到了。」

「就我所知，你根本沒有找我。有個瘋子給我一張名片，又有兩個瘋子把我挾持到這裡來。」

「這是妳看待這件事的角度，額我略夫小姐。」

「喔，是嗎？那麼你的角度是什麼？」

雅莉娜聽到羅特開了好幾個鎖才打開一扇門，似乎是從整修的大樓通往側翼的舊大樓，至少不再有整修工程的氣味。

「四個星期前，我就找過史托亞請求妳的協助，可是他認為時機還沒有成熟。我很高興他改變主意。」

「協助什麼？」

「妳對多重人格了解多少，額我略夫小姐？」

她放慢腳步，就像人們在送別時的遲遲吾行一樣。他們可能是在放射科吧。他們走進一個房間，裡頭應該有一座大型電子儀器在運轉。雅莉娜摸到一台核磁共振機，雖然它轟隆隆的聲音比她印象中被推進去時聽到的還要嘈雜。

「我看過一部叫作《致命ＩＤ》的電影，」她回答羅特的問題說。

「看過？」

「是啊，不過你可以放心，我不是假裝成瞎子，因此大可不必又把布袋套在我頭上：很多視障者都會去電影院。尤其是對話冗長的片子，比什麼自然紀錄片要有趣多了。」

「我又長知識了，」羅特向雅莉娜稱謝，往左跨一步避開一輛餐車。根據香氣判斷，他們應該是經過了廚房，而雅莉娜的肚子也咕嚕咕嚕叫起來。

她飢腸轆轆，內急而且犯了菸癮。最好是一次解決。她後來才漸漸了解自己的身體在生死關頭的壓力情境之後、在施行心肺復甦術之後的反應和呼喊：最好是吃一點東西、抽根菸或是一陣巫山雲雨，不過最後一個選項已經從第一順位不斷往後退。以前只要她有興致，她可以跟任何人上床。不分男女老少。她一直最喜歡以這個方式形構關於人們的畫面。但是在和集眼者周旋的那些日子之後，一切都改變了。她失去了一個朋友，她對他幾乎一無所知，卻又終日思念，彷彿隨著他的死亡，她一部分的靈魂也被切除掉似的。顯然她宣泄情感的能力也跟著佐巴赫一起被埋葬了。自從他死後，她再也不曾流淚。不管是在他的墳前或是在葬禮後的這些日子裡。自此以後，她對任何肉體接觸都興趣缺缺，無論是在床上，或是對重刑犯、精神異常的證人。

她停下腳步，羅特輕輕把手搭在她肩上。「嗯，既然妳對多重人格的認識沒有比好萊塢編劇多到哪裡去，門後的東西應該會讓妳大吃一驚吧，額我略夫小姐。」

17

雅莉娜屏住呼吸，因為沒有了氣息的雜音，她可以聽得比較清楚，修正她對於空間內部的聲音來源的第一印象。門後肯定既沒有大型儀器，也沒有核磁共振機，因為那種聲音會規律得多。

「聽起來像是有人的收音機沒有調對頻道，」她猜測說。

「的確。」

羅特把門打開，聲音又更大了。在一層層轟隆隆的噪音底下，不知名的音樂混雜著斷斷續續的說話聲，形成扭曲難辨的大雜燴。

「這個地方的廣播是調頻電台，剛好是一〇五．三兆赫，在一〇四．六和一〇五．五的兩個電台之間，也就是在虛無縹緲的三不管地帶。」

「幹嘛這樣？」雅莉娜沒好氣地說。

「這樣可以安撫病患。廣播會播放一整天，不可以轉台或是關掉。」

「不然會怎樣？」雅莉娜很想問，可是就在這時候，她聞到一股熟悉的氣味。

「等一下，你說什麼病人？」她低聲插嘴說。

「是啊，妳為什麼要問呢？」

羅特抓住她的胳臂。「噢天啊，妳不會是要說……」

他不知所措而欲言又止。「我以為，我是說……我很抱歉，可是……」

雅莉娜撥開醫師的手，衝到病房裡。

「對不起，我真的不知道，」她聽到這位心理醫師激動得語無倫次起來。他的聲音聽起來很誠懇，他的道歉不像是在虛與委蛇。「我以為史托亞對妳隱瞞的就只是這個收容所而已。妳一定認為我是個鐵石心腸的蠢貨。」

雅莉娜推開一張狹窄逼仄的單人床，輕敲不鏽鋼地板找尋聲音來源。迎面吹來一陣冰冷的風，應該是有一扇窗子沒有關好，而空氣中除了冷颼颼的海風以外，還有另一個氣味。

汗水。

一種混雜著恐懼、擔憂和壓力的體味，那是洗澡洗不掉的，也是香水無法遮掩的，折磨著每個毛細孔。可是這個病人吐出的氣息卻有個明確而不會搞混的氣味。

雅莉娜跪了下來，伸手摸到一隻軟綿綿的手，像是壞死的手臂歪歪斜斜地癱在椅子旁邊擺盪著。她噫的一聲，覺得一顆心快要爆裂了，她的猜想似乎就要豁然開朗。那個氣味幾不可辨，可是她永遠不會忘記那個和她魚水交歡的人的氣味。

這個認知的震撼宛如攻城木一般，撞破了她的感情城牆。她用指尖輕輕觸摸臉部的線條，感覺到溫暖而皸裂的皮膚、下陷的臉頰、豐厚而熟悉的嘴唇，不覺潸然落淚。

「這是怎麼回事？」她用連自己都很陌生的聲音咆哮說。

「我可以解釋這一切，」羅特想辦法安撫她，可是雅莉娜聲嘶力竭的吼叫打斷他的話。「你們這些混帳把他怎麼了？」

椅子上的病人在這個時候微微動了一下。亞歷山大·佐巴赫面無表情地望著窗外冰凍的湖水，凝神傾聽電晶體收音機莫名其妙的聲音。

18 亞歷山大・佐巴赫（我）

以前有人說過，精神疾病的本質就在於對它的否認。一個病人越是瘋狂，他就越會堅持他沒病。這麼說，從心理的角度看來，我應該完全健康才對。我很清楚自己有哪裡不對勁，因為我會眼神空洞、淌著口水、不發一語、獨自坐在輪椅上傾聽那個一〇五兆赫的荒謬聲音，卻診斷不出什麼結果。不只是我的電晶體收音機，我的腦袋裡也有個頻道出毛病。我偏離正軌太遠了，正如我的保險公司拒絕理賠我的自殺未遂。

雖然那天我第一次和雅莉娜重逢，在我絕望的自殺行為七週之後，在他們替我拔除引流管的十天後，我自然是沒辦法這麼清醒地自我評估。我可以確定的是，有一顆九厘米的子彈打穿了我的腦袋。

如果那時候有人把一枝鉛筆塞到我手裡，要我畫出我的內心世界，我或許寧可把整張畫紙吞下去，也不想用狂亂的手塗鴉出一片火花四濺的紅色煙霧，那應該是我頭痛的象徵吧。我的腦袋成了世界上最喧鬧的搖滾樂團的試聽室。運氣好的時候，我只會聽到他們的擴大器震耳欲聾的隆隆聲或是麥克風的反饋音響。但是在大部分的時間裡，總會有個有虐待狂的鼓手把他的銅鈸朝我的腦殼扔過來，幸災樂禍地看我被它的嗡嗡聲震得眼淚直流，就像雅莉娜突然闖進病房的那一刻。

後來有人跟我說，那一天她跪下來握著我的手流淚，可是就算我的手沒有完全痲痺，我也不曾感覺到。更何況那時候我腦袋裡的樂團正在排練，小夥子在唱著「Sweet pain of mine」。

我沒聽到雅莉娜怎麼對羅特醫生咆哮，他應該是跟她解釋我如何從死裡復活。理由其實很簡單。我晚了七分鐘趕到集眼者的藏匿處，照著法蘭克．拉曼的指示，對準我的眼睛開槍，在這個電光石火之際，史托亞的人衝進貨艙把我抱出來。

他們破門而入的舉動把我嚇一跳，手槍滑了一下，子彈沒有射穿我的左眼，我射高了幾公分，它穿過我的額頭，像奶油一樣掠過我的前額葉和顳葉。然後子彈以幾乎垂直的軌跡往下穿過腦幹和大動脈，接著從我頸部的肌肉組織跑出去。幹員彎身查看我的時候，我已經失去知覺。可惜特勤組的警探做了幾個很嚴重的錯誤決定。他們先是把我救活，然後用直升機把我送到一家軍醫院的神經外科。幸好史托亞在第一次急救手術時聽了我的手機的錄音，知道我為什麼要自殺。他破例做了唯一正確的決定，在報導中宣告我已經死了。或許這樣可以騙過集眼者，認為我已經履行約定，他也就可以放了尤利安。為了製造更完美的假象，他們甚至為我舉行葬禮，另一方面卻暗渡陳倉，把我送到天鵝島來。

這一切都是我日後從羅特以及史托亞那裡一點一滴聽來的，他們是唯一探視過我的人。我應該可以回答雅莉娜的問題，如果我眼下不是想盡辦法裝瘋賣傻的話。還要想辦法趕走我兒子。

19

我很難解釋為什麼一個病人已經被腦袋裡的幻聽搞得生不如死了，還要把一具破爛的收音機轉到最大聲。可是精神疾病本來就是很難解釋的事，就像我的親身經歷一樣。至少對神智清醒的人而言是難以理解的。

對我自己而言，自從我兒子第一次探望我以來，我的行為一直很合乎邏輯。我怎麼能再次失去他呢？

那天我的腦袋剛好消腫，可以下床活動活動。我很久沒有走一走了。從我的床到鏡面窗戶前的輪椅不過兩公尺的距離。當時已經是晚上六點半，羅特醫生剛查過房，檢查我的頭部包紮，給我吃新的藥，藥名我不記得了。醫生前腳才走，藥物就發揮作用。樂團排練垃圾重金屬音樂的音量輕了許多，我的頭也沒那麼痛了。

在這個瞬間，我的夢魘開始了。尤利安第一次爬過窗子。

我一直只有聽到他的聲音，它持續了一段時間，而且有固定的間隔。尤利安利用樂團的少數空檔抓住麥克風，不斷地告訴我令人振奮的消息：

「我沒有死。我只是活在另一個世界裡。爸爸，你只要好好入睡，我們就可以再相逢了。我們可以重聚。」

從他的用詞遣字中，我就注意到他不是我兒子，而是我的潛意識在跟我說話。那不是尤利安，而是自我裡的一個軟弱的部分，它想要一死了之。時間一久，他的聲音越來越大，也成為我的痛苦裡居高臨下的元素：**「你為什麼不聽我的話，來找我呀，你不再愛我了嗎？」**

我必須承認他的央求很誘人。我多麼想放棄抵抗，不再和我的生命過不去。在第二次手術前，我問史托亞，集眼者是否履行他的承諾。我說話的樣子很像要把舌頭吞下去似的。可是探長知道我不會想問其他問題，他只是很遺憾地搖搖頭。

集眼者騙了我。或者是我的偽裝露了餡。不管真相是什麼，對我都沒有差別。一切都不再重要，因為尤利安再也回不來了。

從這個瞬間開始，我就知道我不能放棄。我必須抵抗我想像中的兒子的聲音。我心裡湧現一個衝動，比一死了之的願望更強烈：我要報仇。

我的大腦語言區受損，左邊身體有一大半痲痺了，沒有別人攙扶的話，我甚至走不了兩步，可是這不能阻止我構想一個計畫，那就是即便天涯海角也要抓到法蘭克·拉曼，然後好整以暇地將他刑求致死。回頭來看，或許這滿腔的忿怒正是我的復原速度令人咋舌的主要原因。遭受像我這種傷勢的人，有八成捱不過來。少數倖存者也都變成植物人。我是例外中的例外。每個成就卓越的人都會有個動力，而我的動力就是仇恨。

不管怎麼說，這個動機是很難堅持下去的，當人突然看到自己兒子溫柔的眼睛，坐在窗台上兩腳晃呀晃的對他招手要他過去。

我們走吧，爸爸。就你跟我，我們一起走吧。這樣我們就可以重聚了。

抵抗想像中的聲音是一回事，而你以為已經死去的兒子對你伸手則又是完全另一回事。我當然也知道那是藥物的問題。樂團的聲音越大，我的頭痛越劇烈，尤利安就得花更大的力氣大聲呼喚我。可是當手術奏效，傷口逐漸消腫，而羅特的止痛藥也終於可以緩解疼痛，我兒子就發動反擊——即使只是在我的想像世界裡。由於我的感覺中樞受損，那個世界越發真實，使我突然聽得到也看得到我兒子。當他穿著他最愛的淺灰色汗衫站在我面前，吹開前額濕漉漉的頭髮時，我感覺到他的氣息在我皮膚上掠過。

天啊，我甚至聞得到上次在集眼者的藏匿處那裡察覺到的有一點酸酸甜甜的獨特氣味。那個時候，我遲到了。

你再也不必受苦了，爸爸，你只要跟我走，然後……

他的聲音比我記憶中的還要稚嫩，他的輪廓也有點模糊不清，當我再度頭痛欲裂時，他就不再那麼鮮明，我彷彿可以看穿他的胸膛。

我就這樣陷入殘忍的弔詭而無法自拔。只要我的疼痛稍緩，我兒子就回來找我。我的復原狀況越好，他的幻影就越真實。我真想把藥停掉，可是試了幾次以後，他們改採靜脈注射。我想應該是有些難以解決的問題。我既沒有力量也不想找羅特醫師，我的腦袋僅剩的一小塊還算靈光的區域告訴我，為了趕走幻覺而要求停掉止痛藥，很可能無濟於事。後來還是一個意外替我解了圍。有個護士在整理床單時不小心轉了收音機頻道，尤利安居然驀地消失無蹤，就像他最初突如其來地襲向我一樣。他不只是變得千瘡百孔、虛弱無力而若隱若現，甚至是完全消翳，他幾乎像是一隻蚊子似的，而收音機則是高頻率的驅蚊器。

頻率重疊的雜音把他嚇跑了。

自此以後，我就坐著輪椅守在窗前，不讓別人把收音機調到聲音清晰可辨的頻道甚或把它搬走。起初羅特和護士都很不喜歡這個雜音，但是當他們知道一個腦袋被子彈穿過的、精神錯亂的、復仇心切的男人會產生多麼驚人的力量時，只好舉雙手投降。只有在夜裡，藥物使我鎮靜下來，他們才會把收音機關掉，而我也還可以接受。因為鎮靜劑可以讓我一夜無夢，尤利安也沒辦法乘隙而入。而我早上起床第一件事就是費勁坐上輪椅去打開收音機，並且整天守在它前面，就像今天我有前世的訪客一樣。

那是午餐不久以後，晚上的鎮靜劑早就失去作用，而早上止痛藥的藥效也幾乎過去了。鼓手再度將銅鈸朝我扔來，我的眼睛因為強忍淚水而痠痛不已。可是我仍然奮力堅守陣線，也就是我的收音機，捍衛我為了抵抗幻覺而構築的防禦工事，這時候雅莉娜猶如從虛無裡迸出來一樣，突然出現在我傾圮的世界裡。

我不知道她在我輪椅旁邊蹲了多久，我才意識到她的存在；我也不知道她勸說了多久，我才有辦法從一堆嘔啞嘲哳的雜音裡過濾出可以理解的句子。

「你醒醒啊，」她對我咆哮說：「你給我醒來，我有尤利安的消息。」

20

雅莉娜・額我略夫

「現在妳總算知道真相了，」羅特用滑鼠關掉電腦上的數位錄音檔案。剛才雅莉娜在病房裡再也受不了了，於是他們回到心理醫師的辦公室。她撫摸佐巴赫癱軟而瘦骨嶙峋的手，感覺不到絲毫生氣，這比聽到他的死訊更讓她難受。他的死亡至少還意味著她再也不必受折磨了。現在她不僅必須接受他復活的事實，她更了解到，過去幾個星期以來，他的處境簡直是人間煉獄。

「你可以再播放一遍嗎？」羅特應允了雅莉娜的請求。這已經是第四次播放了，他因為醫療的需要而從警方那裡取得這個錄音檔。如果佐巴赫也可以聽一下的話，他應該可以推測到他的兒子在那最後幾秒鐘裡發生什麼事。

正如前三次，雅莉娜聽到一個地方就要求暫停一下，法蘭克，拉曼唸的那串數字，她在街上也聽到有個陌生人跟她說過。

「十三。十。七十一。」

那可不是她的幻想，她騙不了自己的。她一想到那個男人的聲音就不寒而慄，那個聲音如此熟悉，幾乎和錄音裡那個說出變態要求的聲音一模一樣：

「你愛尤利安勝過你的生命嗎？」

「是的。」

「那麼就證明看看。」

「我要舉槍自盡嗎？」

「妳的朋友別無選擇，」羅特嘆息說，錄音檔繼續播放著。

「把槍管對準你的左眼，扣下扳機。只要我在報上看到你的屍體，我就會放了尤利安。不過如果你猶豫太久，你的王牌就會失效。我會讓尤利安窒息而死，然後剜出他的左眼。對了，還有，如果你讓我覺得你在耍詐……」

「現在妳明白我們的欺敵策略嗎？」醫生趁著法蘭克說話的空檔問道。雅莉娜點點頭。

「……如果你讓我對你的死有一點點懷疑，我一樣會處決尤利安，你也絕對找不到他的屍體。你到處找尋的，再也不會是尤利安，而只是一具沒有靈魂的軀殼，你甚至沒有屍體可以埋葬。魚還在我的網裡活蹦亂跳。我可以多給警方一點線索，讓他們找到尤利安。用來救他小命的線索。你明白我的話嗎？」

雅莉娜不覺冷汗直流，很想抓一抓身體。她微微抬起手，羅特當下會意，便關掉錄音檔案。

「你知道這一切都只是白費力氣，是嗎？」她問道。

「妳是什麼意思？」

「別再跟我打啞謎。你們再也不必藏匿佐巴赫了。昨天有人把他的棺木撬開，而我們都知道這個人是誰。」

羅特倒抽一口涼氣。「我不知道這件事。不過我有想到這點。警方一直在等候尤利安生還的消息，已經七個星期了。等了這麼久，我個人也不指望會有什麼好消息。雖然參與行動的人員圈子很小，但是畢竟軍醫院的醫師和護理人員都知道佐巴赫先生並沒有死在手術檯上。」

雅莉娜鬆開原本抓著一團手帕的右手，接著又握緊拳頭。「請你快轉一下！」

羅特照著她的話做，她聽到孩子的聲音，不禁鬆一口氣，這個感覺讓她有點難為情。不管尤利安發生什麼事，他都沒有在他的藏匿處被悶死。佐巴赫辦到了。沒有命運這回事，也沒有宿命。就算有，也已經被他改變路徑了。問題只在於不知道是好是壞而已。她舉手示意可以切掉錄音檔，站起身來，卻不曉得要往哪裡去。她只是激動得坐不住而已。又氣忿又悲傷。

「要不是我的腦袋沒有那麼暴力，我真的很想摑你一記耳光，然後使勁尖叫，把屋頂掀掉。但我不是這樣的人，當然不會這麼做。不管我是一直很冷靜，或者是剛剛才恢復理智。你現在可以回答我一個問題嗎？他到底能不能復原？」

羅特請她坐下來，可是她不予理會，一隻手搭在耳朵旁邊，一副聽不見醫生說話的模樣。

羅特嘆道：「基本上，佐巴赫先生的身體狀況很好。」

雅莉娜用手指敲敲自己的額頭說：「你是在開玩笑嗎？」

「不是。我是心理醫師而不是外科醫師，根據這點，妳應該可以判斷他的狀況到底好不好，額我略夫小姐。妳的朋友的問題是出在心理上，而不是身體狀況。」

「你不是說有一顆九厘米子彈射穿亞歷的腦袋嗎？」

「是的。」

「那麼聽起來問題是出在身體上呀。」

羅特頷首而笑，接著他說：「妳或許聽過巴拉圭足球明星卡巴納斯，他在墨西哥城的一家舞廳裡遭人近距離開槍擊中頭部。幾個月後他獲准出院，現在據說他在練習頭球，而他的傷勢比起佐巴赫先生要嚴重得多。子彈的軌跡橫穿卡巴納斯的大腦，子彈甚至卡在這位國手級球員的腦殼裡。而佐巴赫先生的那顆子彈只掠過一小塊腦區，然後就從後頸穿出去。」

雅莉娜不自覺地摸一摸後腦勺，然後又坐了下來。

「他已經沒有出血、腫脹或血塊。他現在感覺到的劇烈疼痛，以及運動機能的障礙，根據我們的了解，可能不是槍傷導致的，因為他受傷的腦區都是痛覺不敏感的組織，而子彈射入的傷口痊癒狀況十分良好。他頭上的包紮只是因為他晚上睡覺時會想抓頭，可是我們又不想束縛他的雙手。所有腦部斷層掃描都顯示：只要佐巴赫先生願意，他其實說、讀、寫都沒問題，甚至不用別人攙扶，就可以自己去散步。」

「這麼說，他的狀況只是他自己幻想出來的？」

「不是。佐巴赫先生正要穿過一個情緒的地雷區，他失去了他所有的家人。他的劇烈疼痛是創傷後壓力心理障礙症的結果，就像戰後退役軍人一樣。對於病人而言，這種疼痛一樣真實不虛。妳的朋友現在可以說是在人間煉獄。只不過他的痛苦有明確的身體原因，所以傳統的治療方式也就藥石罔效。」

「這是事實或者只是猜想？」雅莉娜問道。

羅特乾咳幾聲說：「我認為我的診斷是正確的，但是沒有人敢打包票，因為他幾乎不跟我們溝通，而他的大腦顯然也沉溺在自我保護模式裡。」

「那又是什麼意思？」

「這個解釋起來有點複雜，」羅特應該是站了起來。雅莉娜不善於從聲音認人，但是從一點點聲音的改變，她就可以分辨說話者或坐或立。

「我先前就問過妳知不知道什麼叫作多重人格，額我略夫小姐。有些同事一直認為這種疾病只是個傳說。他們懷疑人的大腦有能力分裂成若干種身分，認為病人時而說話的聲音像小孩子，時而像退休老人一樣哮喘，那只能說他們是天才演員。」

雅莉娜焦躁地點點頭。

「我不是很同意這些懷疑論者的看法。有太多研究證明，心靈的忍受程度有個臨界點，我把它叫作沸點。只要加諸身體或心靈的暴行超過這個沸點，好比說刑求，受害者就會和現實脫節。他會逃遁到另一個自我裡，然後就再也不必忍受痛苦了。」

「你是說坐在輪椅上的佐巴赫只是個空殼而已？他早已經逃走了？」

「也不能這麼說。我想佐巴赫先生不完全進入另一個意識狀態。他還可以和人說話，也對聲音有反應。例如說，妳剛才進來的時候，他的眼睛眨了一下，我在跟他說話時，他會發出咕嚕咕嚕的聲音表示贊成或反對。根據我的經驗，他的內心應該正在天人交戰，但他還沒有決定該站在哪一邊。是要跟我們在一起，或是隱遁到某個意識深處，而我們有可能再也沒辦法把他拉出來？」

羅特的問題像一朵烏雲飄浮在屋子裡，而雅莉娜卻在思索著她和佐巴赫之間的距離有多麼遙遠。他的身體只在醫院幾十公尺外的那一頭，可是他的靈魂卻有好幾光年那麼遠。

「那個該死的收音機又是做什麼用的？」

「我們還不是很清楚。弔詭的是，當藥效發作時，他就會把收音機轉開。他原本還不肯吃藥，似乎是不想緩解他的疼痛，甚至用收音機的嗡嗡聲讓頭更痛。不過這還有另一種解釋的可能。或許在沙沙作響的噪音裡，有一種我們無法察覺的聲音，它想要引誘他進入另一個意識狀態。不管怎樣，只要我們試圖關掉收音機，他就變得暴躁易怒，真是令人不解。」

雅莉娜茫然地搖頭嘆息，突然間想到一個她一直要問的問題。「你剛才說過你一直在等我。為什麼？你是要跟我說：嗨，我有一個好消息和一個壞消息要告訴妳。好消息是妳的朋友還沒死，壞消息是他寧可自己死了。是這樣嗎？」

「當然不是。我已經等妳好幾個星期了，等妳來幫助我。或者更應該說是幫助佐巴赫先生。」

「這話怎麼說？」

「如果我的理論沒錯的話……」羅特清一清喉嚨說：「如果這個病人真的想要逃避自我，那麼他在現實世界裡必須有個定錨點。妳應該聽過昏迷患者吧？我們會在他們的皮膚上噴一點他們最愛的香水，或者把一塊有著他們的伴侶氣味的布料放在鼻子下面，希望能夠喚起從前的回憶，好讓病人甦醒過來。」

「這跟我有什麼關係？」

「佐巴赫已經沒有親人了。妳是最近和他有過深刻的共同經驗的人。我想，如果妳能夠和他朝夕相處，對他的病情或許可以產生正面的影響，額我略夫小姐。如果妳可以握著他的手跟他說說話。」

「噢，他媽的。」

雅莉娜一想到原來她幾個星期前就可以來這裡照顧佐巴赫，想辦法叫醒他，不爭氣的眼淚就奪眶而出。都是史托亞從中作梗，否則他就沒辦法逼迫她替蘇克按摩。

下次讓她遇到那個組長，她一定要把他乾癟的蛋蛋扯下來。還有那個休勒，下一個就輪到他。這些混蛋居然把佐巴赫當作王牌扣在手上。

「我一定會幫你，再樂意不過了，」她一下子整個人都氣消了。她不再因為震驚而激動莫名。現在冷靜下來，反而覺得有點困倦。「可是我跟他說的事，有可能是在扼殺他的求生意志，而不是喚醒它。」

「妳跟他提到他兒子的事，是嗎？」

雅莉娜點點頭。

剛才在佐巴赫的病房裡，她心煩意亂地對著輪椅上那具了無生氣的軀殼胡說八道了幾十分鐘，然後她自己也跟著崩潰了。如果她對他高聲怒罵，搞不好他就醒過來了。

「妳有什麼關於尤利安的消息嗎？」羅特問道。

雅莉娜搖搖頭。「不關你的事，醫生。跟任何人都沒關係，除了佐巴赫自己以外。而且我擔心就算跟他說了，對他也沒什麼好處。」

「也許妳是對的，」羅特突然走近她身旁，攙著她的手。「不過妳為什麼不試試呢？」

21

一個鐘頭後，雅莉娜走進萬湖車站的一家小酒館，點一杯無氣泡礦泉水，胡亂吞了兩顆阿斯匹靈。她的頭痛當然和佐巴赫不可以道里計，畢竟沒有人朝著她的腦袋開槍，可是她很氣自己剛才沒有對著羅特打破沙鍋問到底，害得她現在頭痛欲裂。

回到病房跟佐巴赫說她在替蘇克治療之後遭遇的事，這比她想像的還要累。

「我不想給你假希望，亞歷，」她在描述了異象的種種細節之後對他說道，她認為這個異象和法蘭克・拉曼、查林・蘇克，以及尤利安都有關。

那是前天在監獄診療室裡發生的事，在她的手離開蘇克的身體，而那個視覺印象漸漸消散之後。公廁那一幕暴力景象讓她驚魂未定，她冷不防一轉身而失去了平衡。

一開始她以為是蘇克攻擊她，正思忖著要不要呼救。接著她意識到自己倒退了兩步，後腦勺撞上了藥櫃的金屬板。她雙手緊壓著太陽穴。就像大部分的頭痛一樣，壓迫太陽穴不僅無法緩解症狀，甚至可能使頭痛加劇。雅莉娜其實是想要以蘇克的眼睛再「看」一次，只不過這次她腦袋裡的影片往前快轉。在上一次的異象裡，蘇克把以前的女病人擄到一處公廁裡，現場還有廣播節目的聲音，可是這次她置身於一個不知名的地方，人躺在地上。她不知道那是個空地還是封閉的空間，一個女子突然彎身對她說：**「這是你應得的協尋酬金。」**

接著她感覺到她附身的那個人想說什麼卻說不出來，因為她坐在一灘紅色的汙水裡，而那個女子就站在她身旁。她看到一大灘血，感覺到下體疼痛，她總算明白為什麼蘇克躺在地上。為什麼他覺得如此冰冷。為什麼他眼前的形象越來越蒼白，而他腦袋裡幾乎一片空白：蘇克奄奄一息地躺在地板上。「把錢還我，」他思緒混亂而語無倫次。他大限已到，而他臨終時的念頭也深陷在黑暗中：「這或許是我為了我的罪應得的懲罰。或許我原本應該把尤利安……」

就在這時候，雅莉娜飄回到她自己的身體，她自己的生命。

剛才在病房裡，佐巴赫一點反應也沒有。不管是他兒子的名字，或是「協尋酬金」這個字眼，她覺得就算希望渺茫，至少那意味著尤利安可能在哪裡被人尋獲。雖然從蘇克對於他涉嫌的罪行的反省看來，尤利安恐怕凶多吉少了。

她離開天鵝島的過程和來時一樣神祕兮兮，不過倒是沒有那麼粗暴。她親了親佐巴赫的額頭和他道別，羅特開車載她從後門出去，直奔萬湖湖畔的一處船塢，領回她的私人物品，和湯湯一起坐進一輛沒有車窗的賓士箱型車，羅特說車子上頭寫了**「甜點快遞服務」**字樣。「我們也可以寫**『毛毯乾洗服務』**以掩人耳目，這種東西在這個地區一樣不會引人注意，」她聽到羅特開玩笑說，然後關上車門，車子就開走了。司機原本應該載她到她位於市中心的住處，但是雅莉娜突然覺得不太舒服，於是要他找個地方讓她下車。

箱型車在街角停下來，距離那家小酒館約莫有一百公尺遠，雅莉娜在酒館裡剛剛點了一杯無氣泡礦泉水，心裡盤算著是否要對史托亞說出真相。和佐巴赫的重逢讓她心亂如麻，不知道她在替蘇克按摩時「經驗」到的訊息對他到底有沒有用處。可是她的這些發現或許可以阻止一起綁架案件，因而拯救一個過往病人的性命。

她決定打電話給史托亞。她替湯湯要了一盆水，牠的狀況似乎越來越差。於是她跳下高腳凳——差不多這個時候，在這個夜晚裡，羅特醫師就在幾公里遠的地方，再次到亞歷山大・佐巴赫的病房巡房。

22

亞歷山大·佐巴赫（我）

「可能是我搞錯了，不過這個意外的訪客對你似乎很有幫助，」羅特在替我施打鎮靜劑時不經意地說。我躺回床上，自從見到雅莉娜之後，她對我說的每一句話都像是朝著我的大腦白質補上一槍。我意識到我還活著，而那也意味著我兒子被判了死刑，想到這裡，我的腦袋就和第一次手術後醒來一樣疼痛難當。

「你覺得好一點了嗎？」

「好一點？」我很想擠出幾個字來。我的嘴巴發出像是回聲探測儀一樣拉長的母音，有些聽障者偶爾也會發出這種聲音，給他們的手語來一點配樂。羅特醫師顯然誤診了，我對他笑一笑，給他一點正面的鼓勵。

好一點？當然沒有，老兄。

我的樂團又以最大的音量狂轟濫炸，他難道察覺不到我的腦殼的震動嗎？唯一有進步的地方是，我的腦袋裡的喧鬧聲把那些惡靈擋在門外。今天尤利安肯定不會想來騷擾我了。

「你看起來清醒許多，你的眼神也比較清朗，如果我沒看錯的話。」

我不屑地哼了一聲，羅特又搞錯了。

「你不介意再做個檢查吧？」

我很想大笑，可是不知道該怎麼笑。羅特說得一副我有其他選擇的樣子。好像只要我不再鬧事，他就會馬上替我停藥似的。

他走到收音機前面把音量調低一點，他整天都必須扯著嗓子壓過這個嘈雜的聲音跟我說話。他注意到我既沒有抗拒也沒有做鬼臉，於是索性換了個頻道。

隨便你愛怎麼做就怎麼做吧，我精疲力竭地思忖著。**我的頭已經夠痛了。今天我不必靠這個音箱就可以把我的惡魔擋在身體外面了。**

他對我端詳了一會兒，逼仄的病房裡流瀉著出奇地清晰而憂傷的流行歌曲。我感覺到他盯著我的臉看個不停，可是我的臉不想透露一絲一毫的改變，雖然我的知覺能力受損，但我還是注意到我心裡的變化。自從羅特調整收音機的頻道以後，有個感覺漸漸浮現心頭，我原本以為它和我的求生意志一起死掉了：我的恐懼感。

我開始害怕起來，可是不知道在怕什麼。

Now let your mind do the walking

And let my body do the talking

在鎮靜劑藥效發作之前，歌聲戛然而止，我越來越害怕。我不知道為什麼突然覺得很冷，羅特明明已經把窗子關上了呀。我很想站起來提醒正在微笑的醫生一個迫在眉睫的危險，可是我不清楚那是什麼。

「救命啊，」我虛弱地喃喃自語，在這個當下，我似乎只能這麼做，卻不知道為什麼。不知怎的，那個興高采烈地瞎扯淡的節目主持人，使我既忘記了疼痛，同時又陷入恐慌當中。他的閒聊讓我想起雅莉娜，以及她在臨別前跟我說的一句話，它聽起來雖然也夠讓我驚嚇的了，但是我卻沒有在第一時間反應過來：

「今天是二月十六日，噢，我想我得喝個咖啡放空一下，然後……」

23

雅莉娜．顏我略夫

「……因為今天才二月十三日，對不起，朋友們。典型的佛洛伊德口誤，十六日，也就是三天後，『氧氣世界』的廣播派對就要開始了，而我原本要報導的是……」

那是個反射動作。雅莉娜聽到頭上的聲音，很本能地抬起頭來。

「噢不，又來了……」她意識到自己的錯誤而失聲叫道。**我又搞錯了。**

接著她感覺到頸間被人套上鋼絲頸圈，然後往上扯。萬湖車站餐廳的主人在整個餐廳裡播放這個電台節目，包括廁所，因而成了她的知覺的背景音樂。

「唉，妳不記得我了嗎？」

那鋼圈勒住雅莉娜的脖子，讓她沒辦法呼吸，她想盡辦法要鬆開它。她不由自主地尿了出來，感覺到尿液沿著大腿流了下去。

「時候到了。」

她的雙腳猛踢廁所的木皮牆面，奮力找尋一個支點，卻從馬桶邊緣一直往下滑。

「我回來找妳，要了結我已經起了頭的事，」這是雅莉娜在暈厥之前聽到查林・蘇克說的最後一句話。

但是如果他殺了人，那麼他就得償命。

——康德《道德形上學》

如果每個人都以眼還眼的話，整個世界的人都會成了瞎子。

——甘地

24

亞歷山大．佐巴赫

「他睡著了嗎？」史托亞問道。

「他到底聽不聽得到我們說話？他聽得懂嗎？」休勒問。

「沒問題，他的理解力甚至很好。可是你們別指望他會回答你們，」羅特說。

將近午夜時分，而陪伴我的再也不僅僅只是我的疼痛。病房裡還有兩個警察和一個醫師，他們自顧自地談話，彷彿我不存在似的，而我一看到他們，忍不住一把火就上來。如果是我，也不會想要和一個如胚胎般蜷縮在床上、張大眼睛呆呆望著暖氣爐片的人說話。

我的頭痛現在已經沒有那麼難捱了，關於這點，休勒或史托亞恐怕一無所知，就連羅特也只是隱約察覺到而已。自從羅特換了個收音機頻道以後，我的狀況就似乎好多了。約莫三個鐘頭前，我聽到廣播節目主持人的話而產生的隱隱不安，同時驅走了腦殼下的刺痛，雖然羅特至今還沒有替我施打晚上的鎮靜劑。

「好吧，佐巴赫，」史托亞走到床邊，我看到他那雙在這個季節顯得太薄的休閒鞋，融化的雪水從鞋帶滴到地板上。「我們都知道你目前說話還有困難。可是我現在非得問你一兩個問題不可。醫生說你點頭或搖頭都會痛，那不然你只要眨一眨眼睛就好，可以嗎？眨一下就是說『是』，兩下就是『不是』。這樣行嗎？」

我眨一下眼睛，史托亞見狀便開始發問。「雅莉娜來找你的時候有提到一個叫作查林．蘇克的人嗎？」

我給他一個「是」的訊號。

「她有跟你說過在替他做指壓按摩時經驗到什麼事嗎？」

我的眼睛眨了一下，站在我的視線之外的休勒大聲喝采。「你瞧，我說這一招絕對管用吧。」

史托亞忍不住咒罵幾句，他的頭部也跟著離開了我的視線。

「你給我閉嘴，不然就給我滾出去。」他壓低聲音說：「誰說行得通了？」

「怎麼不行？我就知道，她一見到佐巴赫，態度就會軟化。」

「你少在那邊放屁了。你這根本是在惡搞，哪裡是什麼策略了。」

「你這是廢話。」

「廢話？我告訴你什麼叫作廢話，」史托亞氣沖沖地低聲說，我很訝異我的聽覺突然變得靈敏起來。忿恨為我留住一點求生意志的火花，而恐懼和危機感則顯然使它化成熊熊烈火。我幾乎聽得到史托亞的每一句話。

「廢話是，她在和佐巴赫說話時，我們沒有一個人在場。你受不了雅莉娜，什麼都沒想好就引她到這裡來，為的只是要讓她大吃一驚。你不只是賠上了佐巴赫的偽裝，現在可好了，你甚至讓他破了個洞的腦袋聽到她的證詞。拜託你閉上你的鳥嘴，別再打斷我的話好嗎？這整件事已經夠棘手的了。」

「這……是……怎麼回事？」

我可以感覺到在場的每個人都嚇了一跳。顯然沒有人想到我會自己坐直起來開口說話。我自己更沒想到。

「好極了。好極了，」羅特醫師一個箭步衝到我的床前要量我的脈搏。「你現在覺得怎樣？」

廢話，我心裡想著，可是不想浪費我的力氣去罵人，而只說了一句：「雅莉娜？」

史托亞和休勒面面相覷，不知道該由誰來告訴我這個壞消息，接著史托亞走向前來。「三個鐘頭前，中心接到一通可疑的電話。一個店家老闆說，有個客人在他的酒館裡消失了。我們猜想只是無關緊要的吃白食案件，可是當警方到達現場時，老闆說那個女子是個視障者，什麼酒也沒喝，而且把她的狗留在櫃台。老闆很納悶為什麼那個視障者上廁所沒有回來。他進去查看才發現後門被撬開。接著還有下文，他回到餐廳要打電話報警，卻發現小狗也突然不見了。鑑識人員到達以後，查看了廁所，發現有打鬥的痕跡。酒館老闆在偵訊時說，那個視障者叫她的小狗『湯湯』。」史托亞嘆氣說：「我很遺憾，可是我們必須說，你的朋友被綁架了。」

我知道重案組組長不想兜圈子說話。其一是因為在我再度喪失意識或頭痛又回來以前，我不知道還可以清醒多久；其二則是因為他們必須在二十四小時內確定那是不是綁架案。根據我在警局擔任談判專家期間的經驗，我知道在這個階段裡，挾持者和受害者的情況總是渾沌不明而摸不著頭緒。雙方在心理上都有所準備，受害者首先應該會被挾持到某個地方。大部分的嫌犯都會在這點上犯錯，警方會利用這個機會找到嫌犯並且救出人質。「事情就發生在她來探望你之後不久，」史托亞凝視著我。「因此我必須問你：她有跟你說她覺得查林．蘇克對她有威脅嗎？」

沒有，她沒有直接說。我在思索著該怎麼回答才好。雅莉娜有提到一個女子被綁架，應該是在一處公共廁所裡，那裡有廣播節目的聲音。可是節目主持人把日期說錯了，因此雅莉娜印象中的日期也是錯的。另外，她一直以為受害者是蘇克以前的病人。可是這些細節現在已經無關緊要了，於是我眨了一下眼睛，試著用乾澀的嘴唇說一句話，最後卻只擠出三個字。

「怎麼會……」

「怎麼會發生這種事嗎？」我聽到休勒插嘴說。

「蘇克那個混蛋昨天被放出來。六個鐘頭前，便衣警察跟監到亞歷山大廣場車站就跟丟了。他站在月台的末端，在火車進站前跳下去，跑到地下鐵的隧道裡。」

「報紙會把我們五馬分屍，」史托亞接下去說：「可是你也很清楚，在柏林，我們沒有足夠的人力和配備可以跟監每個瘋子。自從法院禁止預防性羈押以後，就有四個戀童癖的嫌犯重施故技，我們明知道他們會再犯，還是讓他們得逞了。」

我張開嘴咕噥著想要應和他，結果只是讓口水沿著下巴流下來。

「我想你得做個結論了，組長，」我聽到羅特說，直到現在我才注意到自己的眼睛一直是緊閉著的。出乎意料的，我沒有因為這場對話而激動莫名，反而被搞得疲憊不堪。

「你知道為什麼雅莉娜對我們隱瞞關於蘇克的資訊？」史托亞問道。

我眨了一下眼睛以後就低垂著眼瞼。雅莉娜對我說的故事，乍聽當下，我大多只是一頭霧水。直到我聽到那個廣播節目主持人的談話，我才想起她所說的內容，突然有個駭人的預感。

「為什麼，」史托亞問道。「為什麼雅莉娜不告訴我們？」

因為她發現蘇克和尤利安有某種關連，我心裡思忖著，卻沒有把理由說出來。

雅莉娜認為蘇克一定知道我兒子的什麼事，他才會有罪惡感。

「尤利安的事都是我的錯。」這是她在替他按摩時感覺到的最後一個念頭。此外，如果雅莉娜沒搞錯的話，那個俯身對著奄奄一息的蘇克說話的女子提到「協尋酬金」，雅莉娜覺得那可能意味著尤利安還活著。

或者是發現了他的屍體，如果現在我有辦法說出我的想法，或許我會這麼說。

我後來才發現，雅莉娜遲疑著要不要這件事告訴史托亞，那是因為她害怕會打斷未來的事件的因果鏈。把蘇克關起來或許可以阻止下一個人受害，警方卻也可能因此無法循線追查到那個提到「協尋酬金」的女子，而她似乎知道尤利安的下落。

「我……現在……要睡一下。」我躺下來側臥著。

我的疼痛指數下降許多，如果不去注意它的話，我可能在幾個星期以來第一次不用鎮靜劑就睡得著。可是我還不想睡，於是心裡想著雅莉娜以及她現在可能的遭遇。光是想到這點，就夠我輾轉反側了。

我躺下來佯裝睡著，另一方面卻努力對抗疲憊的誘惑力，不讓自己陷入另一個意識狀況裡，直到警方不再問我問題，和羅特醫師一起離開病房。

接著我又等了半個鐘頭，終於耐不住性子，突然掀開被褥，坐上我的輪椅。

25

我坐著輪椅，花了三分鐘才走到病房中央，卻已經是汗流浹背。我的輪椅其實很輕巧靈活，可是我費了好大的勁才讓它緩緩前進。每推進一公尺，就加深我對半身不遂的病人的敬意。因為我只有一隻手可以操作，總是不由自主地偏向一邊，因而必須把重心移到沒有用的右側以調整方向。我的手臂沉重，可是我的頭腦出乎意料地認真投入。雖然這一番折騰使得我的脈搏加速，可是我的頭痛並沒有因此加劇，只是疼痛的方式有所不同。幾天前，那些疼痛既尖銳又捉摸不定，現在卻凝結成一團隱隱作痛的黏稠物質，隨著每次頭部的轉動，在我的頭殼底下來回搖晃。說也奇怪，這樣的疼痛倒還不難忍受，或許是因為我自以為更能夠駕馭疼痛了。我只要歇一會兒，疼痛就不會那麼劇烈。

走了一半，我才繞過我的床和一張沒有用的訪客桌，想起幾天前窗外下雪的情景，這才想到我的穿著不太對頭：光著腳，以及兩件式的睡衣。

「你要到哪裡去？」我聽到一個低沉的聲音。那不是耳語，反而更像是在吶喊，只是太微弱而幾不可聞，因為那個人的頭正埋在水裡。在我的幻想裡的兒子利用痛苦指數下降的空檔，再度潛入我的意識裡。

每當我回想起那場悲劇最後一個鐘頭的經過，種種念頭和印象就會依據時間順序一一浮現。可是我的腦袋裡其實思潮澎湃而千頭萬緒，我的意識像一隻胡鬧的貓，用牠的爪子在那些念頭上無聲無息地亂抓亂扯。大部分念頭都糾結在一起，而且幾乎都是零碎的片段，使得我的思考難以理出一個頭緒來。我一會兒想到醉醺醺躺在酒杯裡的蚯蚓，想到智利現在幾點鐘了，又想到有沒有人會替我清理孩子房間裡的水族箱，最後才想到為什麼我坐著輪椅在病房裡兜圈子。在一團迷霧中，我突然靈光乍現，當下決定自己是要回到疼痛或是混亂狀態裡頭。或是我死去的兒子那裡。

不要走，爸爸。拜託！

我知道尤利安亟欲阻止我的計畫，把我可笑的舉動叫作「計畫」，似乎太誇張了些。我只是要離開這裡，卻完全不明白「這裡」是什麼地方、在重傷之下怎樣躲過醫院的安全檢查。不過至少我有個目標，就算我不清楚道路在哪裡。我不想回到我在克羅伊茲肯的家，拿回我的電腦和手機。我終於必須開始著手被我拖延太久的事：找到法蘭克．拉曼。雖然紛至沓來的念頭支離破碎，這個堅定不移的想法卻有如岩礁矗立在我那一片漆黑的心靈海洋裡：**我要找到法蘭克，害死我兒子的凶手，然後親手殺了他。**

「可是我沒有死呀，爸爸。請你不要離開我，」儘管我摀住耳朵，尤利安的聲音還是不停地在央求我。

「不，你已經死了。」

我不知道自己是否認真思考過，但我認為那是千真萬確的事實。我兒子已經死了。雅莉娜想要給我一個希望，不過她失敗了。我的悲劇使我變成一個現實主義者，我再也不相信她的靈異能力。即使是現在。她說她在異象裡感覺到蘇克最後閃過的念頭——**這或許是我為了我的罪應得的懲罰……**——這只是讓我更確定我兒子早就遇害，而他的屍體至今沒有被尋獲，正如法蘭克所預告的，如果我詐死的話，這就是他的下場。可是蘇克和集眼者有什麼關係？

我的右手抽筋了，我得休息一下，才能繼續操作這不聽話的輪椅。

過往的回憶不斷浮上心頭，我想起小時候我打算給父母親一個驚喜，一個人把剛到貨的置衣箱拖到地下室去。那時候我十二歲，父母親都出去工作，於是我簽收了送貨單。他們回家後的確是吃了一驚，不過和我期待的有點不同。我不自量力地死命拖著置衣箱，木頭地板都被我刮花了，到頭來我也沒有把那個龐然大物拖到洗衣間去，而只是卡在走廊的門口進退不得。

現在的我只是馬齒徒長，並沒有變得更聰明。我不再是和一只置衣箱瞎攪和，而是和另一個已經不聽使喚的笨重東西周旋：我的身體。

只要有心，山都移得動。我心裡想著，奮力將橡膠輪子往前推，感覺到額頭在沁汗……**這該死的輪椅也不例外**。

我要殺了法蘭克，這個報仇的欲望或許是另一個負面情緒引起的：我對雅莉娜的擔憂。直到現在，我還不肯對自己承認，在我兒子遇害以後，它就變成這個世間上唯一重要的事了。我會覺得那是背叛了尤利安。因此，找尋我的女朋友的衝動一直被壓抑在我的潛意識裡，即使我隱隱覺得要抓到那個惡魔，就得先找到她和陰森詭異的蘇克。

「不，爸爸，你搞錯了，」我兒子的聲音對我信誓旦旦地說：**「我還活著呀，只不過是在另一個世界。不要走，我告訴你怎麼到我這裡來，我們就可以……」**

我低下頭，一陣劇痛把尤利安沒說完的話從意識的黑板上擦掉。當我再度坐直時，霎時對四周環境的景象大感驚訝。我不曾從這個角度環視過我的病房。

自從我受傷以來，我就喪失了時間感；我可能在床上躺了好幾個星期，卻對周遭環境渾然不覺，因為我只顧著和我的內心世界周旋。外在世界都在隔音乳白窗外。或許是我大腦的自我防衛機制使得我從來都沒想到要仔細查看。我從來沒有注意到茶几上的人造花、漿洗過的床單，我也從來沒有想到，直到昨天，我一直是在護士的監視下解尿的，然後她們要大費周章地用肥皂水清洗我的臀部和陰莖。

就這樣，我對牆邊的衣櫃也視而不見。現在我第一次打開它，本來以為裡頭就只有浴袍和毛織拖鞋而已，可是眼前看到的卻是整整齊齊疊放著我在自殺未遂那天穿的衣服，這令我大惑不解：熨平了的牛仔褲、草綠色的套頭毛衣、有襯裡的飛行夾克，以及我那雙破舊的Timberland 短靴。襯衫和短褲則是用透明塑膠袋套好，用金屬衣架掛起來；有人把它們拿去送洗過。如果說我的腦袋或腦殼有什麼東西沾到上面，現在也都看不出來了。

我拿起牛仔褲放在腳下。短靴則擱在膝蓋上。至於套頭毛衣就算了。光是想到我包紮繃緊的頭必須穿過窄口的衣領，額頭就要冒汗了。

感覺上過了好久，紛擾雜亂的念頭漸漸沉澱，我才打開房門，坐著輪椅倒著推到走廊上。

走廊很昏暗，只有每隔幾公尺嵌在牆腳的夜燈。如果有什麼動作感測器的話，我和我的輪椅應該還沒有跨過它的紅外線偵測範圍。我聽到有點像老舊冰箱的嗡嗡聲，以及抽風機的隆隆聲。

我冒著腦殼晃動的危險，抬頭查看監視器的位置在哪裡，可是我只看到裸露在外的暖氣管和電線。

沒有攝影機，運氣真差！我的腦袋在胡思亂想，卻兀自往前走。我很本能地決定左轉，只因為那條狹窄的走道似乎比較短。到處都看不到出口的標示牌，更不用說緊急出口的圖示。

我這個病人怎麼離開這間生病的醫院？我心裡想著，像是在唸兒歌似的，自我嘲諷地喃喃自語，而我的左手一直在抽筋。這幾天來，我至多只是坐著輪椅從病床走到窗前，現在我卻必須靠著輪椅向右轉，因為眼前的走道往右邊拐了。

我偏移重心轉了彎。輪椅的橡膠輪胎像在運動場地板上的新球鞋一樣吱吱叫。我大概只走了十到十五公尺，卻為此興奮不已，宛如在紐約的馬拉松大賽跑了個冠軍。

走了十公尺，沒半個影子，我又在胡思亂想，意思差不多是「**走了十公尺，還沒有人趕**

上你」之類的吧。沒有多久，我就從這一團不知所云的念頭驚醒：**我這是在幹什麼？**

這段走道的三盞夜燈有兩盞熄了，使得我在推進時沒有注意到前方的障礙，而現在卻沒辦法視而不見。走道前頭聳起一道忽明忽滅的牆。

我吃了一驚而忘了減速。地板有點向下傾斜，輪椅的速度也不知不覺地加快。可是我的推理能力卻在這個時候被輪椅超越了，直到我停在一台寬螢幕電視前面時，我才驚覺它的存在。

那台電視黑漆漆一片，可是並沒有關機，因此螢幕上的黑色還是顯得太亮而不均勻。我湊過去用手摸一摸它纖塵不沾的表面。從指尖傳來嘶嘶作響的靜電，我不由得眨了眨眼睛。

在那個瞬間，我懷疑這是不是自己的幻覺，我其實根本沒有離開病房，然而光是這個念頭就足以證明我不是在虛幻世界裡。

瘋子不會反省他自己的狀態。

我探身仔細分辨電視的影像。過了好一會兒，我才看出來那個灰黑的影像是一張床。

是哪個瘋子，拍一間屋子？我的腦袋顯然又作起打油詩來。

螢幕上的房間看起來空蕩蕩的，我端詳了好久，看不到裡頭有任何人。儘管如此，我的視線卻沒辦法離開那台電視。我目不轉瞬，就像一個人凝望宇宙的無限虛空，等候流星閃過，卻不知道眼睛該盯著哪裡看，才不會錯過它。時間一秒一秒地過去，什麼事也沒有發生，驀地一道閃電打下來，使得我的精神狀態似乎又要偏離航道了。

螢幕突然亮起來，好像那個房間裡有一顆汽油彈爆炸似的，我本能地用手肘遮住眼睛。牆後宛如有一頭中彈的野獸哀鳴乞求著了結牠的痛苦。

不到半分鐘，螢幕又是一片闃黑，那叫聲也戛然而止，可是這個既短暫又縈迴不去的片刻卻讓我困惑不已。我開始因驚嚇而大笑，而且有了尿意。看起來不只是我的念頭糾纏不清，就連我的身體反應也不按牌理出牌了。可是這個女子的影像，在須臾之間、毫無預警地、在刺眼的強光下直接出現在螢幕上、從此烙印在我的視網膜上面的女子，我該怎麼解釋呢？那個女子戴著護目鏡，杏眼圓睜，眼睛布滿血絲，發瘋似的咧著嘴大笑，她究竟是什麼人？

這不是夢，我心裡思忖著。**這是殘忍的現實，她在對你咆哮。她對著你的臉怒吼，告訴你什麼是所有痛苦的源頭。**

幾乎在同時間，我聽到休勒的聲音，他微笑問我是否要再看一次塔瑪拉·史利爾。

26

塔瑪拉・史利爾出生後的第二天，她的父母親就擔心他們美麗的孩子到底會不會睜開眼睛。她會不會睡覺、哭鬧或是在母親懷裡吃奶——塔瑪拉一直眼簾低垂，除了少數例外的情況。小嬰兒被人粗暴地擠壓出來（在助產士和婦產科醫師的協助下，她在最後一次陣痛中離開了母親的肚子），她似乎不想用自己的眼睛凝視這個冰冷的世界。年輕新手父母的擔憂當然是杞人憂天，沒幾個鐘頭以後，小嬰兒在包尿布的時候號啕大哭，以責備的眼神瞪著她的父母親，他們見狀總算感動得流下歡喜的淚水。

二十三年前的那個時候，沒有人知道塔瑪拉真的有一天會再也不想見到世界的光亮，因為她的痛苦超越了任何想像得到的程度。

後來我才知道，查林・蘇克對她的凌虐不僅使她喪失求生意志以及大部分的理智，這個眼科醫師甚至剝奪了她閉上眼睛不去看世界的能力，因為他在連續強暴她好幾個鐘頭之前，已經先切除了她的眼皮。

「她沒辦法眨眼睛，」休勒輕輕點了一下螢幕說，螢幕上塔瑪拉被毀容的臉幾秒鐘前才消失在黑暗中。先前他跟我說過，我們接下來的幾個鐘頭終於可以「圖個清靜」，因為他把走廊上的夜班警衛撤哨了。

「她叫作塔瑪拉．史利爾。她受不了光線，就像你剛才聽到她的哭喊一樣。所以她不分日夜都只能待在黑暗的病房裡，醫師則是用高解析度的監視器觀察她。」

休勒一邊說著，一邊打開走道上的燈，把我的輪椅拉到他身邊，沒安好心地笑著看我。

「因此她必須一直戴著護目鏡，不讓灰塵和其他粒子跑到眼睛裡。看了不太舒服是吧？」他又咧嘴笑了笑。「不過老實說，你看起來也沒好到哪裡去。」

「你……要我做什麼？」我只能咬字不清地嘟噥說。

「該問問題的人是我吧，老兄。」

他的視線瞥向我抱在懷裡的衣物。

「看起來你似乎有足夠的力氣從這裡脫逃嘛。我真不該信任你的，不過幸好你被我撞個正著。這樣也好，省得我多跑一趟去找你。」

他仔細端詳我的眼神。

「現在只有我一個人，沒有史托亞或是你的羅特醫師。」

我困惑地皺著眉頭，這時候我的頭突然痛了起來，痛得我全身痙攣。

「算了吧，佐巴赫。你少對我裝瘋賣傻。跟我來這招，你還差得遠了。」

我猛力搖頭，因而使得頭痛加劇。

「少來這一套。我注意到你剛才在病房裡愚弄我們。而且顯然……」他拿起一隻短靴，又放回我的膝蓋上。「……我的懷疑再度證明我是對的。你想要去哪裡呀？」

「我不知道，」這是實話，而我的理智也在問自己為什麼要和他在這裡瞎扯。我們上一次交手的時候，他就企圖把我的腦袋按在電爐盤上，因為他認定我就是集眼者。

「雅莉娜跟你說了什麼，讓你急著要在夜裡逃走？」

我的腦袋痛得我只能眼睛緊閉。

「你別再裝蒜了，」休勒譏誚說：「我很清楚你聽得到我所說的每一句話。你現在給我聽好。我知道你認為我是個混蛋。可是這次我不是來刁難你的。好歹我是個警察。」

我仍然緊閉雙眼。

「也就是說，我的工作是把壞蛋繩之以法。我承認不是每個人都欣賞我的手段。可是對我而言，結果才是最重要的。我可以憑著直覺去拯救一個無辜的人，把一個嫌犯揍得他屎尿齊流……」

或者是把他的臉燙得不成人形。

「……就算他可能是無辜的，」他的說法印證了我隱忍在心裡的念頭。「一點瘀傷很快就沒事了。可是這裡……」他用他肥厚的手掌拍一拍我們身旁的監視器。「……這個女人所遭受的傷痛卻永遠都不能復原。」

直到現在，我才注意到他用手上的遙控器調整螢幕的解析度。螢幕上的影像對比度加大，我看到塔瑪拉背對著鏡頭，站在病房牆角的床頭邊。「塔瑪拉的淚液沒辦法散布到瞳孔上，佐巴赫。你知道這代表什麼嗎？」

我不由自主地眨一眨眼睛。

「每兩個鐘頭，護士必須為她點人工淚液。每兩個鐘頭！」休勒對著我的臉比了兩根手指頭。

「那個王八蛋把她的眼部肌肉都割斷了，我們沒辦法為她移植人工眼皮。她沒辦法一夜好眠，甚至睡不到兩個鐘頭，以免她的眼睛瞎掉。現在你知道我為什麼要找你談一談了嗎？」

他直視我的眼睛。

「過去的恩怨都忘了吧，你自己瞧瞧。」

休勒再度把我的輪椅轉向螢幕。

「雅莉娜現在可能在那個禽獸的手裡，他就是傷害這個女人的凶手，你明白了嗎？如果你知道什麼，拜託你跟我說。如果你說不出話來，也可以寫在紙上，不然用腳也行，好讓我們逮到那個混蛋傢伙。你那個破了洞的腦袋聽進去了沒有？」

我緩緩點頭，目不轉瞬地盯著塔瑪拉的身影。她似乎一動也不動，宛如櫥窗裡的假人，右手舉到頭部高度，好像要擦掉牆上的什麼東西。

「她……在那裡做什麼？」我問道。

「噢，那有點難以解釋。你最好自己看吧。」

休勒關掉走道上的夜燈，把我推到螢幕正前方。我好一會兒才認出塔瑪拉握在手裡的東西。

「畫筆？」我一次最多只能咬字不清地蹦出一兩個字。

「一枝彩色筆，」休勒糾正我說，「她在牆上到處塗鴉。她沒有做出任何可以據以拘捕蘇克的證詞，整天只是畫些洞穴壁畫。」

「什麼？」

「你想知道她畫了什麼嗎？」

休勒又把我往螢幕推近一些。

「我們也搞不清楚，老兄。」

他又按了遙控器，這時候出現一個類似電腦桌面的畫面。顯然那是要醫師透過監視器查看所有醫院活動用的。休勒打開一個叫作「塔瑪拉史利爾圖片」的檔案夾，並且放大螢幕畫面。

當我知道他要給我看什麼東西時，我的第一個反應是想要把頭別過去。可是我並沒有那麼做。我覺得自己像是個意外事件的旁觀者，慶幸自己不在現場，卻又為那駭人的景象感到心醉神馳，而無法將目光轉走。

「看起來像是小孩子的塗鴉，」休勒的解釋顯得很多餘。我一眼就看出來白色牆上笨拙的筆觸想要表現什麼。一棟有六扇窗戶的屋子，比例完全錯誤，就像是有小孩的家庭貼在冰箱上的畫作。那是很幼稚的素描，斜面屋頂上耀眼奪目的太陽畫得太大了，屋子大門的高度還不及站在草坪上的一家三口的胸部。

「她幾乎畫個不停，才畫好一棟房子，就又畫另一棟，牆上到處都是。我們本來以為她畫的房子是蘇克凌辱她的地方，可是……」

「我……認得，」我打斷他的話，同時忍住噁心的感覺。

「你認得那房子？」

我點點頭，休勒一臉狐疑地彎身端詳我。

「我們比對過所有和柏林有關的圖片和影片檔案，可是沒有任何搜尋結果。」

「可是……我認得它。」

「好吧，它在哪裡？」休勒一臉很想揍我的樣子。「你可以告訴我們地址嗎？」

當然，可是天曉得，我多麼希望不在那裡。

塔瑪拉在她黑暗的病房牆上塗鴉的圖像，我這輩子看過無數次。

27

雅莉娜．額我略夫

雅莉娜醒來時，有好一會兒以為自己已經死了。就像她每天早上起來張開眼睛凝望著代表她的世界的無盡虛空一樣，只不過今天她的身體再也沒有絲毫感覺。平常醒來，她會多躺幾分鐘，感覺身體壓在彈簧床墊上的重量。她的手摩娑著防潮床單，漸漸地被周遭環境的刺激喚醒。她聞到屋子裡灰塵和木頭的氣味，聽到外頭溫泉街上的車馬聲，咂摸著舌頭上的起床口臭。

今天她完全被漆黑的空無吞噬下去。她聽不到也聞不到任何東西，感覺不到冷或熱，雖然她還沒有試看看，她猜想自己應該也沒辦法出聲吧。

人死了差不多就是這種感覺吧？

她只隱約記得從頸部一路往下到脊椎的劇痛，然後她就喪失意識了。在這個劇痛裡，還夾雜著其他眇眇忽忽的記憶，裡頭有女生廁所、一個廣播節目主持人，以及亞歷山大．佐巴赫，可是這些印象就像醒來以後的殘夢一樣撲朔迷離，而那也可能意味著不管發生什麼事，她畢竟沒有撐過來。

可是為什麼我還是看不見？

一想到這裡，她的心就往下沉。不管是基於什麼非理性的理由，她始終認為她死後就不必為她的殘障所苦。

為了感覺一下她的脈搏，她試著活動手臂看看，可是它們完全不聽使喚。

我還在呼吸嗎？她問自己，卻不知道她為什麼會發現自己向一側跌倒。她失去平衡，擺動手腳找尋一個支點，以免跌到腳下裂開的深淵裡。在這個俄頃之間，她才發覺自己還在睡夢中。原來她的意識一直拒絕走出夢的世界。可是現實世界發生了什麼事，讓她再也沒辦法流湎在沒有重量、沒有感覺的狀態裡。雖然她還是怕死，可是她現在被一個更恐怖的東西困住，當她感覺到腳踝上套著金屬腳鐐。她也聽到將她的手反銬的手銬在嘎嘎作響。她更感覺到查林·蘇克的舌頭在舔她的耳垂，以沙啞的聲音對她說：「歡迎光臨寒舍。」

28

「放開我！」

她的聲音如此微弱，使得他以為為了讓她安靜而施打的麻醉藥還沒有退。她實在太累了，就連喘一口氣都像是要耗盡她僅剩的力氣。如果不是因為她又驚又怒而使得心跳加速，她可能又要精神恍惚了。

「蘇克，你這個變態的混蛋，」她說：「我在跟你說話。」

她強裝氣定神閒的模樣逗得眼科醫師哈哈大笑。

「我知道妳很不是滋味，雅莉娜。如果我像妳一樣躺在解剖檯，應該也會氣急敗壞吧？可是妳想想，一個男人拿著手術刀強暴妳，那不是個好主意嗎？」

解剖檯？手術刀？她強作鎮定。**不行，不要去想它。他說這些只是要嚇唬妳而已。**

「你要對我做什麼？」她覺得透不過氣來。

她不僅頭部覺得不舒服，甚至噁心想吐。她不記得蘇克是否為她注射巴比妥酸鹽，或是用浸濕的海綿摀住她的嘴巴。不管怎樣，藥物不僅使她喪失意識，她的時間感也不見了。她可能已經在這裡待了好幾個鐘頭，甚至好幾天，而雅莉娜更不知道這裡是哪裡。她只察覺到這個房間裡沒有任何回聲，使得她無從估計房間的大小。

約翰曾經活靈活現地為她描述她最愛看的一部恐怖片的場景，裡頭有一間鋪著瓷磚的屠宰房，在牛腩旁邊掛著剛剛被大卸八塊的人體。她在惡夢裡到了最緊張的時刻，往往是在這樣的場景下驚醒的。

可是現在她住的這個地方既沒有血腥也沒有屍塊的氣味，她的聲音也不會有鋪著瓷磚的房間典型的回聲。雖說如此，她仍然隱隱覺得自己的確是在一間屠宰房裡。

在蘇克的屠宰房裡，依照他變態的品味布置的屠宰房。

「你要把我怎麼樣？」

「妳想到哪裡去了？」蘇克回答說，用手輕撫她平坦的小腹。那種感覺和用電擊棒觸摸她一樣強烈。她吃了一驚，上半身僵直，接著在只鋪著一張極薄的床墊的堅硬病床上全身抽搐。

「噓……放輕鬆一點。」

雅莉娜氣喘得很激烈，感覺到他軟膩的手指頭在她的肚臍上畫圈圈，直到這一秒鐘，她才意識到……

……我一絲不掛！

直到現在，她才意識到她處於絕境之中。看起來，她要從這裡安然無恙逃走的機會是微乎其微了。她強抑著不哭出來，至少不要在這個節骨眼上，即使她不知道現在或等一下因為劇痛而涕泗縱橫有什麼差別。她的絕望，她「赤裸裸的」恐懼……**不能再大了**，她馬上就意識到她錯了。

還會更大。恐懼的感覺不斷攀升。它就像痛苦一樣沒有上限，她心裡思忖著，蘇克的身體緊挨著她，她甚至可以感覺到他的體溫，這讓她再噁心不過了。因為全身赤條條的人不只是她，蘇克顯然也脫光光了。

29

亞歷山大·佐巴赫

我把臉貼在副駕駛座的窗子上，享受玻璃的沁涼。它使我的感官更加清醒，我發燒的腦袋也冷卻下來。我很想把車窗搖下來，可是找不到該死的按鈕。才幾分鐘我們就抵達萬湖岸邊，而我在這時候閉上眼睛。我腦袋裡的彈頭改變了很多事，卻沒有改變我對這個城市的印象。大多數柏林人都會記得去年夏天的湖邊景象，喧鬧翻騰的音樂、笑語晏晏的孩子、堆積如山的垃圾，或是防曬乳液的氣味。

我卻凝望著入口的停車場，想起九年前，我們在公廁裡發現一只搬家用的紙箱，裡頭裝著一具孩童的屍體。那時候我還在警局工作，剛好和一個同事一起去看電影，他在電影院裡聽到呼叫器的訊號聲。凶手把受害者和他的大型垃圾一起棄置在廁所裡。我們在棕色的紙箱旁邊還發現一台報廢的電視，以及兩袋垃圾，從裡面的內容物，我們總算指認出凶手：一個音樂學校的老師，年約四十四歲，他在小提琴課上綁架了他最優秀的女學生，把她擄到柏林郊外的一處涼亭，用一種叫作「中國鞦韆」的繩結綁住她，越是想要掙脫，它就會勒得越緊。然後，他強暴了那個七歲大的小女孩。

在那個清朗無翳的夜裡，我目不轉瞬地看著那只敞開的紙箱，體會到一個宛如自然法則一般顛撲不破的真相：如果有人對我的孩子做這種事，我不會控告他，也不會報警抓他。我不會浪費時間跟他纏訟，檢察官有可能無法舉證他的殺人動機，而女法官也只會依據過失致死罪，判處三年六個月有期徒刑。因為基於無罪推定，她會認為強暴者只是不小心把繩結套綁得太緊而已。

不，我會到家裡的地下室，用膠帶把天窗封起來。我會到建材行買隔音板釘在牆上，弄來一具金屬銑床、一把電鋸、幾瓶氫氧化鈉溶液、水壺和一把氣動釘槍。

急救箱會擺在銑床旁邊觸手可及的地方，我也會準備一具心臟去顫器，如果那個混蛋一下子就暈厥過去，這玩意兒可以把他救回來。然後我會找到他，把他擄到我的地下室，親手整治他。我當然知道我的看法和整個法治國家的原則相悖。在集眼者害死我的妻子、綁架我的孩子，並且讓我的腦袋吃了一顆子彈之後，雖然我可以理解那些偽君子主張廢除死刑的理論，但我現在卻是活在另一個世界裡，因為我兒子很可能早就遇害了。在那個世界裡，我只遵守一條規則：我必須堅持活下去，直到我找到法蘭克，然後親手殺了他。

我的極端想法或許和休勒沒什麼兩樣，只要他覺得是在做**正確的事**，他也會把法律和規定拋到腦後。

比方說，我無法想像羅特醫師怎麼會讓休勒在半個鐘頭前私自開車載我離開天鵝島。即使我現在狀況好多了，除了眼窩部位還會隱隱作痛以外，幾乎沒有頭痛的感覺，可是我仍然不良於行，更何況是捨棄輪椅不坐。休勒試了兩次都沒辦法把它塞進後車箱，索性扔在停車場。再說我在四個鐘頭內一定得服藥，休勒卻不管三七二十一，逕自在我的出院許可書上簽名，把我連人和輪椅推出醫院。因為我跟他說我認得塔瑪拉．史利爾在牆上反覆塗鴉的畫面。光是這個理由就夠了。

「你一定會問我在這裡做什麼是吧？」休勒用尖銳的眼神打量著我，接著四處張望空無一人的大街。

就我記憶所及，在我坐上副駕駛座、繫上安全帶之後，這是他對我說的第一句話。我也有可能記錯了，或許我們聊過世界和平或天氣之類的話題吧。就算我真的好多了，自從我把臉貼在車窗上以後，就一直很難集中精神。我之所以沒辦法注意到許多細節，或許是因為我的狀況是突然好轉的。我的頭痛漸漸變成一種沉重的疲憊感，和上週因為藥物造成的反應遲鈍又不盡相同。它更加鮮明強烈，而且是更深層的倦怠。

「好啦，我要跟你說一件事，雖然我不知道你腦袋裡是怎麼想的。」休勒乾笑幾聲說。「我要跟你說，或許是因為現在你處在那個什麼鬼狀況裡，而當你的頭腦清醒以後，我可以一概否認。」休勒頓了頓，打開方向燈。

「我要道歉，」他嘟噥說。

什麼？

我費力地把頭轉向他，並且盡量保持平衡。

你在漆黑的走廊上偷窺我，給我看受害者慘不忍睹的臉，把我從醫院拖到這個冰天雪地，現在又要跟我說抱歉？

「在集眼者的案件裡，那時候我的確反應過度，」他說：「我真的以為你就是凶手。或者至少和他是共謀。而我們的時間越來越緊迫，我知道我的手段是有點粗暴。可是你自己也當過警察，佐巴赫。你知道那是怎麼回事。如果我們要清除這些渣滓，有時候就得做些見不得光的事。就像在阿富汗一樣，老兄。這叫作連帶傷害，是必要之惡。當我們在對付外頭那些綁架且殺害我們的孩子的瘋子，那不是戰爭是什麼？有時候老百姓難免會遭到池魚之殃，如果我們在維持和平的話。」

如果我有力氣的話，我會告訴他說，我和他的看法有個難以分辨卻很重要的差別。找被證明有罪的凶手報仇，好比說和我有個人恩怨的法蘭克，那是一回事，可是僅僅因為某人有嫌疑就對他刑求，那完全是另一回事吧。

我瞥見休勒的方向盤底下的點火鑰匙，宛如在嘲諷這個警察的幽默，鑰匙圈上掛著一個穿著囚衣的塑膠人偶，脖子上套著絞刑繩圈。我們行經路面一個窪坑，那個引頸就戮的人偶像鐘擺一樣吊著繩圈晃來晃去。

「你也知道，我也失去我的兒子，」休勒說，仍舊是一副「我別無選擇」的口氣。我點頭表示會意，免得他又把他那個俄羅斯前妻的故事搬出來。他們相識的時候，她是個應召女郎，他不僅替她贖身，還跟她結婚。後來她把他的兒子拐到雅羅斯拉夫爾，這就是她的回報。當時他輕忽了自己的直覺，讓她單獨返鄉，現在的休勒則無時無刻都跟著他的直覺走。

「那時候是我兒子，現在輪到你兒子了，佐巴赫。我們打開天窗說亮話好了：雅莉娜和蘇克的死活跟我無關。可是事情是我搞砸的，我讓法蘭克像煮熟的鴨子一樣飛走，我就得亡羊補牢，自己收這個爛攤子，你明白吧？我會協助你逮到害死你兒子的凶手。」

他仔細端詳著我，查看我的臉色到底有沒有聽明白的反應。

「你在掛點滴的那些日子裡，我不是閒閒坐著什麼事都沒幹，」休勒接著說：「現在史托亞把辦案重心擺在蘇克的案子上面，他以為這個案件很快就會水落石出，讓他風光一下。可是你知道這個坐辦公桌的傢伙。他是個好人，可是他只在乎自己是否官運亨通。蘇克的這個案子，我們已經逮到嫌犯，可是法蘭克的案子陷入膠著，完全沒有進一步的線索。塔瑪拉的證詞，以及我們在集眼者的案子上面栽的大觔斗，那都是過去的事了，你明白我的意思嗎？」

我閉上眼睛，想盡辦法要壓住剛剛湧到喉頭的噁心感。

「可是我每天加班，不放過任何和集眼者有關的線索。你想知道我發現了什麼嗎？」

我不自覺地眨一下眼睛，休勒誤以為那是同意的意思。

「我推測雅莉娜跟你說的事是千真萬確的。它們的確有關連。」

我勉強睜開眼睛。

「我播放給你聽。你仔細聽看看。」

休勒從他的夾克內層掏出一捲錄音帶，把它插進汽車音響的卡匣裡。音質低劣且扭曲；窸窸窣窣的，好像是覆蓋了好幾次的錄音，使得我在聽到那沙啞的聲音時更加毛骨悚然。

30

「罪行，」她說，在其後的幾分鐘裡，她也不斷重複這個字眼。

這個驚魂未定的女子喁喁低語，聲音聽起來既柔和又有點興奮，可是當她講到「罪行」時，往往是一副咬牙切齒的樣子，有時候很絕望，卻總是清楚而大聲。

「罪會讓人睜開眼睛。他跟我說了好幾次，而且一邊說一邊笑。」

「所以他就凌虐妳是嗎，塔瑪拉？」一個男人問道，我認出那是史托亞的聲音，雖然他在審訊時比平常謹慎得多。**「所以他就割掉妳的眼皮？」**

「是的。他說如此我就再也沒辦法閉上眼睛不肯承認我的罪，不肯承認我對別人造成的傷害。」

「蘇克有這麼說嗎？」

「說我是罪有應得嗎？」

「是的。」

錄音帶的沙沙聲越來越響，過了半晌，才又聽到塔瑪拉的話語。

「是的。是啊，我知道我犯了什麼罪。」

「妳做了什麼？」

她停頓了一下。接下來只聽到休勒的方向燈聲音。

「蘇克認為妳有什麼罪，塔瑪拉？」

「不只是他認為而已。」

「妳的意思是什麼？」

「蘇克是對的。我真的做了不好的事。我曾經造成別人不必要的痛苦。」

「怎麼了？妳做了什麼？」

又是一陣沉默，其間只有陣陣啜泣打斷方向燈的聲音。我閉上眼睛想像那個畫面，塔瑪拉坐在昏暗的病房裡，哭腫的眼睛戴著蛙鏡，絕望地搖頭。

「我不想說這個，」她抽抽噎噎地說。

「為什麼？」

「我會害怕。」

「妳怕什麼？蘇克，那個凌虐妳的人，現在已經鋃鐺入獄，塔瑪拉。他被關起來，再也不能對妳怎麼樣了。」

史托亞似乎推開了麥克風，或許是站起來伸手搭在她肩上安撫她。我不相信他會將她抱在懷裡，他的同理心還沒有到這個程度，雖然他的證人在這個當下很需要安慰。不多久就又聽到塔瑪拉的聲音。她聽起來情緒平穩了一點。

「我不是怕他。」

「什麼？」

「蘇克已經和我沒關係了。我沒什麼好害怕他的。」

「那是什麼？」

「他不是一個人。」

我睜大眼睛瞪著休勒，他也意味深長地看著我，彷彿在跟我說：我們正要聽到故事的重點。

「什麼？我沒聽錯吧？」史托亞激動地問道。**「妳是說他有共犯？」**

一時無語。除了沙沙聲以外。接著我又聽到組長的聲音。

「塔瑪拉，拜託。這件事非同小可。這是今天最後一個問題：是誰在幫蘇克？」

「不，我不能說。我沒辦法。」

「塔瑪拉妳想想，妳要我們怎麼保護妳，如果我們不知道……」

「我沒辦法，」那個女證人不停地說，聲音越來越大。到最後她尖叫道：**「出去！把這些東西拿出去！馬上……」**

然後錄音就中斷了。

休勒從卡匣裡抽出錄音帶，用拇指和食指捏著，拿到眼睛的高度晃來晃去。

「我們找到塔瑪拉·史利爾幾天後就製作了這個錄音。就像所有其他受害人一樣，蘇克也把她棄置在被我們列為『風化場所』的地方。第一個受害者是在一家停業的妓院的庭院裡被發現的。另一個受害者則是被扔在男妓經常出沒的停車場裡的垃圾筒旁邊。塔瑪拉是自己逃脫的，被人發現她神志不清地在一家工廠大樓的樓梯間游蕩，那個大樓裡有好幾家色情片製作公司。」

代償性的暴力行為，這個念頭在我腦袋裡閃過。在我的腦袋裡，主司理性分析的腦區顯然比負責情緒的腦區功能正常許多。**凶手割掉女性受害者的器官，使她們不再有性欲。或許光是手術刀就可以讓他達到高潮。強暴只是後戲而已。**

「你都聽到了，起初她驚恐萬分，可是後來她說，如果我們會保護她，她願意在法庭上宣誓作證。於是我們把她送到天鵝島這裡來，她才漸漸解除心防。」

「那會是誰？」我用沙啞的聲音問道。

「你想知道誰是蘇克的共犯嗎？」

他又把錄音帶塞回夾克口袋裡，雙手握緊方向盤。

「她從來沒有對我們透露他的名字。她話都到嘴邊了，情勢卻在這個緊要關頭急轉直下。有一天她發瘋了，整天大吼大叫，開始在牆上塗鴉。你知道是哪一天嗎？」不知怎的，他突然踩油門加速。「就在你被安置在天鵝島的那天。」

我眉頭緊皺，休勒揮揮手安撫我說：「是啦，我知道還不能證明蘇克和你的案子有什麼關連。可是這裡頭有什麼地方不對勁是吧？你一來到這個安全處所，她就不再說話，而且把自己關起來。」

「怎麼會？」我只能用這樣的短句發問，幸好休勒明白我想問什麼。

「她怎麼會知道你要來是嗎？老實說，我們也不明究裡。羅特醫師是個正直的人，他不會對她透露你住院的事。這裡的人員監控比情報單位還嚴格，至於每個值勤的人，我敢打包票，絕對都沒問題。我們不會有內賊。可是就像我說的，這其中必有蹊蹺。蘇克的案子也一樣可疑，他在收容所裡似乎也掌握了祕密情報來源。雖然他不可以看電視或報紙，也不能上網，而且住在隔離牢房裡，可是雅莉娜在替他治療的時候，他卻對你的案子瞭若指掌。」

我小心翼翼地點頭，以免又頭痛噁心。漸漸的，我明白了休勒所要建構的間接證據。

塔瑪拉害怕蘇克的共犯。害怕他的幫手。我的住院加深了她的恐懼。蘇克知道關於我、雅莉娜和尤利安的一切。而雅莉娜甚至在她的異象裡「看到」尤利安和蘇克的關連。

雖然眼下要從這一大堆跡證、巧合、靈異的鬼話和猜測推論出嫌犯，還太牽強了一點，法蘭克．拉曼仍然有可能是那個讓塔瑪拉恐懼萬分的人。

這說不通。好吧，法蘭克會把受害者的左眼剜出來，以他不知道從哪裡學來的靈巧手法。不過他是在一個獸醫那裡實習了好幾年，而不是跟蘇克學的……或者其實就是蘇克……？

「我看到你那呆滯的眼神，就知道你還是半信半疑，」休勒說。我抬頭一看，注意到我們已經到達休勒所說的目的地。

「我可以理解，佐巴赫。可是我跟你說過，我是做足了功課的。你知道法蘭克戴隱形眼鏡嗎？」

「那又如何？」

「給你猜三次，第一次替他配隱形眼鏡的人是誰？」休勒一邊說，一邊轉進我們的街道。我打了個冷顫。

他停在一間屋子前面，那以前是我的家，現在卻既空洞又黑暗，活像是聳立在我的夢境墓園裡的墓石。撇開透視法以及樓層的錯誤不說，塔瑪拉·史利爾畫的房子的確很像我們在魯道夫附近的多爾伐布利克的家。就連我發現我太太遇害的那片草坪旁邊的工具室，在她畫裡的位置也絲毫不差。

「我真不敢相信，」休勒說，他打開遠光燈照亮眼前這棟荒廢的房子，以一副恍然大悟的樣子吹起口哨來。

「你可以告訴我，為什麼塔瑪拉會在她的病房牆上畫你的房子？」

我搖搖頭。我說不上來。我也不知道為什麼同樣一張畫會在我兒子的房間裡掛了許多年。我更沒有辦法解釋為什麼尤利安的臥室窗戶是開著的。

31

雅莉娜．額我略夫

查林．蘇克爬到解剖檯上，用膝蓋壓住她的肘彎，讓她動彈不得，雅莉娜試著全身放鬆，讓她心裡預期的疼痛不至於那麼劇烈。雖然她曾經讀過，如果沒有抵抗的行為，被告律師會主張對方可能同意性行為，原告的性侵害指控就沒辦法成立。可是她根本無所謂，尤其是她感覺到蘇克的陽具貼在她的下腹時，她不覺得自己這輩子還有機會出庭作證。

「你為什麼要這麼做？」她問道。「為什麼是我？」

她問了幾十個問題，只是想要延遲那無法避免的事情。每次蘇克一開始侃侃而談，他就不會對她上下其手。

「我到廁所去接妳時就跟妳說了，親愛的。我要了結我已經起了頭的事。」

他伸手搓揉她的右胸。

「可是這根本不是你會做的事呀！」

「不是嗎？」他哈哈大笑。「在我們第一次見面時，妳讓我想到我不用解剖刀也可以當個強姦犯。」

「我可沒有那個意思，」蘇克扭了一下雅莉娜乳頭上的乳環，她不由得呻吟起來。

「這根本不是你的手法。」

「那麼，**我的手法**是什麼？」他興味盎然地強調「手法」這兩個字。

「首先……」他的手滑到她的兩腿間，她強忍著差一點沒叫出聲來。「我的意思是，你不會這樣開頭的。」

「妳這個孩子很聰明，雅莉娜。」他把手縮回去。

「妳是對的。」

「怎麼說？」

「我不會強姦妳。」

雅莉娜感覺鬆了一口氣，她身上的重量不知道什麼時候也不見了。接著響起窸窸窣窣的聲音：蘇克從解剖檯站起身來。

「也許妳會感到遺憾吧，雅莉娜。我不想強姦妳。」

「你不想？」她脫口問道。

「不想，至少現在還不想。」他吃吃笑。雅莉娜以為他接著會說：**「首先我要割除妳的眼瞼。」**

可是這一點意義也沒有。對她而言。對一個盲女而言。

在這裡根本沒有意義可言。我不能落到他的陷阱裡。如果說他以受害者眼裡的恐懼為

樂，那麼我要讓他對我無從下手。

「你要怎麼對付我？」

「首先，我要為妳動手術，雅莉娜。妳應該還記得我在監獄裡跟妳說什麼。我說到做到。我會想辦法讓妳重見光明。」

雖然在她的種種夢魘裡，遭人強暴一直是最可怕的，眼下最讓她受不了的，卻是想到蘇克真的有辦法實現他那匪夷所思的威脅，卻只是為了讓她親眼**看到**她身陷其中的駭人景象。

「這也只是一道前菜而已，預告一下接下來的好戲。請原諒我的這一點小把戲。我只是技癢難當。」

現在蘇克站在她身後，用手輕撫她的額頭。

然後他用拇指和食指翻起她右眼的眼瞼。

「噢，不要……」

「噓……我說過，妳要放輕鬆。」

雅莉娜聽到金屬啪嗒啪嗒的聲音。「不然我沒辦法夾好。」

「不要！」雅莉娜全身抽搐起來。

「我不要。放開我，你這個混蛋。」

「喂，妳怎麼罵人呢？我要送妳一份大禮，妳卻像不聽話的貓咪一樣躲來躲去。」現在蘇克的聲音聽起來有點神經緊張。「而且妳也知道我非得這麼做不可。如果妳不肯睜開眼睛看看自己的罪，我就沒辦法放過妳。」

罪？

「我唯一的罪就是你，你這頭豬。而且你等著瞧，只要你犯一點點錯誤，只要我找到一絲機會逃脫，我對天發誓，我會殺了你。」

雅莉娜頓了頓，喘一口氣，可是在這個瘋子的手術室裡，她聽到幾步之遙傳來一陣聲響，使她不由得驚聲尖叫。

那是什麼鬼東西？

那聲音起初幾不可辨，可是雅莉娜越是凝神傾聽，那嗚咽聲就越明顯，最後變成從一個受虐女子自喉嚨發出的呻吟聲。

老天，這裡不只有我一個人，她心裡思忖著，當醫師拿起第一支開瞼器時，這個念頭甚至讓她稍感寬慰，可是蘇克咂咂嘴責備她說：「瞧瞧妳幹的好事，雅莉娜。妳的尖叫聲把器官捐贈者吵醒了，妳知道妳的手術沒有她是不行的。」

32

亞歷山大．佐巴赫

我一步步趔趄走近我的家，和這棟屋子相濡以沫的心靈聯繫油然而生。

就像行屍走肉的我一樣，這棟獨門獨戶的荒廢房屋彷彿只是對美好時光的殘存回憶。這棟破房子，曾經是為我的家、我的生命遮風蔽雨的地方，它早已經不再有生氣了。那是個星光燦爛的夜晚，清冷的月光灑在我家前院。以前妮琪和尤利安會倚門等我回家，現在只見一片蕭索景象。它其實不算很破敗，窗子沒有被打破，牆上也沒有塗鴉，可是積雪盈尺的草坪上的葡萄酒瓶、燒成灰燼的紙箱卻說明了一切。除夕已經是好幾個月前的事了，鄰居小孩在我們家院子狂歡慶祝留下的垃圾都沒有人清理。

休勒攙扶著我走到我家前院——**家裡頭空無一人，沒有人可以和我分享它——我不由得淚流滿腮**。我推說是頭痛和風雪交加的關係，雖然我幾乎感覺不到它們的存在。

「中心嗎？這裡是休洛科夫斯基。我在魯道夫附近的多爾伐布利克，佐巴赫的家，」我聽到他用無線電通報我們的位置。

就像我一樣，敞開的窗戶也讓他很不安。休勒請求派一輛偵防車待命，必要時可以呼叫支援，這時候他放開我的手臂，我只得緊抓著大門前的扶手不放。

該死，我想到為什麼眼淚要奪眶而出了。**我就在這前院裡教尤利安怎麼繫鞋帶。每次他的腳踏車鍊條脫落，我都是在這裡替他裝上的。**

如果說我一看到積雪的大門台階就因為這些回憶而不能自已，我不禁心想，待會兒走進臥室又會怎麼樣？

我轉身望著前院對面的房子，裡頭也沒有燈光，感覺上卻比我身後的家要光亮許多。就像雅莉娜曾經對我說過的：我們不是用眼睛認識世界的。讓我們看得見世界的，其實是我們的感覺。而我現在只感覺到死亡的臨到。

「你在這裡等一下，」休勒用萬能鑰匙和手電筒打開大門。以前我曾經想過，哪一天我們家一定要安裝防盜系統；利用我在警界的人脈，找個人來排除門窗的明顯缺點。可是我這個白癡，居然一直以為我們不會那麼倒楣，像中樂透彩一樣遇到歹徒，總以為那是別人家才會發生的事。

我真是大錯特錯。

雖說這世界還沒有哪個警報系統可以阻止歹徒侵入我家，可是這個念頭並不能讓我心裡稍感寬慰。老實說，我自己就有辦法打開各式各樣的鎖。

「你水電費到底是繳了沒有？」我聽到休勒在房子裡大呼小叫。

我還沒來得及回他的話，走道的吸頂燈就亮了。妮琪很有環保意識，我們家很早就採用省電燈泡。微弱而讓人侷促不安的昏黃燈光照向在外頭的我。

我踏上第一層階梯，上頭的積雪已經被踩硬了，當我正要抓著扶手往上走的時候，一陣悶哼聲讓我楞住了。

老天，那是什麼？

「休勒？」

沒有回應。

起初我以為他可能是哪裡不舒服，正想著這個悶哼聲是打哪裡來的。可是我馬上就明白那個洪亮的喉音和休勒的胸腔大小完全不符。

那呼嚕呼嚕聲越來越響，警官也緊張地大吼，我知道他一定是遇到某個入侵者了。

天啊，現在又是怎麼回事？

隨著砰的一聲，打鬥的聲響也跟著停歇，聽起來像是有人推倒架子。接著是一陣猛烈的撞擊，我從外頭都可以感覺到它的震動，然後休勒就發出痛苦的吼叫聲。

接下來的發展更是讓我摸不著頭緒：屋子裡闃然無聲。

完全意想不到。

一切聲響戛然而止，宛如這棟房子一口氣吞沒了所有活著的東西。

33

「休勒？」

一片死寂。房子看起來又像是我們剛到達時的蕭索荒涼，彷彿警官不曾走進去這個屋子似的。

我吸了一口凜冽的空氣，不由得牙齒咯咯打顫起來。

這裡到底發生了什麼事？

霎時間我覺得全身虛脫，很想在冰冷的台階上坐下來。雅莉娜的探望、塔瑪拉的眼睛，以及我們開車來到多伐布利克，我不只一次問自己，今晚這些詭異離奇的事都是真的嗎？也許我其實還躺在醫院的加護病房裡，醫師替我打了鎮定劑，而我的腦袋卻把醫師遞給我的催淚棒加工成荒誕不經的夢魘。

所以休勒才沒有任何回應。因為他根本不在你附近……

我剛吸進肺裡的冷冽空氣告訴我那不是感官幻覺，至少我不記得在哪個夢裡有過這麼真實的感受——雖然搖滾樂團已經很久沒有在我腦袋裡頭排練了，這只有兩種可能：我要不是在施打止痛藥以後睡著還做了夢，不然就是又有什麼驚心動魄的回憶覆蓋了我的頭痛記憶。

「休勒，到底怎麼回事？」

我一步一步蹣跚走上台階，沒有聽到任何回應，每走一階都覺得舉步維艱，而山雨欲來的感覺也越來越強烈。

屋子裡出奇的溫暖，至少我再也看不到自己呵出的霧氣。然而掛在衣櫥裡的兒童雨衣以及牆上的家庭照片，卻營造出另一種寒冷的感覺。在其中一張照片裡，尤利安和妮琪對著鏡頭笑逐顏開，更是讓我不忍卒睹。那個搖滾樂團跑到哪裡去了？在我最需要他們的時候，偏偏都躲了起來。他們為什麼不在我腦袋裡轟炸我，好讓我什麼都感覺不到？可是相反的，撇開眼窩後面的隱隱刺痛不說，經過了好幾個星期，我的頭痛終於銷聲匿跡，而我又可以說話了。

「該死，休勒，你在哪裡？」

我的右半邊身體還是像軟糖一樣，只能跌跌撞撞地往前走，經過一只五斗櫃，裡頭的什物散落一地。我跨過一團桌布，踩在破裂的葡萄酒箱的一堆碎片上，這裡顯然有打鬥的痕跡，而當事人卻人間蒸發。從門廳到樓梯間只見一片狼藉，廚房的門是敞開的。我感覺到胃部在抽搐，對於誘餌卻視而不見。上一次我是直接衝到地下室，卻只發現一具屍體。這個錯誤我可不想再犯了。

「休勒？」我繼續徒然呼叫他，心臟撲通撲通跳，搖搖晃晃地走到通往二樓的木頭樓梯，上頭還掛著「繩子」，那是妮琪自己動手做的將臨期日曆。用聖誕禮品紙包裝的二十四個大小不一的禮物，她為尤利安繫在樓梯扶手上，還有好幾個沒有拆開過。

我拿起那個準備在耶誕夜拆開的最大驚喜，摸索裡頭的內容物。

這不是個好主意，亞歷，我在心裡聽到死去的妻子的聲音。**你不應該回到這裡。趕緊離開吧。就像休勒……**

我猛力搖頭，想藉著頭痛趕走她的聲音，可是當它消失以後，我卻回想起從前，每當夜裡出勤回家的時候，我總會躡手躡腳地走上二樓，不想吵醒他們。那成了我的例行公事，我會在上樓前屏息傾聽，當外頭風聲大作，而我和我心愛的人都待在溫暖的家裡，有雙層隔熱氣密窗保護著，而他們都裹在羽絨被裡，總是會有一種平安喜樂的感覺。我很喜歡夜裡的這個片刻，冰箱的嗡嗡聲、老舊的暖氣管輕微的喀噠聲，以及老房子的地板經常會聽到的劈啪聲，它們交織成憂傷的旋律，讓我想起一直沉湎在生命中的種種過錯和憾事裡。我一直不肯聽他們的勸告；更不用說在我和妮琪仳離之後，她始終無法諒解我事事以工作為重的心態，因而選擇離開我。

那麼今天呢？

既沒有暖氣管的聲音，也沒有老舊地板的劈啪聲，什麼都沒有。今天，屋子的旋律早已瘖啞，只有回憶的幽靈在我腦袋裡兀自不斷迴響著。

我在這個當下感受到的焦慮讓我激動莫名。我的皮膚感到灼熱，彷彿有無數的細針穿刺著。那刺痛的感覺使我想起雅莉娜和她頸部的刺青。我還會再見到她嗎？我還會有機會和她耳鬢廝磨，用手指尖摩娑她刺青的字母嗎？命運（Fate）或是幸運（Luck），她皮膚上微微凸起的字母，我只有親吻過它們一次。那一夜的回憶趕走了我的憂傷，取而代之的卻是我的羞愧。我突然產生一種罪惡感，在我的妻子遇害、尤利安被擄的幾個鐘頭前，我居然在和雅莉娜翻雲覆雨。而我在眼下想的不是我的兒子，而是另一個人，更是令我無地自容。

我還沒來得及沉溺在哀傷、恐懼和自憐當中，法蘭克的臉龐已然浮現在我的回憶裡。仇恨在我心中如熊熊烈火噬囓著我，使我不由得拊膺切齒。我強作鎮定，一階一階往上走，每走一層階梯，都試著告訴自己要專心思考重點。

專注在重要的問題上！

第一層：**雅莉娜為什麼會被擄？**

第二層：**她和蘇克的受害者有什麼共同點？**

第三層：**如果有，那麼她和塔瑪拉的關係是什麼？**

第四層：**塔瑪拉為什麼拒絕做出證詞？**

第五層：**這和我有什麼關係？**

第六層：**或者和她在病房牆上的塗鴉裡的我家屋子有關？**

第七層：**或者和尤利安有關，他在一年前就畫過相同的畫，而且一直掛在他床前？**

走到第八層樓梯時，我已經汗流浹背，心臟簡直要從嘴巴裡跳出來了，接著我才想到眼下最迫切的問題：

從尤利安的房間傳出的哀嚎聲究竟是怎麼回事？

34

那當然不是真的。就像有些腦部受創的病人會突然聞到肝腸或燒焦的塑膠氣味，我聽到的孩子哭聲也不是真實的，只是我的神經突觸產生短路罷了。

可是在這個時間點上，這個理性認知也不管用了。我的大腦已經很久都沒辦法協調一致地思考，有些字詞的發音也不標準，而我理性的自我評估能力也差不多就像是要夢遊者撰寫電腦程式一樣。我完全只是憑著本能做出反應。而就像一個母親沒辦法叫餓肚子的孩子不要哭一樣，我也沒辦法揮去從鑰匙孔鑽進來的那些聲音。

「尤利安？」我遲疑地問道，因為我相信我可以從啜泣、屏息和間歇的哭聲分辨是不是他。

我才說出我兒子的名字，那聲音就戛然而止。當我再次聽到他的聲音時，真盼望那個幻覺倏忽即逝，一下子就可以趕走它。

「爸爸？」

和在天鵝島上不同的是，這次我想像中的兒子距離更遠，而且聽起來更真實而令我駭異不已。以前他只是在我的腦袋裡出沒作祟，現在我是真的聽到他的聲音，宛如只有一牆之隔。他的聲音微弱而幾不可辨，好像有人摀住他的嘴巴。尤利安的房間在走道盡頭，現在就在我的正對面。

「你在哪裡？」我大聲問道，在那轉瞬，我甚至慶幸休勒消失了，沒有看到我在跟幽靈說話。我兒子的聲音聽起來很焦急。

「救我！」他抽抽噎噎地呼喊道。我突然不確定我的腦袋該怎麼定位這個聲音。我覺得尤利安不再是在我的前面，而是在我的頭上。

我猶豫著要不要放開樓梯的扶手，在沒有任何憑藉的情況下空著手走到房門前。我很清楚自己一下子就會摔倒在地毯上，可是尤利安啜泣的央求讓我別無選擇。

「照著他的話做，」他叫道。「不然他會殺死我們！」

我們？

我宛如慢動作播放影片似的一步一步挨進房間，可是尤利安的聲音卻越來越遠。門後的空間很狹小，而且是正方形的，沒有其他入口或退路。尤利安的聲音怎麼會漸漸地從房間裡消失呢？

怎麼會這樣？

因為他根本不在裡面，你這個白癡，我給自己一個答案。**你兒子早就死了**。或者他的聲音不是來自我現在佇立的房門裡面。我握住門把往下按，感到一股阻力。

這更加離奇了。尤利安的房間是沒有鑰匙的。房門敞開是妮琪的哲學，閉鎖的空間違反了她的開放世界的生活風格，因此她把所有鑰匙都收起來（尤利安為此相當懊惱，他很想有個父母親無法窺伺的私人領域）。可是現在我在二樓，而且打不開他的房門。

「尤利安？」我的手放開門把。

我打了個冷顫，彷彿從鑰匙孔吹來的冰冷空氣凍壞了我的手，我想起從外頭看到的敞開的窗戶。

哈哈，你這個腦袋，我在心裡自嘲。**你怎麼會把自己虛構的幻象當真呢？**

沒有回應。

當然不會有人回答你。裡頭根本沒有人。

我決定跪下來，那與其說是我有意識的決定，不如說是我力氣放盡的緣故。我得喘一口氣，坐在地毯上比站著好多了。可是我也沒有跪多久，大概是因為我頭部的位置正好對著鑰匙孔，冰冷的空氣直接朝著我臉上吹來。我眨一眨眼，想要轉過身，卻在這時候又聽到尤利安的聲音，使得我整個人僵住了。

「爸爸，救我，」我聽到他的尖叫，這次卻非常遙遠，彷彿我兒子的幻影正要從屋子裡煙消雲散。

一秒鐘後，我睜開眼睛，躺在床上呆呆望著天花板，臉上的鼻血有如涓涓細流。

35

一秒鐘？

我當然不可能在這麼短的時間內破門而入、打開電燈、關上窗戶、躺在尤利安的床上，尤其是我必須跨過翻倒的衣櫃。但是我既不記得自己怎麼會喪失意識，也不知道昏倒了多久。

我抬起頭，摀住鼻子，環顧房間四周。尤利安雖然不是愛乾淨的孩子，可是現在房間給人的印象，就像是有一群毒蟲在裡頭翻箱倒篋找尋毒品一樣。他的學生書桌頭下腳上，抽屜都被拉出來，裡頭的東西散落一地（一本漫畫、兩張影音光碟、一具 PlayStation 遊戲機上盒、幾張很久以前的電影門票、足球明星卡，以及一把小刀）。牆邊的書架還沒倒，雖然歪歪斜斜的，只靠幾根螺絲釘支撐著。裝著尤利安的玩具的塑膠箱空蕩蕩地擱在暖氣旁邊。整個來說，房間裡的狀況和我的精神狀態一模一樣。迷惘、混亂而壞損。

我抬頭轉身，證實了我的猜測。尤利安畫了一張我們的房子，那是他的小學家庭作業，妮琪很喜歡，把它釘在牆上。現在它已經不在原來的位置。它被撕走了。我從還釘在牆上的圖釘底下找到一點碎紙片。

我站起來，看到床邊的床頭櫃，它是房間裡唯一還留在原地的東西。尤利安的鬧鐘被翻倒，底下壓著一本攤開的筆記本。鬧鐘的指針停在九點半過後不久。**這一點道理都沒有啊**，我心下思索著，又要抵抗一波波的疲憊感，真的很想到床上再躺一會兒。

尤利安的聲音、房間裡的一片狼藉、消失的圖畫。**這一切到底有什麼關連？**

我再度感覺到當下的處境一點也不真實，可能是因為我耳朵裡居然有水流聲，可是我已經不再流鼻血了。

羅特在巡房時的聲音斷斷續續地湧上來，可是我一心想要回想他當時是怎麼跟我解釋，我自己幻想的痛覺為什麼會一下子就不見蹤影。他認為那和後來復發的精神分裂症無關。

我把鬧鐘拿在手裡掂了掂，轉緊發條，傾聽它的滴答聲，在心裡問自己，我的時間流逝的聲音是否比我腦袋裡的聲音**真實**一點。

或者比床頭櫃上的筆記本真實？

我還沒來得及搞清楚自己匆匆一瞥看到了什麼，就不由得悲從中來。尤利安向來會把他的日記上鎖收好，而今他死了，他心裡的祕密都攤在他的床頭櫃上，就像這個房子裡的一切事物，感覺上不知道哪裡很不對勁。

我把那本有木質書背的日記拿在手裡，顫抖的手指滑過我兒子在被綁架那天寫下的日記：

酷斃了，今天是我的生日。開心等爸爸回來。他一定會送我什麼特別的東西。真希望是一只手錶。我好想要一只唷。媽咪昨天又哭了。因為我生病了，一直發燒不退，真討厭。可是我想她一定是又在氣爸爸。她想他一定會像去年一樣又趕不上我的生日。不過這次我很確定。我們通過電話，在半夜，太酷了。只要爸爸答應我什麼事，他一定會做到。我得擱筆了。媽媽要和我玩捉迷藏，一直到爸爸回家。她已經在樓下叫我了。我待會兒再寫……

待會兒……

我的眼淚從鼻尖潸潸落在童稚的筆跡上，我沒有伸手揩去。

一想到他再也不會有**待會兒**，我就幾乎要崩潰。瘋狂的絕望使我很想把日記撕爛，然而思及這是我兒子的遺言，我不禁頹然而廢。再說我顫抖的手指頭也沒有那個力氣。我往下翻了幾頁，在剛才那一則日記裡，尤利安的筆跡就已經潦草得幾不可辨，不過我還是往下讀。

昨天我又遇見他。我有點怕他，不過他是爸爸的同事，沒什麼好擔心的。而且他這個人還滿好的。他跟我說為什麼爸爸的工作這麼忙。他們一起在追一個壞蛋。跟什麼眼睛有關的，都是些老掉牙的把戲。不管怎樣，他跟我說我不必擔心，他會保護我之類的話。我只要

打個電話給他，他就會來把我藏起來，不讓壞蛋找到我……

我不知道，如果我什麼也沒有做，接下來會怎樣。如果我沒有往下翻，而是直接闔上日記，放回床頭櫃，耐心等候。可是或許那也不會改變整個事件急轉直下的駭人發展。

如果，如果，男用廁所。[2]我的腦海裡閃過我的女總編喜歡掛在嘴邊的口頭禪，每當有人跟她說有個報導題材很有搞頭，「如果」不是出了什麼差錯的話，她總是會這麼說。

那麼「如果」我可以改變命運呢？如果我在翻閱時沒有掉下一片寫著令人費解的文字的紙張呢？

SAFRAN WECKT HIRN（番紅花叫醒腦袋）。

空白的跨頁紙張，上面只寫著這幾個大寫字母。

我兒子胡亂塗鴉的這幾個字就像一串數字一樣，讓我完全摸不著頭緒，而且他為什麼要用大寫強調？

在那個當下，我沒想到我會在尤利安的床頭櫃抽屜裡找到他的手機，霎時令我欣喜欲狂。更讓我訝異的是，它的電量居然還有一格。最重要的是，我撥了我兒子留在我手裡這張

2 譯按：原文是「Hätte, hätte, Herrentoilette」，是嘲諷人說話喜歡用虛擬二式的假設語氣。

紙上的電話號碼。

SAFRAN WECKT HIRN

後面附了一句話：

只有緊急時才能撥這個號碼！

電話響了兩聲就接通了。我立刻就認出對方的聲音。他還沒有說話，我就知道我打給了誰。

「法蘭克？」

「哈囉，佐巴赫，」集眼者說。「真是個驚喜。我以為你已經死了。」

36

「我兒子在哪裡？」我一邊問，一邊暗罵自己的聲音流露出懷抱一絲希望的語氣。我的手緊抓著手機，差一點就要把它捏碎了。

「你把他怎麼了？」

「這個你永遠都不會知道。那是我們約定好的事，你還記得嗎？」

「你很清楚我會親手宰了你。」

法蘭克縱聲狂笑。他聽起來像是在嗑藥似的。

「你為什麼一直對我那麼不滿？我可是唯一遵守約定的人啊。我們倆到底是誰說謊裝死的？」

他一會兒壓低聲音咕噥了幾句，接著又沉吟不語，彷彿在思考接下來要說什麼。我聽得出來他的精神很衰弱。

「他媽的，你居然連自己的葬禮都想到了。你當我是白癡嗎？我早就察覺到事有蹊蹺了。挖開那具空棺材只是要確定一下而已。」

「你在哪裡？」我瞥見房門，現在才注意它並沒有鎖上，而只是用翻倒的櫥櫃把門頂住而已。我真的只用自己的體重就把它推開了嗎？

或者是，我腦袋閃過一個令人不安的念頭，**在我喪失意識的時候，有人助我一臂之力，然後把我扶到床上嗎？**

「你躲在哪個巢穴裡？」我不斷重複地問。「你在電話那頭躲不了多久的。我會把你挖出來的。」水聲越來越響，如果說那是我的幻聽，它也未免持續得太久了。

「一步一步來囉，」他笑說：「首先，這裡有人要跟你說話。」

通話狀態很不穩定，彷彿隨時都要斷訊似的，接著我聽到一個男子咳嗽的聲音。

「你必須對著話筒說話，不然他聽不見，」法蘭克的語氣好像是在對反應遲鈍的孩子說話一樣。那個男子咳了一陣以後，接著氣喘吁吁，折騰了好一會兒，那個人終於透過法蘭克遞給他的電話說了第一句話。

「陷阱……」

我閉上眼睛。

該死，這怎麼可能？

「我很抱歉，佐巴赫。他引誘我們掉進他的陷阱裡。」

「休勒，你在哪裡？」我問道，可是法蘭克顯然把電話搶回去了。

「唉呀，真高興我們大家終於全部都回來比賽了。」

「這才不是什麼比賽，你這個垃圾。」我爬到靠近門邊的床那頭。

「這當然是一場比賽。而且我很驚訝我們大家這麼快就回到場上了。你、我、休勒，而且這次沒有那個礙手礙腳的雅莉娜，她知道的總是比大家還多。」

「你搞錯了，法蘭克。比賽早就結束了。你已經奪走所有我心愛的人。」

至此已殆無可疑。那流水聲不是我耳朵裡的幻聽，而是從走道傳到房間裡來的。我犯了個錯誤，試著以右腳為支點從床上站起來，卻跌了一跤。

「你再也沒有辦法拿什麼要脅我了，法蘭克。」

「唷，我看未必吧。我知道你現在寸步難行，不過是否可以勞駕到浴室裡看看？」

我剛剛從床底下摸到尤利安的曲棍球棒，拄著它踉踉蹌蹌站了起來，這時候聽到法蘭克的話，不由得愣住了。

浴室？

「你怎麼知道我在屋子裡的位置？」

一時無語，過了半晌，他才冷冷地說：「我不知道，佐巴赫。可是我知道你不在哪裡。在浴室裡，浴缸的水正溢出來，而我沒聽到水聲，所以你應該在別的地方。」

接著他又放聲大笑，比剛才還要歇斯底里。「唉呀，老兄，佐巴赫。你還是很專業嘛，什麼事都要追根究柢。你還是知道已經釣到大魚就可以把小魚放掉是吧？」

「我不知道你在說什麼，」我說。我很費力地以曲棍球棒支撐身體的重量，蹣跚挨近門邊。

「你趕快給我到那該死的浴室去，」法蘭克咆哮道。自從我認識他以來，這是他第一次情緒失控，我不知道這到底是好是壞。不管怎樣，我聽得出來他的壓力很大。同樣的腎上腺素，它讓我頭腦清楚起來（甚至可以完整說一句話），卻使得害死我妻子的凶手更加狂亂。

「法蘭克？」他好一會兒都沒吭聲，我擔心他又會掛斷電話。「你到了嗎？」他說：「我還是聽不到水聲。」

你這個心理變態。我好不容易才摸到門框，大汗淋漓地呆呆望著走道。從我這裡到走道盡頭的門還有一段距離，對現在的我來說，那差不多就像是跑馬拉松的距離。

「我辦不到，」我對著手機喘氣說，低頭看著地板。

「喔，不，佐巴赫。你完全搞錯重點了，相信我。」法蘭克的笑聲像是在打嗝一樣。

「你難道不想看看浴缸裡有什麼東西嗎？」

37

雅莉娜．額我略夫

他把燈關掉。故意的。這個變態的垃圾知道，瞎了眼的她只能分辨明暗而已，而這對她非常重要。蘇克在佯裝要強姦她的時候，把她頭上的燈打開。燈光不只有光度而已，它還有熱度，沒有了光，讓她覺得加倍失望。

光是生命。黑暗是死亡。

她一絲不掛地躺在吞噬一切的黑暗裡，感覺寒意從腳底往上流竄。她的雙腿已經痲痺了。不過至少那支開瞼器不再夾在她的眼皮上，蘇克替她檢查了一遍，點了一種刺痛的藥水以後，就把開瞼器拿掉。

她一輩子從來沒有覺得這麼孤單過，即使她知道屋子裡不止有她一個人。

「妳是誰？」她聽到那個年輕女子的聲音，她吵醒那個女子以後，蘇克丟了一句話就離開屋子，「**在手術前，先讓妳們兩位女士聊一聊吧。**」

那個女子在她右側約莫一公尺遠。她的氣息濁重，聽起來像是忍住咳嗽似的。雅莉娜思忖了很久，不知道該不該回話。她全身僵硬，感官也處於警戒狀態。只要她還沒有搞清楚怎麼逃離這個鬼地方，任何陌生人都是可能的威脅，即使那個女子聽起來像是得了肺炎一樣，而且年紀不會超過十八歲。不過話說回來，聊一聊會有什麼損失嗎？頂多只是違反了那個瘋子的規定，他說他一定要用夜間攝影機拍攝她銷魂曼妙的胴體，回頭好好欣賞一番。

「我叫雅莉娜．額我略夫，」她開門見山說。就像長跑選手注意調整自己的呼吸一樣，雅莉娜現在也必須字斟句酌。她其實很想像身旁的那個女子一樣哭哭啼啼，不過那隻豬玀或許在偷聽她們，她可不想對他流露出任何恐懼的感覺。

「換妳了，妳叫什麼？」

「我，我……」那女子遲疑了一會兒，好像忘了自己的名字似的。她說：「妮可拉，」然後又哭了起來。

妮可拉。妮可拉？妮可拉，她以不同的語氣在心裡反覆沉吟這個名字，時或納悶，時或懷疑。她不認識有誰叫妮可拉，可是她確定她最近聽過這個名字。

「對不起，我只是……」妮可拉似乎已經恢復平靜。

「我已經有半年沒有跟人說話了。」

「他把妳關了這麼久？」

「是的。」

雅莉娜把頭轉向聲音的源頭。

「為什麼？」

其實她心裡想問的是：**他怎麼會把妳關在這裡這麼久？其他的受害者從遭到綁架、凌虐到獲釋也都不過幾天的時間呀。**

「我也不知道。他喜歡我的眼睛。」

我更不明白了，雅莉娜心想。**不過這裡的一切或許都沒辦法用我的理性去解釋吧？**

「他老是跑來查看我的眼睛，說要把它們保留給什麼特別的人。」

病態。真是病態。

以前她很喜歡嘲笑約翰最愛的心理驚悚小說，那些小說總會替看似不可思議的惡行編造一個合理的解釋。不知道為什麼，人們寧可認為他們當中的戀童癖者是童年創傷經驗所致，也不肯想像有些令人髮指的罪犯根本就是個壞胚子。人們不願意承認有些禽獸天生就以凌虐和殺戮為樂，那就像眼睛的顏色或是右撇子之類的特徵一樣，都是與生俱來的。

人們總是在找尋因果關係的交互作用。就算是乖舛的命運或是疾病。血栓症？**不愛運動的人，難怪會得這種病。被強暴？還不都是因為穿著太暴露了。**被一個心理變態的眼科醫師擄走而且綁在手術檯上？**那還用說，當然是因為他喜歡妳的眼睛！**

「妳知道他想幹什麼嗎？」雅莉娜問道。

她聽到手銬在手術檯上碰撞的鏘鏘聲，或許是她的獄友不知所措地把手抬高。

「對不起，妮可拉。妳得回答我的問題，我才有辦法認識妳。我眼睛看不見。」

「噢，很抱歉，」妮可拉語氣中有憐憫之意，好像眼睛看不見比被關在這裡要悲慘得多似的。「現在我明白了。」

「妳明白什麼？」

「蘇克在我醒來時說的話。」

「瞧瞧妳幹的好事，雅莉娜。妳的尖叫聲把器官捐贈者吵醒了，妳知道妳的手術沒有她是不行的。」

難怪妮可拉又哭了起來。

雅莉娜心想怎樣才能安慰這個年輕女子，可是她就連自己的恐慌都壓抑不住。如果蘇克真的照著他威嚇她的話去做，那麼他就會摘除妮可拉的眼角膜，然後移植到她的眼睛上。一想到妮可拉要遭受這麼殘忍的命運，雅莉娜實在找不出什麼言語去安慰她。雅莉娜很清楚。而先是泣不成聲、接著咳個不停的妮可拉心裡也很明白。

「妮可拉？妳聽我說。妳以前在學校裡最討厭哪一科？」雅莉娜只是隨便問問，用一個莫名其妙的問題轉移妮可拉的注意力。

「什麼？」妮可拉語氣緊張地問道。她斷斷續續咳了幾下，果真有些不知所措。

「在學校裡。哪一科……」

「是，我明白妳的意思，可是妳問這個幹什麼？我討厭每一科。」

「我『討厭』（hasse），」雅莉娜心想。**嗯，她用的是現在式。**

「妳幾歲？」

「十六。」

妮可拉。十六歲。

雅莉娜驀地聽到一個人在啜泣，可是這次是在她的記憶裡，現在她知道是誰和她在說話了。

「妮可拉．史卓姆？」

「妳……妳怎麼知道？」

那少女大口喘氣，雅莉娜聞到很淡卻讓人不舒服的異味。那顯然是恐懼的氣味。她猜想那個氣味一定在這個房間瀰漫了很久，只不過被她自己嚇出的冷汗掩蓋了。可是當她說出妮可拉的全名以後，那個氣味就從渾身毛孔散發出來。

「我見過妳媽媽，」雅莉娜說。「她在找妳。她來過我的工作室。」

「妳說謊。」

「我為什麼要？」

「不知道。也許妳和那隻豬是一夥的。」

「我才不是呢。媽的，我和妳一樣害怕得要命好不好？」

「那麼就別跟我胡扯。我媽根本不會想要找我。哪有可能。她是個該死的酒鬼，從早到晚醉得不省人事。我爸爸還有可能找我，不過如果我不見了，他一定很高興。這樣至少我就沒辦法跟別人說，我一搬到他家，他就對我毛手毛腳。」她很不屑地啐了一口。「我也不是妳家裡什麼的寶貝女兒，你們不會管什麼妮可拉的死活的。」

雅莉娜嘆氣說：「妳聽好，我不認識妳爸爸。」

「那最好。」

「妳母親或許有點失控，可是她上天下地在找妳；她沒有去找警方，他們都認定妳只是蹺家而已。我們別浪費時間了。蘇克隨時都可能會來，我得做好準備。」

「準備？準備什麼？」

「準備逃走。我得先弄清楚這是什麼地方。」

「我也不知道。」

「妮可拉，妳要振作起來。我眼睛看不見，所以我需要妳的眼睛。麻煩妳為我描述一下這個屋子。」

「這裡很暗。」

「那麼妳在電燈熄滅前看到什麼？」

「什麼也沒看到。因為我被麻醉了。我夢見一段『發浪』的影片。」

「發浪？那是什麼東西？」

「一個樂團。天啊，妳到底幾歲？」

「二十六。他在麻醉妳之前，妳人在哪裡？」

「在我的牢房裡。」

「妳的牢房？那是在哪裡？」

「我怎麼知道？」

那女孩又咳了起來。

「妮可拉，專心想想。妳的牢房有窗子嗎？」

「沒有，再也沒有了。」

「什麼叫作『再也沒有』？」

「原本有窗子。從他們把我們關起來的籠子裡，看得見一些不知名的東西。他們把玻璃貼上膠帶，可是妳知道嗎，左上方整天都會有光線穿透進來。那給了我一線希望。只要有這麼一點光，我就知道外頭還有個世界。比起現在這個狹隘的牢房，我還比較喜歡那個籠子。這裡冷冰冰的，而且伸手不見五指。他媽的，我一關到這裡就著涼了。」

「所以蘇克是從別的地方把妳帶到這裡來的？」雅莉娜困惑地問道。

「是啊。他把我麻醉，然後載到這裡來，這個混蛋傢伙。那大概是一個月前的事吧。到了這裡，我再也搞不清楚到底過了多久。妳知道嗎，每天日升日落，我就在牆上劃一條線。可是在這裡我就沒辦法了。除了這個聲音以外，這裡什麼都沒有。」

「什麼聲音？我什麼也沒聽到。」

「現在沒有了。可是它一直藏在牢房的牆裡。如果妳把耳朵貼在水泥牆上。那聲音忽大忽小，時有時無，可是大部分時間它都會從四面八方傳來。就像是一座瀑布直接傾瀉在這棟建築上頭。」

「嗯，很好，好極了，」雅莉娜沉吟著，雖然她壓根不知道這些訊息對她有什麼用。「妳在這裡認得出什麼東西來嗎，妮可拉？」

「這裡？」

「是的，這裡。我們現在這個地方。妳看到什麼嗎？」

「一點點。我的眼睛漸漸習慣黑暗了。」

「麻煩妳形容一下這個房間。」

雅莉娜又聽到金屬的鏘鏘聲。她猜想妮可拉大概想要在手術檯上轉個身，卻被手銬扯了回去。

「這不是什麼房間。」

「什麼？那是什麼意思？我們不可能在**室外**吧。」

「不，我們當然不在**室外**，」妮可拉很不屑地強調那兩個字。「我們永遠都不會在**室外**。」她忿忿地扯了一下她的手銬。

「哎呀，妳冷靜一點。」

「冷靜？妳說得倒好聽，小姐。妳才來沒幾個鐘頭。」

「而妳待了好幾個月，我知道。而且我要結束這一切，可是話說回來，沒有妳我是辦不到的，好嗎？」

雅莉娜聽到妮可拉哼的一聲，猜想她接下來的沉默不語就算是默許了。

「好啦，我們沒時間可以浪費了。如果不是在房間裡，那麼我們人在哪裡？」

「我也不知道，它看起來比較像個帳棚。」

好吧，這還比較合理一點。

「我們四周掛著厚重而半透明的防水布。」

「噢不，」她失聲叫道。

「妳怎麼啦？」

「沒什麼，沒事。只是一陣痙攣，」雅莉娜撒了個謊，現在她不想跟她的難友解釋說，蘇克用防水布搭了一座臨時的手術室，以盡可能保持無菌狀態。

「他是怎麼把我們銬起來的？」她問得很急促，心想妮可拉該不會又是一陣猛咳才能回話吧。

「我們的金屬手術檯上有幾個洞，他從那裡穿過腳鐐。」

「那我們的手呢？妳也是完全被銬住嗎？」

「沒錯。可是我的手銬在臀部側邊。我動不了十公分。」

「那我呢？」

「妳的手銬在頭部附近，妳沒注意到嗎？」

「有啊。我只是想知道是怎麼銬住的。或者是銬在什麼地方。」

「嗯，妳的手上有手銬，然後有一條鐵鍊接到妳腦袋後面的牆上。我不知道有沒有用螺絲旋緊。這裡太暗了，我看不清楚。再說，我幾乎要扭斷我的脖子才能轉到妳這邊。」最後幾個字從十六歲的少女嘴裡忿忿然而執拗地說出來，聽起來出奇地字正腔圓，很難想像她有好幾個月沒有跟外界接觸。

「還有什麼其他不尋常的東西嗎？」

「妳是說什麼？我們頭上圓滾滾的牙科燈嗎？前面的防水布有一條拉鏈。看起來像是從帳棚開了個門似的。」

是個隔離室沒錯，雅莉娜心想。**蘇克就是從那裡走進他的手術室的。**

「這道門長什麼樣子？距離有多遠？」

「兩三公尺吧，誰曉得，」她又咳了起來。

「只有裡頭才有拉鏈嗎？還是外頭也有？」

「屁啦，我怎麼看得見？」

「妮可拉，拜託。振作一點。妳要不要逃出去？」

「當然要啊，他媽的。可是這行不通的。我們會在這裡翹辮子的。」她突然失聲痛哭，宛如有人在她肚子上揍了一拳。雅莉娜知道這個少女再不多久就會歇斯底里。

「喂喂，別哭了。聽我說，妮可拉！」

「什麼啦？」她抽抽噎噎叫道。

「自怨自艾是沒有用的。」

「少對我說教，妳這個臭女人。妳以為我沒試過從這裡逃出去嗎？可是沒有用的，我們整天都被銬住。睡覺、吃飯、用這只尿盆尿尿，大便也是，妳明白嗎？」

「我明白。可是我們的腦袋是自由的，它沒有戴上鐐銬。」**至少還沒有**。他會用麻醉當作鐐銬。「所以說，妳要利用妳僅剩的武器，妳的理智……」

天啊，現在我說話活像個自由鬥士。

「……告訴我所有細節，任何瑣細的東西。不管妳認為那些東西重要或不重要。」

妮可拉嘟噥說：「我說過這裡什麼都沒有。我們躺在該死的金屬手術檯上，底下有一塊薄墊。這張手術檯有點像我的牙科醫師弗瑞迪叫我躺在上面的東西。」

「底下有滾輪嗎？」

「我不知道。」雅莉娜又聽到妮可拉的鐐銬的鏘鏘聲。「應該有。而且還有一根搖桿。我想我們的手術檯應該可以搖高。」

「好吧。我們倆距離多遠？」

「我是土地測量師嗎？二十、三十、四十公分吧。這很重要嗎？我們之間還隔了一台手推車，有幾層抽屜，就像在醫院一樣，這麼說對妳有幫助嗎？可是那上頭什麼東西都沒有。」

還沒有。

過一會兒，蘇克就會把他的工具擺在那裡。特別是以他命名的手術刀。

「等一下，」她突然聽到妮可拉說。

「什麼？」

「我想我看到什麼東西。我不是很確定。」

「什麼？妳看到什麼？」

「我想那邊掛著一只水盆。」

他在開刀前洗手用的。

「妮可拉，妳說的『那邊』，我真的無法想像是什麼。請記得我是個瞎子。」

「是喔，對不起。我是說在防水布後面。」

「在它後面？」

「是啊，我不是說了嗎？那個不知名的東西在昏暗裡看起來是半透明的。可是我幾乎很確定，外頭掛著一只水盆。而且牆上有一個按鈕。」

「什麼樣的按鈕？」

「不知道，也許是我搞錯了。那玩意兒看起來像是發射按鈕。」

發射按鈕？

「那是什麼鬼東西啊？」

「唉唷，就像是我們學校裡一塊玻璃後面的紅色按鈕。妳一定知道我說的是什麼。」

「火警按鈕嗎？」

「對啦。」

雅莉娜霎時興奮莫名。

那怎麼可能？蘇克在搭蓋他的手術室時犯了一個錯誤？或者他認為我們女生怎麼樣都碰不到那個火警按鈕嗎？如果那個按鈕還有作用的話。

「**妳還看到防水布後面有什麼東西？**」雅莉娜原本想這麼問，可是她忽然想到一個她早就該問的更緊要的問題，她們是否能夠活著逃出這個地方，關鍵就在問題的答案上。

「妳剛才說到**他們**把妳們關在牢籠裡，後來妳才轉到這裡來的。」

「是啊，怎麼樣？」

「妳的意思是？犯案的不止蘇克一個人？」雅莉娜朝著妮可拉的方向問道，可是已經太遲了。

她聽到拉鏈往上拉的聲音。那個眼科醫師回來了。

38

亞歷山大．佐巴赫

我已經從死胡同走出來了。我不是說自從我醒來以後，宛如沉重的蠶繭一樣包覆著我的疲憊感。我說的是我的疼痛感。我在走道上舉步維艱，腦袋卻完全清醒，那是早就遺忘了的感覺，彷彿我所經歷的種種恐懼有一種滌清的作用；它就像是一種麻醉劑，透過驚嚇趕走了我的疼痛。我的頭痛已經不見蹤影，就連身體右半邊也比較聽話了，雖然在找尋水聲的一路上仍然是跌跌撞撞的。很遺憾這種種的驚駭只是緩解我身體上的疼痛，卻無法療癒心靈的創傷。結果是，雖然我總算腦袋清楚了一些，卻充臆著深邃的恐懼和忿怒，照著法蘭克的話，趔趄走到浴室門口。

我走進浴室，什麼也沒看到。水蒸氣把浴室變成濃濃的霧鄉，我幾乎沒辦法呼吸。我用手不停揮舞，宛如在驅趕討厭的蟲子，漸漸的，浴簾才出現在眼前。我一看到浴缸，心裡就後悔了。

仁慈的天主啊，這一切都是我的幻覺……

我覺得自己像是漫畫裡的人物，一腳踩空掉進萬丈深淵，在空中兀自思忖著到底做錯了什麼，最後掉到谷底。只不過我的腳底下沒有火山口可以讓我沉下去。

眼前一定是個視覺假象。仁慈的天主，這一定是我破了洞的腦袋的惡作劇……

我們家的浴缸是一頭仿古的怪獸，底下有黃銅製的腳，大剌剌地擺在浴室正中央。偌大的浴缸足夠兩個人一起泡澡而不覺得逼仄。由於妮琪堅持省水的泡澡法，就像尤利安戲稱的，至少要半個鐘頭，「游泳池才會注滿水」。而現在只差兩公分，水就要溢出浴缸了。兩公分，正是攸關生死的片刻。我撲到浴缸邊緣，猛力拉扯那用來拴住被凌虐的動物的鏈條。湯湯既沒辦法從浴缸裡跳出來，牠的鼻子也無法伸到浴缸邊緣。牠看起來像是已經放棄了，或許是被施打了鎮靜劑，才會既不哭也不叫。

套在牠脖子上的挽具，原本是讓雅莉娜可以扶著上頭的把手走路的，現在卻成了可憐小狗的噩運。那上頭有許多孔眼和吊環，集眼者用一條細鏈子就可以讓湯湯全身動彈不得。小狗的脖子、身體和臀部都被鏈條緊緊拴在浴缸的把手上。黃金獵犬的鼻子勉強露出水面。幾乎沒辦法再往上伸了。美式的浴缸沒有溢流口，緩緩地、不停地注水。只要再一兩分鐘，湯湯就會被淹沒，而我卻沒辦法阻止，因為水龍頭和打開出水口的把手一樣，都已經被拔掉了。

「你瞧，我們的比賽重新開始了，」我聽到法蘭克隔著電話歡呼。我用耳朵和肩膀夾著手機，雙手扶著湯湯的頭，讓牠露出水面。小狗全身顫抖，可是除此之外，牠的樣子看起來十分遲鈍。

「你要我怎麼做？」

「做個決定。你還不明白嗎？一切都取決於你的決定。」

「為什麼是我？」我很想對他咆哮說。**「為什麼你就是不放過我？」**

以前集眼者引我到黑暗的地下室，要我選擇殺死一個生病的女子或是自殺。他也要我用自己的生命換回尤利安。現在我又被迫在生死之間做決定。

原本一直緊閉著雙眼的湯湯現在睜開眼睛，開心地舔一舔我的手。牠看起來疲憊不堪，一副又要昏睡過去的樣子。**不早不晚，剛好在這個時候**，我心想。那個瘋子要讓小狗到最後關頭才淹死。

「好啦，做個選擇吧，」法蘭克說。

「什麼選擇？」

我試看看是否可以解開頸圈，使牠的脖子動彈不得的鏈條就繫在頸圈上；可是我在湯湯的脖子下面摸到一個號碼鎖。牠氣喘吁吁地張開嘴，可是水一下子就灌進去，於是牠趕緊再閉上嘴。

十三。十。七十一。我腦袋裡浮現法蘭克在我上次的死亡試煉中告訴我的這組號碼。

「誰要活下去？」他問道：「湯湯，或是你的警察朋友。」

我從電話裡聽到休勒呻吟的聲音。湯湯也在這時候第一次嗚咽起來。牠的聲音很微弱，因為牠的腦袋有一大半已經淹沒在水裡。牠拚命眨眼想要甩掉眼睛上的水，卻是徒勞無功。毛絨絨的大鼻子也只剩兩個鼻孔還露出水面。

「如果你要我開槍打死這個條子，我就告訴你打開號碼鎖的數字。」

「你這個變態的混蛋。」

他歇斯底里地咯咯笑著。

「或者是你要眼睜睜地看著湯湯溺死。」

不行，我不能看著牠死去。

我把手機擱在地板上，雙手伸進浴缸裡，雖然我知道沒有把手是打不開出水口的。我用指甲摳看看栓塞和瓷釉之間的縫隙，可是它每次都滑回去。不過我至少排掉一點水，湯湯又多了點露出水面的空間。然而我不能只是待在這裡拚命舀水，法蘭克不會讓我這麼做的。我甚至沒有多少時間嘗試幾組號碼。我用濕漉漉的手拿起手機。

「佐巴赫？」法蘭克的聲音聽起來又更亢奮一點。他要不是吞了什麼興奮劑，就是他嗑的毒品的鎮靜效果正在迅速減弱當中。

「你想要做什麼？」

「你快點做個決定吧。」

「為什麼？為什麼你要這樣對我？」

他的聲音越來越瘋狂，而他的反應也更加不可理喻。

「你要湯湯或休勒？」他問道。

小狗或是人？

這原本是個很簡單的選擇。不過雖然理論上誰都知道人的生命比動物的生命重要，可是真的要這麼選擇，卻完全是另一回事，尤其是我要救的那個人不久前還要對我刑求，而那隻狗則是雅莉娜最心愛的寵物。大多數人們一輩子可能都不必遇到這種例外狀態，因此他們總是只能從理論以及過去的觀點去討論他們在危難時可能會做的決定。

如果你是和朋友興高采烈地在喝啤酒抬槓，或是早上和太太閒聊報紙的頭條新聞，而沒有任何安全的疑慮，那麼你當然可以愛怎麼批評就怎麼批評。如果在地鐵裡遇到一夥年輕人搶劫，你大概不會做無謂的抵抗。而如果你是飛機的駕駛員，你應該也會卸掉燃料，而不會滿載著油箱迫降。汽車起火的時候，人們大概都會先救孩子，而不會救來日無多的老人。

很可惜的是，這種取捨的評斷似乎都只是事後諸葛，也就是好整以暇的思考得到的結論。可是人一旦身處殺戮戰場，腦袋總是一片空白。他再也不會做任何決定，什麼事都先做了再說。我也是一樣，早就不是什麼理性的動物了。所以我選擇救湯湯，也不會有什麼理性的解釋，更經不起酒館裡那些自以為是的人的批判。

「還有三十秒。」

我在考慮是否要扯下淋浴用的不鏽鋼軟管當作溢流閥。可是我既沒有力氣也沒有時間。我更不可能跑到地下室去關掉總開關。以我現在的狀況，我至少要十分鐘才能……

「二十秒。」

法蘭克自顧自地倒數計時，而我的思緒卻選擇了另一條航線，轉了個大彎。

我還有二十秒可以試試那組數字。

最晚三十秒，湯湯就會溺死。

可是法蘭克是怎麼控制這一切的？

「或者是你要眼睜睜地看著湯湯溺死。」我在記憶裡聽到他在咯咯笑。他怎麼知道我沒有多少時間了？只有一個可能的解釋：

他不會在很遠的地方。

也許就在附近。

這個念頭讓我感到暈眩。我感覺整個浴室天旋地轉起來，而我是這個空間裡唯一的定點。

「十秒鐘，佐巴赫。」

我抬頭望著粉刷成白色的天花板，一時間還看不出什麼可疑的地方，同時磕磕絆絆地走到浴室裡唯一有意義的地方。那裡有電源，插座藏在一只置物櫃裡。

我打開洗臉盆上方的鏡櫃左邊已經鬆脫的門，赫然看見閃著紅色燈光的微型攝影機的鏡頭。

就在這個時候，我頭上的閣樓傳來一聲槍響。

39

要上我們家的閣樓，首先必須用一根有鉤子的木棒拉下折疊梯，它藏在天花板的一扇四方形活門裡，大概在走道的正中央。我不在家的這段日子裡，那個活門一直是鎖上的。我蹣跚走出浴室，回頭找尋槍響的源頭，卻看到活門是開著的。折疊梯向下半掛著，猶如一頭野獸從嘴裡伸出來的舌頭，喉嚨裡閃爍著蒼白而冰冷的光。不管那上頭發生了什麼事，至少是燈火通明的。

我回頭望著浴缸，湯湯的鼻子剛才完全淹沒在水裡。接著我聽到頭上傳來打鬥的聲音，發現法蘭克改變了比賽的賭注。

現在不再是湯湯和休勒之間的選擇，而是法蘭克或是我自己。

我聽到有人在叫我的名字，如此痛苦而絕望，我幾乎認不得那是休勒的聲音。休勒在大聲呼救的時候，我已經走到折疊梯旁邊。受到腎上腺素和復仇欲望的驅使，我在房子裡出乎意料地動作敏捷，彷彿我的運動機能從來沒有受到槍傷影響。

頭上似乎有一片黑影，我抓住最底下的階梯，想把折疊梯拉下來。就在這時候，我感覺到臉上有什麼熱呼呼的東西。

「救……命！」我希望休勒在對著我吼叫時噴在我臉上的是他的口水，可是金屬的氣味讓我不得不做最壞的打算。

休勒肥胖的身體幾乎塞住了洞口。驚慌失措的他試圖從降下一半的折疊梯往下爬，卻只是在原地手腳胡亂揮舞。或許是因為他的逃生動作很不協調。

或者是因為法蘭克在上頭扯住他的腳。

走道上只有從尤利安的房間外溢的光，我只看到昏暗中休勒的身體在我眼前的空中晃盪，鮮血噴在他臉上。

「**不對，**」我糾正自己。鮮血**從他臉上**湧出來。

他原本白色的襯衫被鮮血染紅了。濃稠的、暗紅色的血從他滿是皺褶的脖子、雙下巴以及向我伸過來求救的手上汩汩流淌下來。

我抓住他的手，卻又讓它滑脫，因為他的手又濕又滑。直到我的雙手抓住他，用身體的重量往下拽，才把休勒拖下來。我突然聽到喀喇一聲，好像有一層樓梯支撐不住他的重量而斷掉了……**或者是肩膀卡住了……**接著他魁梧的身體就乖乖地服從重力法則。休勒痛得像殺豬似的大叫，宛如慢動作影片一般，在我的頭上往下滑。他逐級往下擠，就像黏稠的蜂蜜從湯匙上緩緩地往下滴一樣。我原本有整個世界的時間可以閃到一邊去，可是我卻一動也不動，不知道為什麼，我想到在威廉皇帝紀念教堂前面的布萊施德廣場，那裡會有漫畫家替遊客畫人像，十分誇張地突顯他們的臉部特徵。

休勒的神情也是一樣，看起來既熟悉又扭曲。臉頰更腫脹，嘴唇更薄，原本就很小的眼睛現在瞇成一條線，因為隆起的額頭比平常更凸出了。

我自己也不清楚為什麼白白讓這個空檔流失。直到後來我才明白，一切都在間不容息的彈指之頃發生，從我聽到槍響到我拉住休勒的手。每次在生死關頭的瞬間，時間總是凍結住。我身處的世界就像是一部影片，我的腦袋將時間定格在下一個災難發生之前。我可以永無止境地觀察這個迫在眉睫的不幸，而不會影響到事件的進展。而當我的腦袋重新按下播放鍵時，我已經扎扎實實地被休勒的身體埋在底下了。

我的後腦勺撞到地毯，感覺身體裡的空氣都被他的重量擠出來。休勒大呼小叫，肚子上似乎挨了一刀。我費了好大的勁才從他的身體底下爬出來，把他翻身，讓他平躺，檢視他的傷口。鮪魚肚上中了一槍。

這種傷應該是想像得到的最痛的一種。也是最致命的，因為很可能會傷及內臟。幸好脊椎沒有被打碎，休勒看起來還能移動和呼吸。可是他失血過多，尤其是血液濃稠且呈暗紅色。我知道如果沒有趕緊醫治，休勒隨時都會因為失血過多或是敗血症而去地獄報到。

這兩種情況很可能一起發生。

我扯下自己腦袋上的繃帶，覆住中彈的傷口，並且用雙手壓迫它。休勒狂吼一聲，想要把我的手推開，可是我緊壓著不放，雖然我知道此舉可能只是雪上加霜。

「不行，你得把法蘭克……」休勒一邊全身蜷縮，雙腿彎曲，一邊嚷嚷說。接著他大口喘氣，害我差一點誤會他的意思。

「抓起來，拜託……」

我看著他伸手到皮帶底下，摸索著褲管，裡頭塞了一把左輪手槍。那應該就是用來對付法蘭克的武器了。

「幹……掉……他，」休勒每迸出一個字都要大叫一聲。

我點點頭，站起身，一把將折疊梯拽下來。我正要爬上梯子的時候，他用僅剩的力氣抓住我的腳踝，把我拉下來。

「不要上去！」他呻吟說：「他從窗子……爬出去了。」

我點頭示意。法蘭克當然早就不在閣樓裡了。槍響之後，他從天窗爬出去，沿著屋子後面的外牆垂降而下，消失在毗鄰房子的森林小徑中。

這是唯一合理的逃脫路徑。要是我也會這麼做。

我刻不容緩地踉踉蹌蹌走進浴室，裡頭的窗子正好通往後院。浴缸裡的水現在淹到整個地板，我必須放慢腳步，才不會跌了個倒栽蔥。

我舉槍要擊破牆上的霧面玻璃窗，可是接著我做了一件至今都不確定是否犯了錯的事：我看了浴缸一眼。

湯湯還在浴缸裡做垂死的掙扎。

或者我浪費了最重要的幾秒鐘以及子彈。我將左輪手槍瞄準鏈條開了一槍，破壞牠的鎖鏈和水龍頭。我不得不這麼做。我很本能地將牠的鏈條往上拉出浴缸，可是只拉出了一半，因為牠的屁股仍舊被捆住。可是牠的鼻子至少已經可以伸到浴缸外頭了。

這一切都發生在轉瞬之間，我開了第二槍擊碎玻璃，衝到窗子前面。

槍聲驚醒了鄰居。我站在窗子裡面，看到隔壁房子的臥室電燈都打開了。隔壁獨居的老太太則是打開陽台的燈，查看是不是有小偷闖入。此外，動作感測器也啟動了院子裡的燈，我正好因此看到法蘭克消失在籬笆後面的陰暗森林中。

雖然如此，我還是瞄準他消失的地方開了兩槍。

我一腳跨過窗框，準備要從二樓的窗子跳下去。腳底下的甜菜因為連日寒霜而凍得跟水泥一樣，可是我無所謂。害死我一家人的凶手從我眼前逃走，就算斷了一條腿，我也要追到他。

我聽到遠方有此起彼落的警笛聲。有鄰居打電話報警，可是對我來說，一切都太遲了。

我不需要你們的協助，我兀自心想。**這裡不關你們的事。這是我的私人恩怨。**

可是就在我準備跳下去的時候，發生了一件我完全料想不到而且也無法解釋的事：法蘭克回來了。

40

他不能棄賽，我心想。**就連逃跑，他都要向我挑戰**。

法蘭克從積雪盈尺的林間小徑緩緩走回來——彷彿每一步都極其小心——那條小路正好接到我們家的後院。

他走了幾公尺就停下腳步，差不多在房子和地界的中間。距離近得讓我隱約看得到他那格格不入的稚氣臉龐。我從樓上往下看，他的頭髮似乎長了一點，淺色的慢跑服又髒又破。他和休勒的搏鬥也在他身上留下一點痕跡。他緊抱著雙臂，就像準備從十公尺高的跳水台直挺挺往下跳的男孩子，只不多他的右手多了一把左輪手槍。

他氣喘吁吁，在冬天的寒風裡呼出一團團霧氣。

我頭上的天空突然開始閃爍不定。藍色的閃光在我眼前跳動，我擔心那該死的幻覺是不是在最不湊巧的時候又回來了。接著我聽到和那閃光相互呼應的警笛嗡嗡作響。幾輛警車轉進我們家的街角。

法蘭克和我一樣，絲毫不被步步進逼的警察動搖。

他泰然自若地站在我家後院，一點都沒有要逃跑的意思。他的身體姿勢唯一不同之處，就只是舉起沒有手槍的那隻手，向我眨眨眼，好像是輕蔑地對我大聲說：「開槍呀，老傢伙。可是這麼一來，你就永遠不知道我怎麼處置你兒子了。」

事後回想起來，或許按兵不動，等警方來處理，會是比較明智的做法，他們隨時都會衝進樓梯間，可是對我而言，沒有什麼事比報仇更重要了。

誰都不能阻止你，我心裡想著，舉起手槍瞄準集眼者。

法蘭克搖搖頭。「你不會扣扳機的，死老頭。」他的舉止動作彷彿在這麼說。

他已經不是第一次犯錯了。

第一槍我擊中他的肩膀。子彈命中的力道太強了，使得他一屁股坐倒。我不想要他一槍斃命。至少不是現在。他得先跟我說我兒子怎麼了。第二槍原本是要命中他的大腿、膝蓋或其他讓他動彈不得的地方。可是我沒有射中他。我不停地扣扳機，可是沒有任何一擊命中目標。因為我的子彈早就用光了。都浪費掉了。

浪費在窗戶上。夜空。肩膀。以及在我身後浴缸裡狂吠的小狗。

該死。

我把子彈用光了，只能眼睜睜看著法蘭克站起來，再一次穿過後院的矮門，跑到森林裡去。這次他再也不回頭了，而我也沒辦法追上去，因為當我準備縱身從窗子跳下去的時候，被好幾隻手抓了回來。

那些警察，我的朋友和援軍，終於破門而入。

41

約翰

「你們找到我女兒沒有？」

約翰娜．史卓姆的肢體語言把她內心的衝突表露無遺。充滿期盼的眼睛圓瞪著，雙手緊握置於小腹前，焦灼地祈禱著。她努力保持鎮定，然而約翰還是可以感覺到她的心理壓力，眼前的這個女子隨時都可能崩潰。

他搖搖頭表示遺憾，約翰娜用手摀住嘴巴，似乎明白這個動作的弦外之音。

「喔，sorry，不，Ma'am。我沒有任何關於妮可拉的新消息。」約翰娜又緩緩把手放下。她看起來茫然若失，必須扶著門邊才不會癱軟下去。刺骨冷風襲向約翰的背部，可是女孩的母親似乎不覺得冷。她完全沒有要請約翰進門的意思。

她有氣沒力地問：「可是為什麼，我是說……為什麼你要來找我？」老實說，約翰自己也不是很清楚。自從警方告訴他雅莉娜失蹤的驚人消息之後，他每天因為擔心他的這個朋友而澈夜難眠。而他也不想無助地待在家裡等電話，於是找上他唯一知道可能直接接觸過綁架者的人。地址就在字條上，上次約翰娜來找雅莉娜的時候，把那張字條塞到她手裡。那是一張彩色傳單，不是很大，張貼在電線桿上的時候，剛好看得到勉強擠出微笑的少女的臉龐。在照片裡，約翰娜的女兒染了一頭黑髮，脂粉未施，也沒有什麼飾物，如此可能的證人就不會因為特徵的改變而被誤導。

「傳單背面的地址可以找到我。」約翰娜在向雅莉娜道別時這麼說。她發覺自己又說錯話了，連聲道歉，又給了約翰一張傳單。

所以現在我站在這裡，要找我的好朋友。

屋子裡的微波爐嗶嗶作響，約翰娜顯然這才想到，她和這個不速之客已經在冷風颼颼的大門口站了好幾分鐘。

「唉呀，真是抱歉，我太失禮了。請進請進。」

約翰看著她衝進廚房，跟在她身後走進去。

裡頭很溫暖，可是比他想像的還要讓人侷促不安。房屋仲介總是吹噓說策倫多夫城郊的聯列式住宅區是「包浩斯風格的城市別墅」。對於約翰而言，那只是平屋頂的鞋盒，唯一的優點是不必有收音機，因為透著薄得跟紙片一樣的牆就可以聽到鄰居的廣播節目。雅莉娜有一陣子心情很低落，想過要離開市區，搬到郊外來，可是約翰說那是「以實用為目的的空間」（換句話說，就是「沒有想像力的、四四方方的平面圖」），一下子就讓她打消了念頭。

「不好意思，家裡很亂，可是……」約翰走進廚房，約翰娜指著堆在窗前、還沒有拆封的搬家紙箱說道。他在門廳和起居室就已經看到兩只紙箱。都還沒有拆封。整個屋子裡既沒有地毯，也沒有照片或個人物品。

「我不會在這裡待太久……我的意思是……你明白的。」

他點點頭。想念自己的孩子的人，不會想要在一個陌生的城市安頓下來。這裡不是約翰娜住的地方，她只是在這裡睡覺，而且看到她布滿血絲的眼睛，他心想她大概一整夜都沒有闔眼吧。

「好啦，你要我幫什麼忙嗎？」她再問一次，一邊從微波爐拿出餐盤，扔到垃圾桶裡。就算她真的想吃燻肉披薩當早餐，看到約翰來找她，應該也會胃口全失了吧。

「因為，我是說……你怎麼會來找我，如果不是為了妮可拉的事的話？」

「我才要問妳同一個問題呢。妳為什麼找雅莉娜？」

「我不明白。」約翰娜不停地搓揉雙手，好像在用圍裙把手擦乾似的。

「你當時在家，是吧？」

「沒錯，」約翰說：「Right next door，我都聽到了。可是我覺得妳沒有對我的朋友說出全部的真相。」

「你怎麼會這麼想？」

他聳聳肩。「Just a feeling。」那天下午，雅莉娜非常緊張，甚至很粗暴，想盡辦法要把這個心焦如焚的母親趕出她的客廳。約翰娜．史卓姆臨走時看起來比剛來的時候還要驚慌失措，而一向自詡能夠洞察人心的約翰，則覺得約翰娜沒有完全吐實。他當然也跟警方提到這次莫名其妙的談話，可是刑事組組長史托亞已經從雅莉娜那裡獲悉約翰娜跑來找她的事，他不認為他所謂的這個「瘋瘋癲癲的女酒鬼」會有什麼有用的線索。

「妳對雅莉娜隱瞞了什麼嗎？」約翰單刀直入地問：「關於蘇克的事？」

約翰娜搖搖頭。「沒有，我該說的都說了，真的。雅莉娜是我最後的希望。我想請她幫忙我找到妮可拉。你知道的，她有這種……」約翰娜低頭看著她的雙手，輕聲說：「這種超自然的能力。」

約翰忿忿搖頭說：「Shit。雅莉娜才沒有什麼靈視的能力呢。」

否則她自己也不會身陷險境。

「可是報紙上說……」

「……報紙也寫說伊拉克戰爭已經結束，歐元不會升值了。」

他感覺自己的擔憂和失眠瞬間蛻變為滿腔怒火。「雅莉娜根本沒有什麼 supernatural 的能力。」

「不然呢？」

「那完全只是數學。」

「我不明白你的意思。」

約翰娜走到水槽旁，從流理檯上拿了一只塑膠杯。約翰很本能地轉身要找酒瓶，可是約翰娜現在顯然已經不想藉酒澆愁了。

「我是個資訊工程師。」約翰娜倒了一杯自來水給他，他一邊說一邊點頭表示謝謝。

「我替 weather reports 撰寫電腦程式。那些報導十有八九都是錯的，其實我們現在就已經可以提供完美的天氣預報，只不過我們不知道怎麼利用全世界最好的硬體。」約翰敲敲自己的腦袋說：「Our brain。」

他注意到約翰娜一臉茫然，心想跟她扯這些和雅莉娜有關的理論大概也沒什麼意思。他是個科學家，相信所有現象都可以用自然科學去解釋。就算現在沒辦法，將來一定也可以解釋。偏偏腦神經科學研究至今還處於幼稚園階段。人類的大腦可以說是高效能的生化電腦，而它的功能大多數人都只使用不到十分之一。如果使用率真的達到百分之百，約翰相信每個人都可以變成知識上的超人，憑藉著難以想像的能力，以或然率為基礎，無比精確地預測未來。只要有正確的資訊，他可以精準預測明年任何一天的天氣。他當然沒辦法證實他的這個理論，可是他認為雅莉娜只是比其他人更有效率地使用她的大腦而已。痛覺是啟動高速運算的開關。她每次看到「異象」時都會昏倒，這個事實證實了他的理論：當她腦袋裡的生化處理器高速運轉時，她的身體的其他部分則會切換到待機狀態。

「每個人都能夠預言未來，Ma'am。就連我都有辦法。好比說，我知道如果妳在家，妳會為我開門。我知道妳會請我進來，我也確定我們會談到雅莉娜和妳女兒。Action 會引發 reaction。後續的反應在時間上越是接近，預測就越具體。雅莉娜只是比我們更會利用大腦而已。她有辦法檢驗 billions 個可能性，以她已知的 fact 為基礎，預測可能的發展。」

約翰娜一副難以置信的樣子瞪著他，然後猛搖頭。「可是關於集眼者，我是說，她的說法那麼具體……」她顯然感到很失望，約翰的解釋似乎使得她的希望的紙牌屋失去了支撐點。

「Bullshit。那根本不是 visions，而只是預測，其中很多是自相矛盾的。And she made mistakes！許多錯誤。其中最大的錯誤，在昨天使她落入蘇克先生的手中。」

約翰娜一臉詫異地瞪著他。「等一下，你是說……」

「Right。雅莉娜也被擄走了。警方認為是那個眼科醫師幹的。」約翰嘆了一口氣。「所以，please，我必須知道妳是不是還有什麼沒有對雅莉娜說的，妳在那張立可拍照片上面還發現了什麼，一個 location、一個標誌，或任何可以幫助我找到我朋友的線索。」

約翰娜點點頭，上身輕輕前後搖晃。突然間，她有點遲疑地赧顏竊笑。

「妳笑什麼？」約翰大惑不解地問道。約翰娜直率的反應幾乎說明了一切。「妳覺得什麼地方好笑嗎？」

「什麼？噢，對不起。」她尷尬地別過頭去。「真是抱歉，我想我對那些壞消息已經沒什麼感覺了。我剛才只是……我該怎麼說，我只是在想，事情的演變還不算太壞。」

「什麼？」儘管約翰憋住氣，還是趕不走約翰娜的口臭。

「你瞧，我女兒只是個蹺家少女，而你的朋友……雅莉娜，她卻是個名人，」約翰娜淚眼婆娑地說，這時她的口氣又更重了。

「這是什麼鬼？」約翰大惑不解地盯著她看。接著他對她怒目戟指，一副很想戳死她的樣子。「You made it up。都是妳搞的鬼。」

「什麼？不，不，我沒有。」

約翰娜作勢閃避，好像害怕約翰會揍她一拳。

「Shit。妳**要**雅莉娜去找蘇克，因為妳知道那個眼科醫師會侵犯她。」

侵犯雅莉娜以及她瞎掉的眼睛！

「我沒有。我不知道事情會變成這樣，可是我希望如此。那只是我的預測，我的希望。」

「可是……why？」約翰雙手一攤，手指緩緩握成拳頭，好像在擠壓一塊海綿似的。「為什麼呢？」

「因為我是個母親。」

這個回答好像狠狠摑了他一記耳光。猝不及防。熱辣辣的。她的理由既殘忍又充足。

當然，她心焦如焚。她要……

「我要我的寶貝女兒回來，」約翰娜尖聲叫道，握拳猛捶胸口。「我有感覺，她還活著。妮可拉在外頭，在一個禽獸的手中，可是沒有人要搜尋她。」

她的每句話都像在鞭打他。約翰不由得往後退。

「可是現在不一樣了，」他一步步退出廚房，她追著他嘶吼，聲音沙啞刺耳。「現在蘇克有個很有名的人質。」

他退到大門，猛力打開它，跌跌撞撞地跑到凜冽的寒風裡，回到他的車子上，可是她的聲音仍舊在他腦海裡縈迴不去。

「現在你們再也不能視而不見了。現在你們得找到蘇克的藏身處。而當你們找到雅莉娜，」都已經過了好幾個鐘頭，約翰的腦袋裡還是聽得到這個歇斯底里的母親的咆哮聲：「我的心肝寶貝就可以回來了！」

42

雅莉娜．額我略夫

「我準備要對妳動的手術，叫作角膜上皮幹細胞移植手術。」

蘇克用主治醫師的語氣，對病人解釋侵入性治療的可能風險——彷彿雅莉娜是坐在他的診療室，而不是裼袒裸裎地被銬在手術檯上。

「讓妳失明的化學閃燄破壞了整個角膜，包括角膜緣。以前的人就只是移植新的角膜，卻搞不清楚為什麼病患還是看不見。」

她右邊的妮可拉咳個不停，吐了一口痰。蘇克咂嘴作聲，好像在斥責課堂上吵鬧的學生。當妮可拉濁重的喘氣聲漸息，他才繼續侃侃而談。

「妳必須把角膜想像成汽車的擋風玻璃。它不能被弄髒，否則妳哪一天就會看不見，然後撞上路樹。如果眼睛的玻璃看不清楚，那就叫作角膜混濁。」

「你別再胡扯了，」雅莉娜搖頭說：「我不想聽。」

她的頸椎感覺到由上往下的一陣刺痛。她的雙手被反銬在頭部後面，以這個不自然的姿勢躺太久了。

「要移除混濁，我們需要角膜緣，確切地說，是角膜緣的幹細胞，在健康的狀況下，它們的功能就只是製造子細胞，游走且定居在整個眼睛裡，就像是洗車機裡的熱蠟。」

「你可以把你神經錯亂的汽車比喻留在你該死的排氣管裡，你這個混蛋。」

蘇克不為所動，自顧自地說下去。「可是像妳這種情況，角膜緣完全損壞，就沒辦法形成保護層，細胞也就沒辦法定居下來。光靠單純的角膜移植手術是不行的。妳眼睛的最外層還是會像用不適當的清潔劑刷洗電爐盤一樣被刮傷。」

雅莉娜感覺到周遭變亮了，或許是蘇克打開她頭上的手術燈，並且朝她拉近了些。她的眼睛泛著淚光。她想眨眼把眼淚擠掉，可是她心想大概不管用吧。她的眼皮既沉重又遲鈍，或許是蘇克先前替她點的藥水的緣故。

「正確的做法是先換掉角膜緣，再換掉整個角膜。」蘇克的聲音聽起來越來越近。他顯然正俯身端詳著雅莉娜，她甚至聞到了他手裡熱咖啡的氣味。

「我必須動兩次手術，雅莉娜，前後相距約莫四個月。」

四個月？十六週？被這個瘋子關一百二十天？

她身旁的妮可拉哭泣的聲音越來越大。那女孩剛才還有辦法忍住不掉淚的。

「你不會有那麼多時間的，」雅莉娜反脣相譏說，不過她自己大概也不相信她所說的話。「他們正在追捕你。他們總有一天會找到我，然後把你解決掉。」

「喔，是嗎？」

蘇克把手放在她頭上，她察覺到他戴上的乳膠手術手套，不由得大驚失色。

他已經戴上手術手套了。

蘇克的手一直摸著她的額頭，接著他的手指頭很猥褻地從她剃光頭髮的腦袋緩緩滑到後頸。

「撇開沒有人會找到這個地方不談，我倒是替我們兩人感到很遺憾，雅莉娜。不管怎樣，我就要讓妳重見光明了，所以我們都不想被別人打擾，不是嗎？」

「我不要任何禮物！」她大聲嘶吼，拚命掙扎著要坐起來，不理會脖子上的項圈。

「噢，不不，我們可不要在最後關頭自亂陣腳。」蘇克放聲大笑，使勁把她的頭壓回去。「我當然知道妳的疑慮，可是我不能對妳隱瞞手術的風險。」

天上的主啊，但願這都是在做夢而已。請讓湯湯跳上我的床，把我叫醒吧。

「雖然我不是第一次開這種刀，但是要利用微創手術在妳的眼球上縫一圈，那還是很不尋常的工作，即使算不上是藝術傑作。我必須在手術中磨掉三分之一毫米的角膜緣。」

「你只要磨掉你那病態的腦袋就好，其他什麼都別做。」雅莉娜試著調勻呼吸，她緊繃的身體才不至於痙攣。她覺得自己漸漸無法壓抑內心的忿怒。那只是時間的問題而已，直到她精疲力竭。

「妳太激動了，孩子，不過我可以諒解。」

雅莉娜感覺到蘇克一邊說一邊轉過身。「妳正要經歷人生的澈底轉變。」

就在這個時候，在她身旁的妮可拉尖叫起來。

「你對她怎麼了？」雅莉娜問道。

「沒事，小女孩都不喜歡打針。」蘇克站在距離她一步之遙的地方，接著對妮可拉說：「然而這是不可免的，我的小美女。我跟妳說過，妳的眼睛有特別用途。」

「不，不要。我求求你。」

這位眼科醫師幸災樂禍地嘆了一口氣。

「妳必須知道，雅莉娜，妮可拉的眼睛有很不尋常的色素病變。她的眼睛是雙色性的。妳可以把她的虹膜想像成環狀蛋糕，那麼其中就會有一小塊三角形的部分被染成藍色。其他部分則是棕色的，這不是很美妙嗎？」

四周掛著防水布的房間裡充斥著刀具的碰撞聲。

「噢，不好意思。顏色對妳來講一點意義也沒有，雅莉娜。好吧，可是我們就要讓它變得有意義了，不是嗎？」

他自鳴得意地大笑起來，這時候妮可拉出其不意地轉向雅莉娜，喃喃唸著禱告詞：「我在外邦中，我在窮困中，我在痛苦中，我在危險中，我獨自在這裡……」

她自言自語的聲音幾不可聞，蘇克渾然不覺地自顧自往下說：「妳還記得我在監獄裡跟妳說什麼來著？只有自然的異常現象才能體現真正的美，不是嗎？」

「……神啊，仁慈的父，祢今天是，昨天是，明天也是……」

蘇克又轉過身對妮可拉說：「現在時候到了，妳要把妳與眾不同的美和一個與眾不同的人分享，妮可拉。」

妮可拉似乎沒聽到正在將工具分門歸類的瘋子說了什麼，而只是一直在對自己說話。她的聲音隨著每個字而越來越微弱且昏昏欲睡，連最後一句話都沒唸完：「……神啊，仁慈的父，請幫助我，並且……」

「她睡著了，」蘇克滿意地說。

「不要那麼做，蘇克。求求你。」

雅莉娜低聲下氣地說，就像剛才妮可拉一樣苦苦哀求他。「看在老天的份上，請你住手吧。這女孩才十六歲呀。」

「噢，妳不必擔心這點，捐贈者的年紀完全沒有關係。不過為了安全起見，我會先進行左眼幹細胞的移植手段，看看妳對捐贈者的器官會不會產生排斥作用。」

雅莉娜又聽到刀具在金屬檯上的碰撞聲。接著蘇克輕聲而專注地哼起歌來，為了盼望已久的手術，他感到雀躍不已。

43

亞歷山大．佐巴赫

我手裡的子彈感覺有點溫度，那當然是羅特醫師在手裡把玩了好一會兒才把它遞給我的緣故。

「就當作紀念吧，」他說，不悅之情溢於言表。「這玩意兒兩個月前穿過你的頭顱。就算現在你總算又可以炫耀你那顆固執的腦袋，可是它還沒有硬到可以擋住他的九厘米手槍。」

他站在我面前，俯視坐著輪椅的我。他氣得下嘴唇抖動不已，讓我既尷尬又感動。或許是因為我感覺到這個好脾氣的醫生有多麼不願意陪我上法庭。

「它打碎了你的骨頭、你的腦袋以及攸關生死的血管。」

我們已經認識很久了。在我自殺未遂之前，羅特醫師就治療過我的心理疾病，那幾乎是警察這個工作的宿命。我別過頭，暗自希望已經習慣了的頭痛這時候再度發作，可是那次在我家的死亡搏鬥早就使它銷聲匿跡了。救護車在送我回到天鵝島的途中，醫護人員為我包紮了新的繃帶，現在我只感覺到隱隱的壓迫感。

「該死，佐巴赫。你是怎麼回事？別再參加任何祕密行動了。」

我環視四周光禿禿的牆，上頭沒有一般醫師喜歡在診所裡張貼的證書或獎狀。雖說少了那些藝術品，卻也正好說明了這個診療室是臨時設置的。天鵝島算不上是醫院，充其量只是個庇護所，一個保護證人和被害人的地方。沒有人想在這裡久待，不管是工作人員或是旅客。

「你傷得這麼重，怎麼可以到處晃蕩呢？」

這是我第一次來到羅特醫師的診療室。以前都是醫師到我的病床來探視我的。

「你說錯了，」我說。這是我們幾個星期以來第一次的談話，或者說是試圖談話。

「你說什麼？」

我攤開手給他看看手裡的彈殼。

「射穿我腦袋的，不是這個玩意兒。」

「而是？」

「是藏在這裡頭的彈頭。菜鳥常犯的錯誤。我以前也經常把彈頭和彈殼搞混。」

「你這個鬼靈精，」羅特戲謔地說。他搖搖頭，雙手扠腰。「不管怎樣，你總算又能說話了。」

他彎下腰，從手術衣裡掏出一枝原子筆手電筒，打算照我的眼睛，我不由得伸手遮住臉。現在才早上七點鐘，我就已經做了許多檢查，也通過反射測驗。撇開略感疲倦不說，我的身體狀況很久沒有這麼好了。

「法蘭克呢？」我問道。

羅特揚了揚眉毛，卻沒有露出疾首蹙額的神色。我已經不止一次注意到他年輕而略顯稚氣的臉龐；一點也看不出他是個閱歷豐富的大醫師。他如果穿著運動鞋和牛仔褲上酒館，搞不好還會被要求出示身分證。

「你是說你開槍射擊的傢伙嗎？」他挺直腰桿問道。

我點點頭。

「我跟史托亞組長打過電話，他說他們很快就會將他緝捕到案。不管怎樣，你已經把他打成重傷了。他應該還躲在森林裡。他跑不了多遠，他們會利用偵查犬搜捕他。」

「了解。」我嘁嘁嘴，露出鄙夷的臉色。

他們很快就會逮到他。他們每次都這麼說，都已經追了好幾個月。

「那麼休勒呢？」

「那個違反了大概一百多條勤務條例規定、又把你從這裡載走的警察嗎？」

他欲言又止，很悲傷地看著我。不管羅特對於我行我素的休勒有多麼不滿，他都不應該遭受這樣的懲罰。

「現在我們還無法確定。他在接受緊急手術。」

「在這裡？」我們分別搭兩輛救護車被載走。

「不是。我們天鵝島的設備不夠。這裡比較像是復健中心，比起功能完整的醫院還差得遠了。我們完全沒辦法處理有生命危險的、甚至是致命的槍傷。」

致命的……

我不禁想起尤利安、妮琪和雅莉安娜，我問自己，那是不是一個自然法則，每個我所愛的人或早或晚都要遭受相同的命運。噩耗就像病毒一樣到處蔓延，而我則是它的帶原者，傳染給我身邊的每個人。

我就像打瞌睡的汽車駕駛一樣的胡思亂想，羅特往下說的話倏地讓我驚醒。

「你可以想像警方有很多問題要問你，佐巴赫先生，老實說，我也很想知道你在家裡到底發生了什麼事。天啊，一個腹部中彈的警察、一個身受重傷的凶手，就我所知，還有一隻小狗被送到迪波的動物急救中心。」

「我現在沒辦法跟你說話，」疲憊不堪的我用手撐住腦袋。

羅特輕拍我的肩膀。「不管你相不相信，不過直到今天，我總算第一次同意你的看法。我跟史托亞先生談過，你遭受太多壓力了，應該先休養一下，至少到明天下午才能接受訊問。」

羅特走到書桌前，湊到電話上說：「護士小姐？佐巴赫先生要回到病房。」

「不，你又誤會了。」

羅特一臉錯愕地看著我。「你到底在做什麼？趕快坐回你的輪椅！」

「不行。」我往前跨一步，向他證明說我再也不想聽從任何人的擺布。

「就像你說過的，醫師，這裡不是醫院，而我也早就不是你的病患了。再說，我現在身體好得不得了。」

羅特驚慌失措地猛搖頭。「你別胡扯了。你的身體創傷根本不是造成你癱瘓的原因。我知道你需要有個強烈的刺激，才能啟動你的自癒力，所以我堅持要額我略夫小姐來探望你。但是你暫時性的劇烈變化和健康狀況的復原無關。相反的，你現在處於一個矛盾的階段。你以前一定也聽說過。病入膏肓的人在病情再度惡化之前，會覺得自己有所好轉。你的身體已經是油盡燈枯了。你再不好好休息，很可能從此無法復原。」

反正我從來也沒有想過要復原，醫師。不管接下來我要做什麼。

「謝謝。你的關心我會銘記在心。可是那兩個禽獸仍舊逍遙法外，一個害死我兒子，另一個綁架了我的朋友，在這種情況下，你真的覺得我可以心平氣和地躺在這裡嗎？」

這兩個禽獸，他們彼此之間一定有某種關係，雖然我現在不知道是什麼關係。

「法院既沒有裁定羈押我，你也沒有繼續把我監禁在這裡的藉口。」

「誰說監禁來著。你是……」

「……自由之身，我沒說錯吧？所以說，我正要向你致謝辭行。如果有什麼出院許可書要我簽名的，現在就讓我簽一簽吧。我可不想浪費一分一秒跟你瞎攪和。」

我身後的門打開，可是羅特對護士做個手勢要她離開。

「好吧，那麼我們來個交易，」他說。

「交易？」

「你再待一晚。明天早上我們做一次電腦斷層掃描，我再開新的處方給你，吃過早餐以後，你就可以和這群醫師道別，緊急的時候還是可以跟我們聯絡，我會祝福你，不過你要後果自負。」

「等到明天早上，法蘭克可能已經翻過山頭逃之夭夭，雅莉娜也可能早就沒命了。」

「看來你還是沒聽懂。」

接著我們兩人一時無語，除了掛鐘指針跳動的滴答聲。

「好吧，」我同意他的提議。「我再留一晚，可是有個條件。」

羅特很不以為然地雙手交叉在胸前。

「什麼條件？」

「帶我去見塔瑪拉・史利爾。我必須跟她談談。」

44

雅莉娜．額我略夫

她全身緊繃。她用盡全身的力氣抵抗，到頭來還是投降了。昏昏沉沉的睡意狂暴地掙脫了她，斷斷續續的夢魘畫面就像雅莉娜清醒時一樣倏忽煙消雲散。

她霎時間迷失了方向；她不知道那睡意把她趕到什麼地方，為什麼她覺得身體痠痛不已。接著她想起右手臂被扎了一針；她想起蘇克不知道替她注射了什麼鬼東西，那時候她尖叫個不停。她停不下來！她只能無助地聽著躺在她身旁手術檯上的少女被割除眼皮，只為了蘇克那沒有意義的移植手術，一想到這點，雅莉娜的情緒就要崩潰了。她一直對著不知名的神祈禱，求祂派特遣部隊破門而入，扯下手術室的這些防水布。她盼望著佐巴赫——該死，佐巴赫，你知道我有多麼想你嗎？——雖然身受重傷，仍然有辦法找到這個屠宰場，在關鍵時刻開槍擊斃這個醫師，免得他用手術刀把妮可拉的眼睛剜出來。可是沒有人來阻止這個眼科醫師的魔鬼行徑。而最後唯一不省人事而沉默無語的，則只有她自己；因為被施打高劑量的麻醉藥，讓她在醒來很久以後還是沒辦法思考。直到覺得噁心而轉身到手術檯一側想要嘔吐，雅莉娜才注意到她只有一隻手被銬住。另一隻手是自由的。

他不想讓我死，她心裡思忖著，不知道該感到安慰還是絕望。她在短時間內被麻醉了兩次，蘇克顯然做了預防措施，讓她有足夠的空間可以轉身嘔吐，不至於在被他凌辱以前就因為自己的嘔吐物而噎死。

她捏緊拳頭，不由得想起關於一個戰俘的報導，他因為身體太痛苦而靈魂出竅。唯有如此，他才受得了種種酷刑。如此一來，被拔掉指甲的手指，被鑽到顎骨的牙齒，再也不屬於他，而是歸一個沒有靈魂的陌生人所有。

以前雅莉娜從來沒有想像過這種例外狀態。現在，當她的手緩緩滑過自己一絲不掛的身體時，她第一次有這種預感。她用以摩娑自己的手指，感覺像是陌生人的。雅莉娜撫觸自己的大腿，手指頭劃過髖骨，扁平的手掌貼在小腹，往上游移到胸部，在下顎處短暫逗留，最後遲疑而膽怯地觸摸自己緊閉的眼睛。她可以感覺到手指頭滑過的軌跡宛如在皮膚上留下一條灼熱的疤痕。那使她想起小時候有一次在聖塔芭芭拉沙灘玩一整天而嚴重曬傷。她和幾個朋友跑出去玩，媽媽她要多擦一點防曬乳液，她卻把媽媽的話拋在腦後。那天下午之後，她連續三天在穿汗衫時都痛得涕泗橫流。

這次要持續多久呢？她睜開眼睛，心裡想著。

三個星期？三個月？這次要多久才不再疼痛呢？

她在內心深處聽到了答案：**永遠不會。傷口永遠不會復原的。**

可是她不能讓這個想法變成她的信念。在他使她完全絕望之前，她必須把它埋藏在意識深處。

「負面思考就像細菌一樣，」約翰有一次對她說：「一旦深植在妳的心裡，就會不斷繁殖，摧毀妳所有的求生勇氣。」

「那麼你會建議哪一種抗生素？」她開玩笑問道，而他當下很認真地回答她說：「只有一種對症的藥：友誼。」

友誼，眼前一片黑暗的雅莉娜回想著。約翰沒有說**愛**，因為他認為**愛**只是稍縱即逝的感覺，唯有友誼才能長存。**唉，約翰，在我最需要朋友的時候，你們在哪裡呢？**

雅莉娜摸到右手上的手銬，用力拉扯鍊條，卻只是磨破手腕的皮膚而已。

該死，約翰，你怎麼不在這裡？佐巴赫也不在。沒有人來救我。

她絕望地嘶吼，兩腳亂踢亂踹，無意義的掙脫舉動卻只是讓自己更生氣。她不停地咆哮，宛如要把恐懼和絕望從身體裡奮力擠出來。

她喊了好一會兒，終於精疲力竭，再也喘不過氣來。過了幾分鐘，她才恢復理智，心想蘇克是否聽到她的神經崩潰。

我的鄰居聽到了嗎？她又想到約翰，他應該會很欣慰吧，因為她又回到正向思考的道路上。

或許我這樣大吵大鬧，可以引起路人注意。注意到我，以及……

她驀地想到，自從她醒來以後，身旁的少女始終不吭一聲，不由得怵然驚心。

「妮可拉？」

沒有回應。四下一片死寂，更聽不到少女的咳嗽聲。

「妮可拉，妳還在嗎？」

妳還活著嗎？

她轉向右邊，盡力將沒有被銬住的手往前伸。

什麼也沒有。

她不指望會摸到什麼。妮可拉說她們兩人距離三、四十公分；她在黑暗中四處摸索，卻什麼也搆不著。

她不覺肚子裡一把火又上來，再次拉扯鍊條，說也奇怪，這次卻有了點變化。原本她以為這麼用力拉扯，她會從手術檯上掉下去，可是她的腳也銬在支架上，所以沒有滑落。如果不是她自己的幻覺的話，她的動作只是造成一個結果：

我移動了手術檯。

雅莉娜放聲大笑。

他媽的，我居然可以連同手術檯一起在屋子裡到處移動。

儘管只是幾公分的距離，也不知道這麼做是好是壞。可是都已經山重水複了，任何改變應該都算是柳暗花明吧？

不是嗎，約翰？你也會這麼想對吧？

這個轉折在她幽暗未知的命運裡點亮了兩盞燈。現在她知道她的右手被鍊條束縛著，固定在一個不動如山的東西上，可能是她身後的牆。另一方面，她也發現手術檯底下的滾輪可以移動。

她有了個念頭，原本想用力拉扯鍊條，讓自己和手術檯移動到身後的牆邊。可是才拉了幾公分，她就大汗淋漓，頹然而廢，因為她注意到手術檯的支架才往右邊滑動了一下，就撞到另一個也可以移動的東西。

「我們之間還隔了一台手推車，有幾層抽屜，就像在醫院一樣，這麼說對妳有幫助嗎？」她想起妮可拉的描述。

輕微的金屬撞擊聲證實了她的猜測，說「撞到」是誇張了點。她的手術檯只是輕輕碰到手推車，擺在上面的手術器械就已經晃動得一團亂了。

雅莉娜再接再厲，將身體盡量轉到右側，左手伸到猜測中的手推車位置。

她原本要放棄了，因為她只能摸到冰冷而光滑的桌角。她冒險再拉一次鍊條，想要讓已經斜向一邊的手術檯再靠近手推車一點，果真……

「**中獎了！**」她原本要破口大罵的，卻在那一瞬間變成雀躍的歡呼，因為手推車已經近在咫尺，而且她摸到的不再是桌角，而是……

……**一個把手！他媽的，我摸到抽屜的把手了。**

她自己也不知道為什麼這麼高興，現在的她沒時間多想。她只是為了終於可以做點什麼事而興奮不已，即使只是抓著上了鎖的第一層抽屜的把手，把手推車拉近一點。

她伸出還有點痲痺的左手摸索光滑的桌面，不由得歡欣鼓舞。

我逮到你了！她心情激動地想著。**你這個混蛋終於犯了個錯誤，這會兒你虧大了。你應該把東西收拾乾淨的。**

雅莉娜摸到一只彎盤，接著被擺在上頭的一支手術刀劃破拇指，為此她雀躍不已，滿腦子只想著終於讓她找到武器了。

現在她小心翼翼地一寸一寸摸索桌面，避免再次受傷，過了好一會兒，她先是摸到塑膠盤，接著則是手術縫合線。

一條線，好極了。她越來越亢奮。**也許是縫合用的。**

如果縫合線夠長的話，她甚至可以先用手術刀刺瞎蘇克，再用縫合線勒住他的脖子。

忘乎所以的她，一開始完全沒有注意到這條線出奇堅韌，似乎既潮濕又有彈性。接著她才發覺這條線似乎繫著一個非常薄的東西。

這是什麼鬼東西呀？

她不斷拉扯手術線，直到它掉出盤子，手術線的另外一頭也落在她指間。

霎時間，她不由得感到反胃作嘔。現在她明白了手術線的那一端繫著什麼東西。它摸起來像葡萄皮一樣，大概有人的眼睛那麼大。

45
亞歷山大・佐巴赫

尤利安出生的時候，產房裡的助產士把他放在我手上對我說：「有人說，孩子在分娩後睜開眼睛張望時，也看到了自己的死期。」

那時候的尤利安，沒有牙齒的嘴巴、皺巴巴的皮膚、稀疏卷曲的頭髮，還真的有點像在醫院裡嚥下最後一口氣之前的父親。

一出生就在鏡子裡看到自己的死亡，這個念頭自此在我腦海裡縈迴不去，雖然我隱約覺得它有更深邃的意義，可是始終參不透。

今天也是一樣，在關了燈的房間裡，坐在木椅上默默守候，不知道塔瑪拉・史利爾什麼時候會注意到我，不由得想起助產士的話。如果她的說法有點道理，垂死的人會有一張嬰兒的臉孔，那麼塔瑪拉出生時應該是圓瞪著布滿血絲的眼睛，臉部皮膚患有神經性皮膚炎吧。

「你只有五分鐘，」羅特起初很抗拒，後來才同意我探望她。「就算你套上手術服，免得我的病人暴露在灰塵中，你也只有五分鐘。」

從我穿著罩袍踏進她的病房到現在，塔瑪拉像雕像似的一動也不動。我原本以為我這個不速之客會引發她的焦慮症。可是或許是她看到我穿著手術服，把我當成醫生了。蘇克的這個受害者靜靜坐在床上，雙手抱胸，一副若有所思的樣子。床單皺成一團，掉落在她的腳下。病人服底下瘦骨嶙峋的肩膀宛如冰柱一般，看起來特別醒目。如果她是別人，我應該會先注意到她那很久沒有洗的直髮，在微暗的藍色夜燈下，看不出是什麼顏色；或者是注意到她瑟縮的駝背，使我不禁想起我的外婆；她每次看到我坐得歪歪斜斜的，總會打我一巴掌說：「孩子，坐正。」可是就算塔瑪拉有兩隻鼻子三隻耳朵，也沒辦法讓我的視線從她臉上那慘不忍睹的部位移開。「對於妳的遭遇，我深表遺憾，」我說。我實在沒辦法不盯著她在蛙鏡後面的傷處。沒有了眼皮，她突出的眼睛好像隨時都要從眼窩裡迸出來似的。雖然塔瑪拉凝望著我，但是我不確定她是否意識到我的存在。

「妳知道查林・蘇克被放出來了嗎？」我想看看她對這個名字有什麼反應，不過她還是神色漠然。此外我也注意到塔瑪拉以前應該是個風姿綽約的女子。五官勻稱，鼻子不大不小，嘴唇豐滿軟膩，沒有任何整型修飾。濃密的頭髮，高聳飽滿的前額，方正整齊的牙齒。整個來說，她的美麗依稀可辨，卻也因而使得受傷的部位益發醜陋不堪。

「蘇克很可能擄走了我的朋友，」我說。「她叫作雅莉娜・額我略夫，是個視障人士。妳可以想像目不能視的她在此時落到那個禽獸手裡的感覺。」

我似乎看到她的嘴角抽搐了一下，不過不是很確定。

「我知道妳不會想要談起那個人，尤其是他這樣對待妳。相信我，妳的遭遇我完全能夠體會。我的一生也被毀了。」

現在輪到我的嘴角抽動了，我別無選擇。哀傷就像地震一樣。它毫無預警地襲捲而來，其影響則是完全失控。「我太太被人殺死，我兒子被人綁架而遇害。那個奪走我的一切的禽獸看起來和蘇克有所牽連。」

我站起來，走到她的病床對面的牆邊。牆上滿滿都是塗鴉。

我的眼睛也漸漸適應朦朧的光。我看得出來有些畫還沒有完成，技法拙劣，筆觸斷斷續續。有些素描則幾乎是在臨摹掛在我兒子房間裡的那幅畫。多爾伐布利克的房子，我們在一九九〇年代的家。我算了一下，至少有十幾幅A4紙張大小的複製畫。

「為什麼？」

我完全沒想到要和她談話，但是現在我很清楚自己想要說什麼。我固然有上千個問題要問塔瑪拉，可是如果她的精神狀態只能讓她回答一個問題，那麼我就得碰碰運氣了。我必須小心翼翼地篩選一下。

「妳為什麼畫這些東西？」

在百葉窗外面，遠方有貨運列車隆隆駛過，我驀地有個念頭，多希望列車可以把我載走。

「我不是要聽妳的證詞，塔瑪拉。我不想知道妳受難的細節。妳只要回答我一個問題，我馬上就走，再也不會來打擾妳的生活。這些東西，」我隨手指一指牆上的塗鴉，「我兒子尤利安也畫過。我想知道，為什麼妳……」

「尤利安？」她問道。

我眼睛睜得大大的。

「怎麼了？」

塔瑪拉依舊神情漠然地坐在床角。如果不是她的胸部在罩袍底下上下起伏，真會教人以為她是個玩偶。

或者以為她死了。

「尤利安．佐巴赫？」

她的舌頭像蛇一樣伸出嘴巴，濡濕皸裂的嘴唇，接著一下子又縮回去。如果不是我親眼看見，我或許會以為那又是我的幻聽。

「是啊，妳認識他嗎？」我問完又坐了下來，這次則是雙手扶著椅背跨坐著。

「那麼你一定是亞歷山大了？」

我趕緊說是，我們的談話如此急轉直下，讓我有點不知所措。可是讓我更困惑的還在後頭。

「謝天謝地，你終於來了，」她如釋重負地說。「我原本已經不再指望能夠看到你了。」

「妳是怎麼認識我的？」

她搖搖頭，彷彿不能對我說似的。接著她雙手一攤說：「先把訊息告訴我吧。」

「訊息？什麼訊息？」

我話才一出口，塔瑪拉原本痛苦的臉孔就閃過一絲恐懼的神色。

「那麼……你手上沒有那張字條？」

眼淚從她被劃開的眼睛簌簌流下，我心裡遲疑著該不該握住她的手，或許親密的舉動只會讓突然崩潰的情緒雪上加霜。眼下在我們之間有一條既看不見也不敢跨越的情感界線。

「對不起，我不知道妳說的是什麼東西，塔瑪拉。」

「那麼就全盤皆墨了，」她哽咽地說，一副要向命運低頭的樣子。「一切都白費了。」

我本來想接著跟她說，如果她繼續跟我打啞謎，那麼我就沒辦法幫她了，可是我想到了另一個點子。

「好吧，塔瑪拉，也許什麼都沒了，可是如此一來，妳就再也不必東躲西藏，不是嗎？既然一切都是白費工夫，那麼就再也沒有理由保持緘默，而且妳大可以信任我。」

我這是走在鋼索上，在她混亂甚至瘋狂的內心世界裡，不知道我的邏輯是否管用；可是塔瑪拉真的對我點點頭，她似乎明白我的意思。

「我想你是對的。」

她抬頭望著病房裡不必開燈就能監視她的夜視攝影機，羅特對我保證暫時不開啟它。

「我想我可以不再畫這些東西了，」她幽幽地說。

我指著牆問：「妳在畫裡想要訴說什麼？」

「我的生命。我的自由。」她抽抽噎噎說。「可是現在都過去了。」她轉頭看著我。「一切都過去了。」

她的蛙鏡的橡膠鏡框在她的顴骨四周築了一座水壩，裡頭的眼淚越積越多。

「我還是不明白，塔瑪拉。這些牆上的塗鴉怎麼能夠給妳自由？」

她仍然在啜泣。「那是我們的約定。我要在病房四周的牆上塗鴉，好讓大家以為我發瘋了……」

「……所以妳不能透露關於蘇克的事？」

「是的。」

她執拗地咬著嘴唇。「我得到的指令是不停地畫，直到你有一天出現為止。」

「我？」

「是的，所以我很高興你終於來了。你會為我捎來訊息，然後我就解脫了。我再也不必畫畫，從此不再受到打擾。這是我們的約定，你明白嗎？」

是的，我真的明白。在瘋狂的漩渦裡，我們拚命要抓住它的邊緣卻抓不到，塔瑪拉的這句話的確有一種病態的意義。

「那麼到底是什麼訊息？」

「三個字。你原本應該交給我一頁日記，上頭寫著三個字。」

「哪三個字？」

她對著我彎下身子，眉毛揚起，使得原本布滿血絲的眼睛更像要噴出來似的。

「Safran weckt Him。」她說。

我突然覺得背脊發涼。

「Safran weckt Him，這是怎麼回事？妳怎麼知道我兒子日記裡的這個無意義的字詞組合？而我又為什麼要告訴妳這個令人費解的訊息？」

「我不明白，」我囁囁嚅嚅地說，那是實話。

她開始塗鴉的時候，蘇克已經遭到羈押。**他是怎麼拿到我兒子的圖畫的？他為什麼挑上這張畫？他又是怎麼交到塔瑪拉手裡的？**

「蘇克明明被羈押了，他怎麼還能夠威脅妳要裝瘋賣傻而拒絕作證？」我從紊亂的思緒中找到最緊迫的問題。可是塔瑪拉只是絕望地大笑。

「你真的什麼都不知道，是吧？」這句話聽起來像是個問句，只不過她早就有了答案。「這件事跟蘇克無關。那個男的早就從我身上得到他要的東西了。他毀了我，和我再也沒有任何關係。他不會來打擾我了。」

我凝視著她，覺得自己像是個在霧裡開車的人，打開前燈，試圖穿過伸手不見五指的灰撲撲的世界。我在這個瘋狂的森林裡還沒看到什麼障礙物，可是我知道如果不及早找到出口離開，再不多久就會撞車身亡。「可是如果不是蘇克……」我猶豫地問：「有誰會讓妳這麼害怕？」

塔瑪拉嘆一口氣，再度頹然坐下。她的回答使得我們每個人都必須捱過去的驚恐看起來更加絕望了。

46

雅莉娜．額我略夫

「妮可拉？」

也許是神經崩潰將少女喚醒，不過雅莉娜不是很確定。也許是麻醉藥效退了，或者只是妮可拉剛好在雅莉娜不再尖叫的時候開始呻吟起來。

「呃……呃……」

躺在她身旁手術檯上的妮可拉呻吟著，那聲音聽起來像是個**殘障者**，一想到這裡，她很慚愧自己居然有這種念頭。她在美國念書的時候，班上鄰座有個殘障程度更嚴重的同學：路德，他的聽力障礙太晚才被診斷出來，以至於沒辦法正確發音。路德說話的喉音很重，就像現在的妮可拉一樣。

「喂，小女孩，妳聽得到我說話嗎？」雅莉娜問道。

當下她沒有聽到任何反應。過了半晌，雅莉娜才聽到咕嚕咕嚕的聲音。

「我在哪裡？」妮可拉頓了頓才又說道：「怎麼回事？」

她的聲音在顫抖，而且有著說不出的疲倦。她說話含糊不清，像是喝醉了一樣。

「我不知道，」雅莉娜撒了個謊。

不敢跟她說實話，當然是軟弱的表現，可是天曉得，雅莉娜真的很**軟弱**，此外她也很希望是自己搞錯了；跟著她手裡的手術刀一起滑落的，可不要是一顆人類的眼睛。

妮可拉的問題到頭來還是使她的希望破滅了：「為什麼這麼痛？我的頭為什麼這麼痛？」

雅莉娜不知道該怎麼安慰她，只能套用人們在詞窮時最常聽到的陳腔濫調：「我很抱歉。」

她身旁妮可拉抽抽噎噎地說：「他媽的，他對我做了什麼？我的左眼沒感覺了。」她的聲音顫抖著，說話時有些遲疑，可以感覺到她一邊在回想手術前發生了什麼事。她想起蘇克稱讚她的眼睛有兩個顏色。他手上拿著手術刀。他對她解釋說為什麼他需要她的眼角膜……

雅莉娜反射性地摸了摸自己的眼睛，慶幸她自己還沒事。沒有敷料，沒有縫合線。只有眼皮底下的悶痛加劇，她猜想是因為緊張的關係。她不禁鬆了一口氣，卻為了這個念頭再度感到羞愧。

「媽的，他媽的……」妮可拉的咒罵轉為厲聲尖叫。

「噓……小女孩，妳平靜一點。」

不然蘇克會提早回來。而我還沒有想到什麼點子。

「平靜？妳剛才說『平靜』嗎？妳這個該死的臭婊子。」

「妳聽好，我知道……」

「妳『知道』這個混蛋挖掉我的眼睛嗎？」

眼睛？

雅莉娜把身體的重量移到右肩，轉向手推車那邊。

「那麼妳什麼都看不見嗎，雅莉娜？」

那女孩嘆氣說：「幹，看不見。眼前一片漆黑，他把所有電燈都關掉了。」

「妳眨眨眼，看看有沒有感覺？」

「什麼……有，真是衰，只有右眼。」

妮可拉用鼻息重重哼了一聲，好像在模仿火車頭的聲音。

「那麼麻煩把頭轉到我這邊來。」

「我幹嘛要……」小女孩嘟噥著沒把話說完，從鍊條的啪嗟聲聽起來，她似乎正試著轉身。

「妳可以看到我這邊嗎？」

「不行，我……噢，我看到妳的手。妳在對我招手，」妮可拉說。

「那很好，很好。」

「很好？好個鬼啦。我被銬在手術檯上，而且**少了一隻眼睛！**」她說到這裡，又歇斯底里地尖叫起來。如果不是一陣咳嗽讓妮可拉喘不過氣來，她恐怕還要叫嚷個不停。

「他媽的，妳是誰啊？」過了好一會兒，她才咕噥說。「為什麼妳現在沒有被銬住？」

雅莉娜聽過有人在遭遇命運的打擊時會在一夕之間頭髮變白。雖然顏色對她沒有任何意義，她卻可以感覺到女孩的聲音正在褪色當中。她的聲音像是洩氣的皮球一樣了無生氣，而且老了好幾歲。「六個月了，他都沒有對我怎麼樣，」她說。「然後妳來了，妳，妳……」妮可拉的語氣聽起來好像很想在雅莉娜面前朝地板啐一口痰似的。「妳比他們更壞。」

或許蘇克對小女孩造成的心靈創傷已經不可能修復了。可是如果說妮可拉的痛苦找不到發洩的出口，只能以尖叫訴說內心的恐懼的話，她完全可以理解那是什麼感覺。因此不管妮可拉罵得有多麼惡毒，雅莉娜都讓她說下去。

可是她的最後一句話讓她很不安。她必須打斷小女孩的話。

「妳說『他們』？」雅莉娜困惑地問。「把我們抓到這裡來的，除了蘇克以外，還有別人嗎？」

47

亞歷山大．佐巴赫

「一個女的？蘇克有個女助理？」我問道。

「是的，她叫作『伊莉絲』（Iris），那當然不會是她的真名。」

塔瑪拉雙手抱胸的姿勢看起來很像是在校長室裡罰站的女學生。「那是個雙關語的笑話，他們喜歡嘲弄他們的受害者。伊莉絲是虹膜的意思，你知道的。」

我點頭稱是。「所以這個伊莉絲協助蘇克行凶？」

「協助？」塔瑪拉搖搖頭，「噢，不是。說『協助』還差得遠了。」

塔瑪拉用兩根食指敲一敲護目鏡上的壓克力鏡片。「你覺得我這副模樣夠殘忍了是嗎？」

我直視著她，點點頭。

「那麼你完全不明白伊莉絲是什麼樣的人。」

我倏地站起來，卻不知道要做什麼。塔瑪拉的每一句話都讓我毛骨悚然，一時間忘了自己受傷的事。

「伊莉絲對妳做了什麼？」我問道。

塔瑪拉突然打了個冷顫。「我現在可以跟你說明一切，反正已經改變不了什麼了。可是我得先喝口水。麻煩你給我一杯水好嗎？」

我轉身走到入口右邊的第二扇門。「你先讓水流一下，我喜歡喝冷水，」我走進浴室時，她在我身後叫道。裡頭也只有緊急照明燈還亮著，我一下子還摸不著方向。就像一般的醫院一樣，它看起來平淡無奇，雖然裡頭放了塔瑪拉的一些個人用品。右邊是淋浴間，旁邊是馬桶，兩邊都有一條紅繩子，緊急狀況時可以拉繩子呼救。我站在洗臉盆前的時候，塔瑪拉在外頭兀自說道。

「是伊莉絲將我的眼皮劃開的。」

我無意識地點點頭。

難怪傷疤很粗糙，一點都不像是出自蘇克的巧手。

真相拼湊得很緩慢。我覺得自己像是在組合模型玩具，想要從一些小配件開始著手，卻不知道它在整個模型上的正確位置在哪裡。

「她沒有麻醉就切除了我的眼皮，為她的大師先搞定我這個受害者。她全程戴著面具，不讓我看到她的臉。」

洗臉盆很大很深，盆緣卻放不了多少東西。塔瑪拉的牙刷直接擱在洗臉盆上，旁邊有一條高露潔牙膏，不過沒有看到漱口杯。

「把我銬在四面都是鏡子的房間裡的，也是伊莉絲，蘇克就在那裡強暴我。」

我抬頭望著洗臉盆上方的梳妝鏡，被自己的模樣嚇了一跳，如果電燈都打開的話，我的臉色一定更難看。我看起來像是一下子瘦身過了頭的胖子。兩頰凹陷，臉龐消瘦，形容枯槁，如果不是頭上還纏著繃帶，整張臉應該會垮下來吧。

「哪裡有杯子？」我問道。

「在淋浴設備對面。」

我轉身打開小櫃子，先是看到一些衛生用品，接著才在上層找到塑膠杯。我笨手笨腳地伸手搆它，卻使得一只化妝包掉落地上。我俯身拾起，掂了掂，它重量很輕，我起初以為裡頭是空的，隨後卻在夾層裡發現幾封信。

現在回想起來，我真希望當時沒有看到它們。

「怎麼啦？」塔瑪拉在外頭叫道，我卻呆呆望著信封。一共有四封，都用厚重的淡黃色信封裝著，就像是索價昂貴的法律事務所會用的那種信封袋。

親愛的兒子收；姊姊收；爸爸收……

收件人都是塔瑪拉的家屬，而且上頭都清楚註明著：

遺囑

「沒事，」我轉身回到洗臉盆前，打開水龍頭。「找到一只水杯了。」

那些信沒有黏上信封口，只是隨便折起來塞在信封裡而已。

「馬上來，」我隨便抽出其中一封信，匆匆瀏覽前面幾句話。

親愛的爸爸：

當你讀到這封信時，我即將揮別這個讓我再也受不了的人生，卻還一直掛念著你……

我緊張得讀不下去，只有瞥見幾個關鍵詞：

蘇克、手術刀、罪、強暴，

可是沒有發現我想找的東西。沒有藏匿她的地址。沒有任何關於法蘭克．拉曼的線索。

「你沒事吧？」

我嚇一跳。塔瑪拉就站我身後的門邊，可是我手裡還拿著她的遺囑，不能就這麼轉過身去，我忙不迭把信塞到褲袋裡，用襯衫遮住，然後關掉水龍頭。

「好啦，」我轉身走向她。「這是妳要的冷水。」

她不發一語地凝視我很久，由於她眼睛一眨也不眨，我覺得自己像是在接受審訊似的。塔瑪拉總算點點頭，接過水杯，我們一起走回床邊，她又坐在床緣上。

「妳剛才說，妳眼睛的創傷還不是最嚴重的？」我趕緊言歸正傳。羅特准許我的探訪時間早就用完了，我心想醫師應該隨時都會進來打斷我們的談話。

「嗯，」塔瑪拉分好幾次把水喝完，才接著說：「真謝謝你，我正好口渴得很。」她舔了舔上嘴唇。「身體的痛苦的確很嚴重。而且一直都在。可是伊莉絲不只是傷害我的身體組織、肌肉或骨頭而已。她要摧毀我整個身體和心靈。」

「她對妳做了什麼？」

「她要當我的女朋友。」

我不由得蹙眉問道：「妳的意思是？」

「就像我說過的。伊莉絲是個變態，她是個虐待狂。有一天，我聽到屋子的籠子裡窸窣作響，那是蘇克用來關我們的籠子。很病態的呻吟聲。不知道是小女孩還是成年女子，我看不清楚，因為她的籠子在柱子後面。」

塔瑪拉一口喝完剩下的水。

「她說她也是被綁架來的。她哭個不停，我輕聲安慰她，心裡卻很慶幸有個和我一樣的受害者，因為她完全了解我所有的恐懼。」

「難道不是這樣嗎？」

「不是。」塔瑪拉把塑膠杯捏皺。「有人說，敵人或許會傷害你，但是只有你的朋友才會毀滅你。從伊莉絲身上，我才明白這句箴言的真諦。關在我身旁的籠子裡的女子，根本不是什麼受害者，你明白嗎？這只是伊莉絲一貫的伎倆。」

48

雅莉娜·額我略夫

「蘇克有幾個助手？」雅莉娜詢問她的獄友，一邊摸索腦袋後面的金屬環扣。她剛剛把手術檯一寸一寸地拉到牆邊，她手銬上的鍊條就固定在牆上。如果她的方向感沒錯的話，她現在的位置是在出口正對面的房間角落。

她用沒有上銬的手往後面摸。灰泥牆上有蘇克用來搭建臨時手術室的塑膠布，上頭還有用來鎖住鍊條的環扣。

「除了伊莉絲以外，還有別的助手嗎？」

如果她們有絲毫逃脫的機會的話，知道對手有多少人會是很重要的事。

「沒有了，就只有她和蘇克。」妮可拉回答說：「至少我沒看到其他人。」

「她時常出現嗎？前幾個鐘頭她一直不在這裡是嗎？」

「沒有。她很久沒來了。自從上次我們打了一架以後，就再也沒有看到她。」

妮可拉又抽抽噎噎哭了起來，大概是想到她可能從此以後什麼都看不見了吧。

「妳們打架？」雅莉娜問道。她摸到鐵鍊最後一個環節上面的缺口，它和牆上的扣環連在一起。

「那是幾個星期前的事。那時候我心想我要完蛋了。伊莉絲一如往常地為我送餐點來，不小心被我的尿盆絆倒。我看機不可失，一把扯掉她的頭罩。以前我從來沒有看過她的臉。」

「妳得手了嗎？」

「有，很可惜。我一輩子都不會忘記她一臉驚慌失措的神情。她看起來太過……」妮可拉在想怎麼形容她。「……太過普通。就像坐在郵局窗口的女的。我以為我會看到一個醜八怪，有重度兔唇、滿臉坑坑疤疤，還有過長的汗毛，可是她長得一點都不難看。她甚至化了妝，妳相信嗎？她搽了眼影，淡褐色的唇膏，可不是亂塗亂抹，而是細心打扮過的。我還在想：『他媽的，這個老女人到地下室前還在化妝，我真是犯了大錯。也許我不該想太多，直接落跑就對了。我錯過了大好時機。』」

也許今天就是妳的第二次機會，雅莉娜心想，突然間她喜出望外。她猜得沒錯。鍊條末端的環扣是活動式的。那是個彈簧扣！

「不管怎樣，伊莉絲大驚失色，她用手刀砍我的脖子，害得我差一點斷了氣。」妮可拉接著說：「她抓著我的頭猛撞籠子的柵欄，一直到我昏厥過去。我在天堂和地獄之間飄蕩，只感覺到她抓住我的頭髮，拖著我走過地下室的瓷磚地板，來到一個四面都是鏡子的房間，然後把我銬在手術檯上。不管妳信不信，如果不是蘇克跑來制止她，我早就沒命了。」

妮可拉越說越激動，而且不時被咳嗽打斷。

「伊莉絲像瘋狗一樣。她一直對蘇克咆哮說：『她看到我了！她看到我的臉，查林！我們非得殺死她不可！』」

「他怎麼反應？」雅莉娜問道。她的心臟撲通撲通跳，好像在爬樓梯一樣。她一直沒辦法將彈簧扣往下按，好讓它和牆上的孔眼分離。她只有一隻手，偏偏又是左手，她濕冷的手指又一直抓不牢環扣。

「蘇克想辦法安撫伊莉絲。他對她說，像我這樣的稀世珍寶，可不能隨便犧牲掉。可是伊莉絲不聽他的話。她突然抓起一把手術刀叫嚷道：『那麼我自己動手！』她雙手握著刀，像是抓著一把斧頭似的，我只知道我尿在褲子裡，因為我想這下子我就要一命嗚呼了。」

「可是接著他一拳揮過去。我暗自叫好，他的拳頭砰的一聲打在她的太陽穴上。伊莉絲在倒地前緊抓著我的手臂，我如果不是被銬起來，應該也會被她拽倒。她說不出話來，一動也不動，好像他用遙控器把她關機似的，我還記得我從鏡子看到伊莉絲仰天倒在手術檯旁邊的地上，心裡很是幸災樂禍。」妮可拉的聲音越來越沙啞。「唉，我真丟臉。可是我沒辦法。自此以後，我就沒有那麼討厭蘇克了，妳明白我的意思嗎？」雅莉娜點頭說：「嗯，我當然明白。」

那是人性使然，都死到臨頭了，還是要相信良知的力量，就算眼前是個窮凶極惡的人。蘇克打倒伊莉絲的舉動，讓他少不更事的受害者心存僥倖，指望著他良心未泯。蘇克此舉並不是要放過她一馬，而是要她乖乖就範，可是驚魂未定的妮可拉當然不會想到這點。

雅莉娜再一次試著解開彈簧扣，她的手還是滑開了。

「我躺在那裡，被銬上手銬，而且尿在褲子裡，可是我很興奮，一直在想著：『天主啊，讓她死吧。仁慈的主，讓伊莉絲死掉吧。』」

「可是她沒死？」雅莉娜問道，她的手突然一陣痙攣，不得不停止動作，她為此著惱不已。

「我不知道。蘇克替我打了麻醉藥，我醒來時人就不在籠子裡，而是在一間真正的牢房。他走進來跟我說，我再也不必擔心了。我是他的特例。在這段時間裡，他一直沒有碰過我，像他治療其他病人一樣。」

治療，雅莉娜心想。那和痛苦、凌虐、難以想像的恐懼其實是同義詞。她感到心中一把怒火又要燒起來，讓她多了一點不知道哪裡來的力氣。

該死的佐巴赫，你這個大笨蛋，都是你的錯。我真倒楣，為什麼會遇到你這種人。

雅莉娜打定主意，如果她有機會的話，下次一遇到他就要朝著他的脛骨猛踹一腳。**我要狠狠踢你，賞你一個耳光，抓破你的臉，然後……**她注意到眼壓越來越大，左手還在不停地摳著彈簧扣……**然後我要考慮一下在跟你熱吻的時候要不要把你的舌頭咬下來，你這個老賤**

男。

她剛才想到佐巴赫時，腦海裡浮現了一個「老」字，這讓她有些詫異。那個不肯無助地坐在輪椅上的男子，他的太太被人殺死，而他的兒子還活著。那個唯一讓她在心裡放不下的男子，她多麼渴望可以看到他的臉孔。可是在這個節骨眼上，她怎麼可以有這種念頭呢？那豈不是承認了，在她的內心深處其實是希望蘇克為她動手術？

「後來怎麼了？」雅莉娜試著繼續話題，以收攝心猿意馬的思緒。

「蘇克摸了摸我的頭，說什麼我很特別，因此他不許別人隨便殺了我。又說伊莉絲再也不是他的助手了。他和她拆夥，把我安頓在一個她找不到的地方，要我不必擔心她來找我麻煩。」

「所以妳再也沒看到伊莉絲？」

「沒有。有一陣子就連蘇克也不見了。他說他出去一下就回來，我以為他只是去度個週末。可是他一離開就是好幾個星期，直到昨天我還在想，我會在這裡翹辮子。如果不是他在牢房裡留了足夠的水和烤餅，我還真的會死掉。」

時間所剩無幾，他差不多要來巡房了，雅莉娜心想。那是個好消息，也是個壞消息：一方面，蘇克總算又是單槍匹馬，也就是說敵人只剩下一個。另一方面，警方就算找到以前的藏匿處也是一無所獲。塔瑪拉的證詞在這個時候也就派不上用場，因為蘇克已經轉移陣地了。

雅莉娜正要詢問妮可拉，她在被擄期間是否遇見過塔瑪拉，這時候喀噠一聲，她的手居然能夠自由活動了。她當下興奮得差一點叫出聲來。

「妳怎麼了？」妮可拉不安地問道。

「我的雙手，」雅莉娜笑說：「現在都可以活動了。」

她對她解釋說，她在妮可拉講述伊莉絲的事情時打開了彈簧扣。

「那又怎樣？他回來的時候只會更生氣。妳還是跑不掉的。」

「可是我可以坐起來。」

雅莉娜才撐起手肘，就不由得呻吟起來。她的身體一直以扭曲的姿勢保持不動，現在反而很難恢復正常的姿勢。不管怎樣，她只得一點一點地坐直，才不會因此昏厥過去。

「好極了。妳又有兩隻手了。現在妳要坐著屁股底下的手術檯離開這裡嗎？」

「我不知道，妳告訴我。」

「什麼？」

「妳告訴我該怎麼做。看看妳的四周！有沒有任何支撐點？有沒有什麼東西可以讓我抓著它挪動前進的？」

「妳到底想去哪裡？」

「妳剛才說門邊有個火警按鈕。我怎麼樣才搆得到？」

「我不知道。現在我從這裡看不到妳。」

沒錯，我在妳後面，離妳太遠了。

「可是我聽得到妳。告訴我，妳身旁有什麼東西可以讓我支撐的。」

「沒有。什麼東西也沒有。我們中間的桌子是可以移動的。或許是防水布吧，如果妳把它扯下來的話。可是它太遠了，妳搆不到。」

好吧，雅莉娜心想。她早就料到了。一下子有那麼多好運上門，也是很不自然的事。

那就按照替代方案進行吧。

「妮可拉？」

「怎樣？」

「妳聽好，我很抱歉，可是我不得不這麼做。如果我們要從這裡逃出去，我可能要先弄疼妳一下。」

「什麼？」妮可拉在手術檯上緊張地亂踢亂踹。「他媽的，妳要做什麼？」

49

亞歷山大・佐巴赫

「伊莉絲，不管她現在叫什麼名字，她是個虐待狂，就像書本裡頭講的那種。」塔瑪拉一邊說話，一邊做了我最不願意看到的事，雖然我也無法攔阻她。她把她的蛙鏡摘下來。只聽到一陣唧唧聲，橡膠墊圈和皮膚分離，眼睛下方和前額上深深的一圈凹痕清晰可見。

「伊莉斯是個演技精湛的演員。」

床頭櫃上有一小瓶點眼液，塔瑪拉剛剛把它打開。「一隻變色龍，就算她站在你面前，你還是認不出她來。我自己也只聽過她的聲音，因為我們的籠子彼此相隔太遠。雖然如此，我卻有一種相當親近的感覺。可是你覺得我會想到說，那個每天晚上和我一起哭著入睡的女孩，和每天中午為我送餐點的，居然是同一個人嗎？」

塔瑪拉仰著頭，用滴管在每隻眼睛上點兩滴眼液。點完以後，她看起來就像哭得眼睛充血似的。

「唉，伊莉絲真是太狡猾了，」她接著說：「她假裝一副也受到蘇克傷害的樣子。她甚至讓我覺得自己是蘇克的共犯。我覺得很羞愧，因為那苦杯略過了我，而讓另一個人代我受苦。」

塔瑪拉全身顫抖得很厲害，我趕緊抓著她的雙手。她的手指冰冷發抖，當我緊握著她的手時，她卻沒有把手抽回去。

「伊莉絲的演技太熟練了，而我只是個腦筋簡單的笨女人。她不只是要賺取我的同情而已。正好相反。她不停地罵我，還表現出自暴自棄的樣子，喚起了我想要保護她的本能衝動。」

「她這麼做的目的是什麼？」

「為了激怒蘇克吧。不管怎樣，那是我唯一的解釋。或許伊莉絲只是發瘋了，而且壞到骨子裡，誰曉得？我猜想她是存心要玩弄受害者，激怒蘇克，讓他在強姦受害者的時候更加無所不用其極。」

「那麼伊莉絲唆使妳做了什麼？」我問道，心裡卻很害怕聽到她的回答。

塔瑪拉的呼吸變得濁重。「噢，太多事了。我們先是說好要一起自殺。我們約好毒死對方，這樣才不會因為自殺而下地獄。她要我把蘇克每天給我吃的安眠藥藏起來，一直到足以致命的劑量。可是後來她又裝作一副還有一線生機的樣子。她告訴我，當他把籠子的底板升高時，怎麼從裡頭打開籠子的門。那當然是她安排好的，我聽她的話試圖逃脫，卻正好和蘇克撞個滿懷。」我摩娑她的雙手，很納悶她的手指頭怎麼搓揉都沒辦法變得溫暖一點。

「妳到現在都還很害怕伊莉絲？」

「沒有。尤利安的那一頁日記是我的逃脫王牌。只要我把字條交出來，伊莉絲就會放過我。我不知道那字條為什麼對她如此重要，不過這就是她的遊戲規則。既然你身上沒有那字條，我也沒辦法拿給她看，那麼現在一切都完了。」

她打了個呵欠。

「我知道妳累了。我最後再問一個問題：伊莉絲是怎麼混進來的？天鵝島是個戒備森嚴的堡壘。她怎麼有辦法把我兒子的畫交到妳手上，又和妳約法三章？」

「噢，伊莉絲簡直是無孔不入。我到哪裡都躲不了，她有個……」

她最後一句話還沒說完，頭就歪一邊，不一會兒，她又坐直起來，好像打了個盹似的。

「妳沒事吧？」我問道。

「噢，我人再好不過了。」她微笑說。那是我在塔瑪拉臉上看到的第一個也是最後一個微笑。自此以後，一切就一發不可收拾。

我還沒來得及搞清楚眼前發生了什麼事，她就側身癱軟在床上。她的腳還懸在床角，不時抽搐著。

「塔瑪拉？」

我俯身查看她。她的眼睛不由自主地瞥向一邊，我趕緊猛扯床頭的緊急呼叫拉繩。

「塔瑪拉，妳聽得到我說話嗎？」

她滿嘴白沫，眼見要噎住了，不由得吐了出來。

「我跟你說過，一切都完了，」她全身痙攣，很費力地說：「你讓我走……」

她整個人蜷縮起來，忍痛握拳塞住嘴巴。我把她的手拉出來，好讓她呼吸順暢一點，卻發現她的指間有一小片塑膠。

「妳怎麼了？」我驚慌失措地問道。

這時候我身後的門打開了。光線流瀉到病房裡，塔瑪拉尖聲大叫。

「這是怎麼回事？」羅特衝到我身旁。「你對她做了什麼？」

「我什麼也沒有做，」我據實以告，同時想起來為什麼塔瑪拉要我去浴室一趟。

「她一定是吞下藥丸。安眠藥、鎮靜劑什麼的，你每天開給她吃的藥。她一定都藏起來了。」

就像伊莉絲告訴她的。

羅特像洩了氣的皮球一樣望著我。這時急救人員也衝進病房，刻不容緩地把塔瑪拉連人帶擔架抬出去。他們在她頭上覆上一條毛巾以保護她的眼睛，使得她看起來活像一具屍體。

我呆若木雞，在病房裡佇立良久，這時候病房的燈光全部打開，沒有了病床，看起來就像個空蕩蕩的儲藏室。

我下意識地觸摸褲袋裡的信，這才匆匆追上那個命在旦夕的女子。

50

雅莉娜．額我略夫

「啊……他媽的。」

妮可拉痛得像殺豬似的尖叫，雅莉娜心想這叫聲會不會太誇張了點，可是雅莉娜壓根兒就沒打算提醒她。如果真的跟她說了，她只會更加抵死不從吧。

「很抱歉，可是我跟妳說過會有點痛，如果我沒有命中的話。」

她把鍊條拉回來，先前就是這條鐵鍊把她銬在牆上的，她剛剛把它朝著妮可拉的手術檯方向甩過去。那小女孩的雙手和身體銬在一起，因此很難伸手抓住鍊條。雅莉娜甩了兩回，妮可拉都搆不到彈簧扣，第一次是砸到手推車，第二次則是命中她的腦袋。

「該死，他媽的。」

這次輪到雅莉娜破口大罵，她試了第四次還是落空。

「別扔那麼遠，然後偏右一點。」

「好，我試看看。」

還是不行。直到雅莉娜不管三七二十一地往妮可拉的方向隨手一抛，她才聽到房間另一頭傳來歡呼聲。

「哇，真屌，讚啦。」方才妮可拉的聲音還像是個滿腹牢騷的少女，現在卻更像個興奮雀躍的小女孩。

「妳抓牢了嗎？」

「我用兩隻手抓到的。這次扔得真準，剛好越過我的屁股。」

好啦。

雅莉娜先是小心翼翼地扯一下，接著才放心地拉著鍊條，一點一點地朝著妮可拉的方向移動。

行得通耶！我真的辦到了！

幸虧妮可拉的手術檯底下的輪子是固定不動的，她們的距離才能夠漸漸縮短。她們之間的床頭櫃卡了一下，不過只是虛驚一場。現在雅莉娜甚至可以聞到她的獄友的汗水氣味。可是接下來就動彈不得了。

雖然妮可拉近在咫尺，雅莉娜一時間還不敢把手伸過去，不知怎的，她擔心會抓了個空，妮可拉會像海市蜃樓一樣消失無蹤，那會讓她發瘋的。

她總算鼓起勇氣伸手觸摸妮可拉，她的手指先是摸到粗呢布，接著是平坦的小腹，她差一點忍不住哭了出來。

「嗨，」她低聲說。一個視障人士其實不會摸陌生人的臉「辨認」他，那是好萊塢的橋段，雅莉娜總是嗤之以鼻。可是現在她得知道和她關在一起的人是誰。她要跟誰一起下地獄。

「嗨，」妮可拉說。她的身體在發抖。

雅莉娜的手指頭輕輕滑過她的下巴和臉頰，聽到她吁的一聲。她摸到她的鼻子，感覺到她顫抖了一下。接著她摸到她左眼傷口上的紗布，她不由得呻吟起來。

「真是抱歉，」雅莉娜把手縮回去。那個傷口把她拉回現實世界來。外頭有個把這個女孩的眼睛劃開的瘋子，他隨時都會回來。

「我們沒時間瞎耗了，妮可拉。」

「沒錯，可是我們該怎麼辦？」

「我剛才把尿盆連同手術刀往下扔。」

「然後呢？」

「聽起來我還掃到手推車上的什麼東西。妳可以看看地板上有什麼東西嗎？」

「沒辦法，太暗了看不到。」

好吧，那麼我們得另外想辦法。

「妳先形容一下我們的位置。我們在房間裡的什麼地方？」

「妳縮短了一公尺。就這麼多了。」

「那麼房間的門呢？」

「還是跟先前一樣遠。只不過妳現在偏右邊一點。」

「好極了。」

雅莉娜抓著妮可拉的床頭櫃一角，用雙手往自己這邊拉。

「我現在是往門口的方向移動，是嗎？」她氣喘吁吁地說。桌角劃破她雙手的皮膚。這麼費勁的動作她撐不了多久。

「沒錯，不過別忘了，真正的門是在防水布外頭。妳從我這裡把自己往外推，終究還是到不了門口，」妮可拉明白了雅莉娜的計畫。

如果妳沒有搞錯的話，雅莉娜思忖著，用僅剩的力氣猛推妮可拉的床頭櫃。她滑開了。

他媽的！

「我早就跟妳說了，」妮可拉看到她把事情搞砸了，氣得又咳嗽起來。

雅莉娜的床架轉了九十度，現在正對著防水布，而和門口平行。她摸一摸防水布，感覺像雨衣的表面。

「該死的拉鍊在哪裡？」

妮可拉還沒來得及回答，她就撐起身體，找到了拉鍊，打開了手術室的無菌閘門。

「現在呢？」妮可拉問道。「很好，妳打開了拉鍊。我說過，真正的門口、洗臉盆和它旁邊的紅色按鈕，還有一公尺半那麼遠。」

「可是妳從這個閘門看得到出口是嗎？」

「從一條細縫，我看得見。」

「好極了。」

「妳別他媽的一直說『好極了』。這裡一點都不好，妳打開了拉鍊，現在防水布從天花板一分為二，那又怎樣？妳並沒有比較靠近門口。現在該怎麼辦？」

「現在我還是需要妳的眼睛。」

「妳應該說需要我的『一隻』眼睛，」妮可拉糾正她說。

「抱歉，現在不是吹毛求疵的時候，好嗎？妳只要跟我說妳看到什麼就好。我身邊有什麼可以支撐的東西嗎？」

「沒有，他媽的。妳現在到底要怎麼樣？一把可以剪斷妳的腳鐐的破壞剪？還是賜給妳三個願望的好心仙女？」

「妳少廢話了，妳只要跟我說我可以抓著什麼東西移動到門口就行了。」她的聲音也變得尖銳了。「我和妳不一樣，至少我在想辦法逃脫，而不像妳只是沉溺在……」

「喂，等一下，」妮可拉很激動地打斷她的話。

「什麼？」

「那裡好像有什麼東西。妳可以把防水布再拉開一點嗎？」

「然後呢？」

雅莉娜像拉窗簾一樣拉開它。

「再拉開一點。妳盡量把閘口打開。最好是把那鬼東西整個扯下來。」

「為什麼？」

「我想防水布後面有一具掛衣架，差不多到妳頭部那麼高。」

偉大的天主啊，祢**賜給了我們什麼東西？**

雅莉娜拉扯防水布，聽到頭上嘎嘎作響。

「防水布固定在什麼東西上，妮可？」

「不知道。好像固定在看似平常的掛鉤上，可是它文風不動。還有，別叫我妮可。」

雅莉娜用力拉扯，感覺防水布有點鬆動，不過還是沒辦法從天花板的掛鉤上扯下來。

「行不通。」

「一定可以，」妮可拉激動叫道。

「喔，為什麼？妳怎麼知道我身後的掛衣架是固定在地板上的？就算我抓住它，如果還是沒辦法推著它移動到門口，那又有什麼用？」

「問題不在這裡。」

「那麼是？」

「因為掛衣架上吊著蘇克的手術衣。」

這不會是真的吧？

「我想一絲不掛不是眼下最重要的問題，妮可拉。」

「妳不明白……」那女孩的聲音越來越激動。「蘇克穿著那件手術衣替我開刀。」

「然後呢？」

「然後我看見他在替我麻醉前把一串鑰匙塞到口袋裡。」

51

菲利普．史托亞和馬丁．羅特

「這是什麼意思，你不知道他在哪裡？」

他們站在策倫多夫森林醫院急診中心的候診間裡，距離天鵝島只有幾分鐘的車程，史托亞沒興趣壓低他的聲音，就算匆匆走過的護士給了他一個勸告的眼神。

「天鵝島有二十四小時的全天候警戒。佐巴赫怎麼可能這麼簡單就跑出去？」

羅特醫師雙手一攤，好像是說笨蛋才會跟警察辯解這種事，然後就轉過身去。

「喂，我在跟你說話！」史托亞抓住心理醫師的手臂。

「沒有。你在對我咆哮，」羅特醫師動也不動，「你可能忘了，天鵝島上的警衛是負責不讓任何人『進來』。裡頭的病人不是囚犯，他們和你一樣來去自如，只要他們沒有什麼醫療因素上的問題的話。」

「噢，一顆子彈穿過腦袋，你說那還不構成**醫療因素**的問題？」史托亞猛搖頭。「我真搞不懂。」

「你自己想一想，」羅特在這個警察的胸前揮舞他的食指。他其實很想戳一戳這個自以為是的混蛋的胸口。「你的同事休洛科夫斯基還不是一樣，昨天晚上他沒有經過我的同意就擅自簽發了離院許可證明。」

「只要他一醒過來，他就得跟我解釋這件事，」史托亞的聲音變低了一點。「**只要他還能夠醒過來的話**，」他其實是想這麼說。

心理醫師走近一步。身為醫師，他在端詳一個人的臉龐時，總會想要找尋可以推論出對方健康狀態的徵兆，即使是現在。史托亞的黑眼圈、破裂的嘴唇，以及色澤黯然的頭髮，在在說明了這個警察的憂心忡忡和筋疲力竭。不過他總算刮了鬍子，雖然是隨便刮一刮，所以他的脖子上看起來有好幾處抓痕。

「佐巴赫先生的狀況出人意料的好。現在他看起來強壯得跟牛一樣。」

「噢，所以你們在天鵝島上為他開了個旋轉門，讓他來去自如？」

「不。老實說，我甚至堅持要他留下來。我們沒有解毒中心，所以必須盡速把史利爾小姐轉到這裡來。」

他們身後的門打開，他們必須讓點空間給病患，她從病房裡掛著點滴要出來。

「我們還不清楚史利爾小姐服了什麼毒物，可是佐巴赫當時在現場，」羅特壓低聲音說，等到病患走遠了，他才提高音量。「我希望他能在救護車上回答醫師和醫療人員一些問題。」

「然後他就這麼消失了？」

史托亞右手握拳，好像很想一拳把羅特給打趴，不過他還是把拳頭藏在獵裝鬆垮垮的口袋裡。羅特不記得他有哪一次穿過別件外套。就連翻領上的芥末汙漬他都還認得。「我們到達醫院的時候，塔瑪拉就沒有心跳了。他們在轉送到休克治療室前先做了心肺復甦術。」羅特緊閉著雙眼說。「還是沒有用，你知道的。」

史托亞焦躁地搖頭說：「這下子可好了。我們不僅把唯一的證人搞砸了，就連佐巴赫也跑掉了。」

「我很抱歉。」

「是啊，真謝謝你喔。我到外頭去看看有什麼東西可以買的。」

史托亞轉過身去，卻躊躇不前，好像想到什麼事似的。他欲言又止，手才舉起來，一會兒又放下。

「怎麼了？」

「算了。」史托亞走到輪椅旁邊。

「我可以知道你為什麼急著要找到他嗎？」羅特在他身後叫道。

「不可以，」他頭也不回地說：「可是我要跟你說。我們有法蘭克·拉曼的消息。」

52

雅莉娜．額我略夫

雅莉娜覺得自己像是在曠野中挨餓了好幾天的人，突然發現了一只背包，裡頭塞滿了罐頭食品，卻少了開瓶器。如果妮可拉所言屬實，那麼自由之鑰就藏在蘇克的手術服裡，就在她面前幾十公分的地方，而她卻搆不到。她和掛衣架之間只隔著一層防水布，可是這個玩意兒幾乎就像是在另一個空間裡。以她現在的位置，她既沒辦法徒手將防水布扯破，也不可能把它從天花板上拉下來。

我只能孤注一擲了。雅莉娜仰臥著移動到手術檯末端。她的腳踝位置銬著腳鐐，有一條鐵鍊連接到手術檯。鍊條只有幾十公分長，卻已經有足夠的空間讓她站起來。

「喂，妳想幹什麼？」妮可拉駭然問道。

雅莉娜沒有回答她。就像站在樓頂邊緣的自殺者一樣，她顫巍巍地站在手術檯邊緣，或許兩者的差別沒有那麼大。她同樣想要一躍而下，不知道跳下去會不會一命嗚呼。

「不要，」妮可拉在她身後叫道，可是已經太晚了。雅莉娜縱身緊緊抓住防水布往下墜落。

53

亞歷山大．佐巴赫

「你哪來的這個東西？」

李歐納德．史利爾放下手裡的信，用手肘揩去在讀信時潸然流到臉頰的眼淚。

我們現在所處的屋子，見證了一個男人每天和老化搏鬥而被打倒在地的戰役。

種種跡象顯示，我眼前這個退休的老人不想這麼簡單就投降。比方說，茶几上鋪得整整齊齊的蕾絲桌墊，或是用來遮掩廉價坐墊或是他自己身上的氣味的室內芳香劑。可是仔細一看，其實處處瀰漫著衰老的痕跡，慢條斯理，卻無比殘忍的精確。燈罩上的蜘蛛網只是最無關緊要的問題。我也不是很在意老人為我的咖啡加上的奶精早已經過期。比較引人側目的，反倒是天花板上的霉斑。如果我沒有看錯的話，現在懶洋洋地在窗台上打盹的貓，似乎在牠的貓窩旁嘔吐過。地毯上的毛球已經變硬而且褪色，應該丟在那裡很久了。

視力也衰退了，我心想。**又是和時間搏鬥的另一個挫敗**。

有人說，要拆一棟大屋子，只要打破一小片玻璃窗，然後耐心等候就行了。只要讓風、雨和動物可以趁隙而入，房屋的傾圮就只是時間的問題而已。我看到坐在沙發上的老人把鼻梁上的老花眼鏡推高，心裡在想人是不是也和房子一樣。是不是不知道哪一天，命運也會丟一塊石頭砸破我們人生的玻璃窗，而我們再怎麼努力都沒辦法彌補這個打擊所造成的種種後果。

「你怎麼會有我女兒的遺囑？」李歐納德問話的聲音發顫。

我三言兩語地解釋了我和塔瑪拉的戲劇性相遇。

「她眼下人在森林醫院的解毒中心，」我心裡盼望著她不會已經被送到地下室的病理中心去。我偷偷溜走的時候，醫師正忙著替她做心肺復甦術。

「如果你想看她的話，我可以帶你去，」我對老人打包票說。計程車司機依照塔瑪拉字跡工整地寫在信封上的地址載我到這裡，我一走進這個獨棟獨戶的房子，就注意到有一輛老舊的福斯汽車。由於我的腦袋隔了好久又痛了起來，我不很確定是否有辦法開車。

「我們可以搭計程車，」我建議說。

「好，」李歐納德下唇顫抖著。「好主意。」

遺囑從他手中滑落。

「請給我一點時間。我……我得先換衣服。」他低頭看自己，拔一拔衣服上的毛球。到處都是波斯貓的毛髮：他的燈芯絨長褲、晨衣，甚至黏在老人的短髭上。他在我們談話之前一直在撫摸他的貓，後來才把牠從懷裡抱開。

他想要站起身來，可是顯然力不從心，又跌坐到沙發上，接著雙手掩面。

我坐到他身旁，摟著他瘦削的肩膀。他不住地唉聲嘆氣。

「我就知道遲早會發生這種事。她已經暗示我好幾次。」

「所以說，你女兒跟你提過蘇克的事？」

李歐納德．史利爾凝視著我。「這封信被人拆開過，佐巴赫先生，我猜你大概也讀過了，不是嗎？」

我點點頭，覺得自己很像是當場被逮的小偷。

「別擔心，我不怪你。我在電視上看過你。你失去了你的家人。我只是不知道塔瑪拉和你的不幸遭遇有什麼關連。」

「我也很想知道。我手裡有好幾條線索，可是當我試圖抽絲剝繭，卻越理越亂，把我搞得一頭霧水。你女兒依照一個女人的指示，不停地模仿我兒子的圖畫胡亂塗鴉，那個女人是蘇克的助手，或許也是綁架我一個好友的幫凶。」

「伊莉絲，」李歐納德點頭說。

「沒錯，就是伊莉絲。」

她似乎就是在尤利安、法蘭克、塔瑪拉和雅莉娜之間的那塊失去的拼圖。就是因為她，我才會根據塔瑪拉的遺囑上的線索，一路來到尼可拉湖的這棟小屋，它就在距離以前德萊林登邊境檢查站之前不遠的城郊。

「請你諒解，佐巴赫先生，我女兒一直有輕生的念頭。我既沒辦法幫她，也不知道該怎麼辦。」

「現在我想你知道了，」我放開摟著他的肩膀的手。我很不願意那麼做，可是時間一點一滴流失，我沒空安慰他了。

「你讀完你女兒的遺囑了是吧？」我拾起從他手中滑落的信紙，將它整平，找到其中最重要的一段。

「那又如何？」

「請你告訴我！」我盯著李歐納德．史利爾的眼睛不放。「你女兒在信尾為什麼會寫道：『這是我留給你的遺言，爸爸。如果我死去，我只好把重擔還給你。因為只有你才認得伊莉絲，只有你才知道怎麼抓到她，而且我希望，在我跟你訴說關於她的一切之後，你會找到我已經不再擁有的力量。』」

54

雅莉娜．額我略夫

雅莉娜撞到手術檯、摔到地上以後，就掉進另一個世界。

她的腦袋砰的一聲撞到手術檯的桌面，不過那只是造成腦震盪，還不至於暈厥。此外雅莉娜也感覺到臀部、脊椎和下顎都撞傷了。她在摔落時很不幸地轉了身，右手肘也撞到肋骨。斷了兩根肋骨，所幸沒有傷到肺部，可是她一輩子還沒有那麼痛過。比上次在斑馬線上被醉鬼不小心撞到還要痛，比小時候使她失明的那次爆炸事件還要痛。

或許沒有像兩個月前她把手按在電熱爐上那麼劇烈，可是感覺更真實。**更長久**。因此也更嚴重。

那種疼痛似乎沒有最高點，也不會消退，而是持續不斷地疼痛難當，每吸一口氣就要痛個好一陣子。

或許正因為如此，她每次在劇痛時都會產生的幻象比以往都要清楚許多。

她一撞到手術檯，頃刻之間，她就覺得自己跑到另一個人的身體裡去。她雙手抱著頭，用另一個人的眼睛，看到她似曾相識的一幕場景。

她聽到一個女子的聲音：「這是你應得的協尋酬金。」接著她眼前一黑，再次感覺到一個垂死者的絕望念頭，那是以前就浮現過的感覺；在幾天前，當她在監獄的診療室裡觸摸到蘇克時。「把錢還我，」接著他絕望地說：「這或許是我為了我的罪應得的懲罰。或許我原本應該把尤利安……」

不同於在監獄裡，那個場景到這裡沒有戛然而止。她附身的那個人在生死搏鬥中最後一次睜開眼睛，然後看到……

一個女人。那個女人看起來很像她媽媽，就像她的所有幻象一樣，裡頭的人物都和她父母親一模一樣，因為除了他們以外，她不記得其他人的長相。

那個女子穿過一個房間。我看到一個爐灶，就像是媽媽以前為我們煮麥片粥的爐子。我疼痛難當，不住地呻吟，可是那個女子沒有理會我。她把我翻身，讓我仰臥著，打開一具餐具櫃的最上層抽屜，取出我既不認得、後來也看不見的什麼東西。她跪在另一個……沒錯，另一個女子的前面。頭髮像瀑布一樣覆著她的臉龐，她倚著幾根杆子癱在地上。那是暖氣。一隻手舉到頭部的高度，被銬在暖氣的散熱片上。她無處可逃，只得聲嘶力竭地叫道：「不要！不要那麼做！」可是那女子只是狂笑不已，將她的頭髮往後扯，使得她不由得張大嘴巴。接著那女子把剛才從餐具櫃裡拿出來的東西塞到她的嘴巴裡。

一聲震耳欲聾的槍響，把雅莉娜拉回現實世界裡。

55

她耳朵裡嗡嗡作響，從幻覺飛出來，掉到疼痛的大海裡。現實世界比她剛剛逃脫出來的幻象更難以忍受。雖然如此，雅莉娜還是忍不住哈哈大笑。不管斷了幾根肋骨，每次抽搐都覺得痛入骨髓，可是至少沒有幻象那麼劇烈。

我做到了。

手術檯被她這麼一撞，宛如怒馬揚蹄似的直立起來，有一陣子她很擔心它會翻倒，可是沒多久它就不再晃動了。

她剛才緊抓著手術室的防水布，用身體的重量把它從天花板的掛鉤上扯下來。現在雅莉娜完全清醒了，可以咬著牙依照她的指示動作。她身後真的有一具掛衣架，上頭吊著手術服，而且觸手可及。她小心翼翼地轉身，光是這麼一用力，她就痛得眼淚直流，可是這一番折騰很是值得。就像那女孩猜測的，她馬上就在手術服外面的口袋裡找到蘇克的一串鑰匙。「快一點，」妮可拉說，因為她手裡的那串鑰匙上有兩把專用鑰匙。雅莉娜仍舊感到耳鳴不已，就像在舞廳裡待得太久一樣。她實在很想現在就躺下來；休息一下，打個盹也好，這樣才有力氣……

「喂，別再睡著了，動作快一點！」她聽到妮可拉叫道。

可是她的獄友是對的，她的動作必須快一點。蘇克隨時都會回來。那個瘋子一定是正在準備下一台手術。

我的手術。

她沒有時間可以浪費了，顫巍巍又站了起來，不理會身體的抗議，伸手向前摸索。

「鑰匙對嗎？」她剛剛拿到鑰匙要試看看，妮可拉就耐不住性子問道。有一陣子雅莉娜幾乎要頹然而廢，因為她的手抖個不停，找不到腳鐐上的鎖頭，更不用說找到鑰匙孔了。

「我沒辦法，」雅莉娜在黑暗中喊道。她聽說眼睛看得見的人在筋疲力竭時會眼冒金星，現在她完全可以想像那是什麼意思，即使她看不到那種東西。

「可以啦，妳快要摸到了，」妮可拉為她打氣說。「我看到了，拜託妳不要放棄。」

「妳這個小屁孩知道什麼？」雅莉娜叫道，不知道是真的大聲吼或者只是心裡的念頭。「妳說的倒容易。妳的腦袋沒有撞得瘀青，肋骨也沒有斷裂錯位。妳不必想辦法把鑰匙插進鎖頭裡……」

雅莉娜屏住呼吸。

鎖頭，天啊，我找到鎖頭了，鑰匙在這裡……一陣噁心感湧上她的喉頭，可是她硬生生嚥了下去，因為這支小鑰匙在她手裡……**真的是這支。我可以把它插進去。噢，不僅如此，我甚至可以……轉動！**

喀噠一聲，銷栓彈了起來。

她自由了。

她重複同樣的動作，打開左腳上的鎖，鍊條掉落到地上，她心裡也如釋重負。她凝神傾聽腳鐐落地時的碰撞聲，她把腳縮回來，沒有感覺到任何阻力。

猝不及防的欣快感宛如嗎啡的作用般向她襲來。即使只是幾秒鐘，卻讓她忘卻所有的疼痛，自由地深呼吸。

「我辦到了！」也許剛才那只是她心裡的念頭，這次卻是用盡力氣大吼大叫。

「真屌！」妮可拉也跟著歡呼，接著卻壓低聲音說：「現在趕緊過來我這裡，蘇克就要回來了。」

雅莉娜趁著腦內啡還沒有消退，試著抬起她的雙腳越過手術檯。她的四肢感覺像是橡膠做的。她必須找個東西支撐，否則膝蓋一軟就會在半路上跪倒。她終於走到妮可拉身旁，心想這下子沒有任何東西可以阻擋她了。

我的手臂自由了。我連同手術檯穿過半個房間。我摔倒在不知名的地方，我打開了我的腳鐐，而現在……

「噢，不行！」雅莉娜放下被妮可拉抓在手裡的鎖頭。

「怎麼了？」

「鑰匙不對。」

「他媽的，妳真的……」

「沒錯，我很確定。」雅莉娜用顫抖的手摟著妮可拉一絲不掛的身體。失望使得疼痛和寒冷的感覺一下子全都回來了。

「兩支鑰匙。妳的手銬腳鐐我都試過了。它們就是打不開。」

她聽到妮可拉的腦袋重重撞在手術檯上的聲音。

「我早該明白了。」

「妳說什麼？」

那女孩肆無忌憚地放聲大哭。「該死，妳難道沒注意到嗎，他只有解開妳的手銬？」她淚眼婆娑地說：「我才是那個要接受手術的人。我可能就這麼死掉，被自己的嘔吐物噎死。現在妳成了他的例外個案。妳不會死，我已經被他除名了。」

「我不准妳這麼想，」雅莉娜抓著她的手，可是妮可拉緊握著拳頭不肯放開。

「噢，不是這樣嗎？那麼是怎樣？我還有一隻眼睛，他媽的，我的頭要爆炸了，我噁心想吐，妳馬上就要丟下我不管。很抱歉，可是正向思考在這裡不管用。」

「我不會丟下妳不管的。」

妮可拉歇斯底里地狂笑。「妳當然會，妳這個臭婊子。妳當然會這麼做，因為那是我們唯一的機會，妳聽到了嗎？妳現在就衝出去求救。」雅莉娜搖頭說：「不，我會躲起來，然後跟他……」

「什麼，妳要跟他打一架嗎？妳是精神錯亂了嗎？蘇克是個窮凶極惡的強暴犯，他壯得像一頭牛似的，而妳只是個有厭食症的瞎子。趁我改變主意以前，妳趕緊閃人吧。」

雅莉娜不得不佩服這個女孩的勇氣。她已經在這個人間煉獄裡囚禁了半年多，現在卻要求她唯一的夥伴離她而去。就算那或許是唯一合乎邏輯的決定，可是要如此毅然決然地做決定，卻也證明了她是個性格堅強的女孩。

「還有，把那件手術服拿走，」妮可拉提高音量，因為她感覺到雅莉娜後退了一步。

「蘇克的手術服？」

「是的，外頭很冷。」

「算了吧。我寧可凍死，也不要穿他的衣服。」

妮可拉放聲大笑，這令她大惑不解。

「我們兩個到底誰是乳臭未乾的少女？妳這個老女人還不錯，不過妳的腦袋肯定有個洞。現在是冬天。把那件該死的手術服穿上。」

「是的，媽媽。」

雅莉娜小心翼翼地朝著她猜想的大門方向走去。妮可拉沒有開口糾正她，她心想這個方向應該沒錯，而她果真也撞到掛衣架，接著就摸到大門。

妮可拉咳嗽不已，接著以顫抖的聲音說：「小心一點。上次有個人也試圖逃脫，不過被蘇克逮到了。她的名字叫作塔瑪拉。」

塔瑪拉．史利爾，雅莉娜剛抓到門把，這個名字閃過她的腦袋。「她怎麼了？」

「他把她的眼皮割掉了，就像其他女人的遭遇一樣。只不過那次她沒有麻醉。」

這個回答讓她顫抖得更厲害。她抓到手術服正要穿上時，妮可拉又說：「喂，還有一件事。」

「什麼？」

「妳的脖子。」

「我的脖子怎麼了？」

「上面的刺青很酷。」

56

亞歷山大．佐巴赫

「外頭在下雨？」李歐納德．史利爾望著窗外問道。自從他打電話叫了計程車以後，就一直很煩躁地玩弄他的長靴的鞋帶。至於他的家居鞋，則是整整齊齊地擺在沙發底下。

我一直很納悶，人們在情勢危急的狀況下，怎麼還會執著於日常生活的行為舉止。不管在警局擔任談判專家，或是後來到報社工作，我看了太多當事人如何面對不幸的消息。一個親眼看到自己的兒子在加油站搶劫案中遇害的母親，她在到加護病房探視之前，仍然想要盡速將兒子最喜歡的長褲熨燙平整。有個父親，他的兒子不堪同學的霸凌而懸樑自盡，仍然堅持要我嚐嚐他為家人做的義大利麵晚餐。這些人既不是渾渾噩噩也不是喪盡天良，他們只是想要延緩那不可避免的結局的到來而已。張羅家庭例行瑣事可以暫時讓他們的世界看起來完好無缺，在他們離開家以前，可以為他們遮風蔽雨，即使李歐納德跑這一趟的結果很可能只是指認他死去的女兒而已。

「這個下雨天太冷了，」我試著把話題拉回到我此行的目的。「你說伊莉絲在電話諮商機構工作？」

「是的，」老人放下手裡的長靴，坐回到沙發上。「她是個誘餌，就像盤踞在蜘蛛網上的蜘蛛，替蘇克挑選獵物。」

這個資訊讓我沉思了半晌。「塔瑪拉在被擄之前就接觸過伊莉絲？」

李歐納德點點頭。「她曾經打電話求助。她從網路上找到那支該死的電話號碼，而伊莉絲就在電話那頭。你知道的，當自己的女兒寧可相信電話裡的陌生人也不相信自己的父親，那是多麼難堪的事。」

我心有戚戚焉地嘆了一口氣，內心深處其實很想結束這段談話。一想到我兒子從此再也沒機會信任別人，我幾乎又要崩潰。

「自從她被人發現以後，我不知道吃了多少苦頭，」他說：「最初幾天，她的狀況好得讓人驚訝。她母親早就不在了，我一個人去醫院探視她，聊了很多她遭受到的種種凌虐。可是後來她轉院到天鵝島，一天一天過去……」

「塔瑪拉以前到底有什麼問題？」我輕聲問道，他沉吟了許久。

「沒什麼大不了的，」李歐納德或許是擔心我會誤會他刻意掩飾對女兒的憂心，於是改口說：「不管怎樣，我們家裡沒有什麼事是不能解決的。她是受到她的主管騷擾。」

「性騷擾嗎？」

「不是強暴之類的，但是塔瑪拉擔心如果不接受他的告白的話，她會丟掉在會計事務所的工作。我的意思是……」他揚起濃密的眉毛說：「……**很露骨的**告白。」

他站起來，撢掉燈芯絨長褲上的貓毛。「我們是不是該到外頭等計程車了？」他突然問道。「要不然車子會開過頭？」

「裡頭比較暖和一些，」我回答說，他心不在焉地點點頭，視線又飄到窗外。

「好吧，也許你說的沒錯。」他遲疑了一會兒，好像不記得我們現在人在哪裡似的。可是接著他又說：「有一天晚上，塔瑪拉喝了一點酒，因為她的上司威脅要炒她魷魚，她隨便撥了個電話號碼，那是網路上的一個『論攤』介紹給她的，是這麼說的嗎？」

「論壇，」我糾正他說，漸漸明白他想說什麼。

蘇克的助手在匿名的網路論壇上找尋孤立無援的婦女，精神恍惚的受害者，自稱是個樂於伸出援手的門外漢。我很清楚她上傳到那種支援團體的留言會怎麼寫：

@塔密女孩，我不小心逛到這裡來。很遺憾聽到妳上司的事。真他媽的混蛋。不好意思講髒話，這種人讓我很想吐。我以前也遇到一個傢伙，差一點毀了我。可是當時有支熱線救了我。如果妳有興趣的話，請給我私訊，我會寄給妳電話號碼。和非會員聊天很有意思，我是說，我們不都是為了這種事才來這裡的嗎？:) 拜拜囉。

「塔瑪拉當時撥的電話號碼，你還留著嗎？」我問道。

「沒有，電話沒有儲存記錄，她們是在『密室』裡碰面的。那種玩意兒我一竅不通。」

「是聊天室嗎？」

「是啊，我想就是那種地方。」

也就是說，沒有所謂的私訊。

私人聊天是不會留下任何記錄的。

我跟著走到窗邊。李歐納德凝視著我，眨了眨眼睛，好像裡頭跑進什麼東西似的。

「你知道為什麼蘇克專挑像塔瑪拉這樣的女子？」我本來不指望聽到任何答案的。從掛在牆上的證書，我知道老人不是建築師就是工程師，總之不會是犯罪學家或心理醫師。正因為如此，他的回答更讓我丈二金剛摸不著腦袋。「我不只是臆測而已，佐巴赫先生。我甚至有第一手資訊。」

57

雅莉娜．額我略夫

妮可拉說錯了。外頭不只是冷而已。天候比她想像的要惡劣得多。

雅莉娜才在雪地裡光著腳站了幾秒鐘，就想到西伯利亞古拉格群島的俄羅斯集中營。

在這之前，雅莉娜摸到通往樓上的狹窄階級的欄杆，距離手術室只有幾步之遙。階梯是用乾木頭鋪成的，她被其中至少兩塊碎裂的木頭扎傷腳底。可是比起現在的處境，那些疼痛也就不算什麼了，她剛才走到階梯頂端，在一扇沉重的鐵門前面佇立半晌而躊躇不前，鼓足了勇氣才推開它。

它會不會上鎖了？或者有警報器？蘇克會不會就躲在門後？

她不斷地深呼吸以調整心跳。她仔細傾聽門外有沒有什麼聲響或生命跡象，伸手一摸那厚重的鐵門，她就知道再怎麼樣都不會有聲音傳進來或傳出去。

終於她對自己說，她沒別的選擇，只能鋌而走險。

現在她站在冰天雪地裡，不只一次問自己是不是落入他的圈套。

自由的手。掛衣架。鑰匙。沒有上鎖的大門。

再怎麼說，她都不相信那是蘇克刻意要放她走的。那麼蘇克到底為什麼要引誘她逃脫呢？而如果他想要把她抓回去，他在樓下的階梯就可以攔住她，不是嗎？

可是什麼事都沒有發生，沒有任何人攔她。沒有人叫她的名字。沒有人制服她。

她全身顫抖，跌跌撞撞地往前走，雙腳陷在及膝的雪堆裡，覺得隨時都會被人抓回去或是遭到射殺。

現在她反倒很想聽到妮可拉的聲音。她穿上手術服，感覺很可笑，但是她至少有個東西可以裹著手臂。

每吸一口氣都疼痛難當，不只是因為肋骨斷裂，冰冷的空氣吸進氣管裡，更是痛澈心脾。雖然如此，雅莉娜還是貪婪地猛吸氣。空氣並不新鮮，有廢氣、煤渣和工業區的氣味。可是至少她聞到自由的氣息，而不是地下室裡潮濕的牆壁和恐懼的汗水味。

現在呢？我要往哪兒走？

她一點方向感也沒有，彷彿自從她撞到手術檯以後，她心裡的羅盤也跟著摔壞了。四下一片漆黑，連一點微弱的光源都沒有，使得她摸不清楚方向。周圍唯一的生命跡象，就只有約莫一百公尺外的持續不斷的隆隆聲。

汽車。我聽到車聲，她心裡思忖著，知道她的下一個決定不是個好主意。可是她有別的選擇嗎？

她拖著沉重的腳步穿過雪地，對面就是車水馬龍的公路，可是在不到幾公尺外，傳來令她詫異的聲音。

58

亞歷山大．佐巴赫

李歐納德．史利爾走到書櫃前面，打開兩層書架中間的抽屜，拿出一本相簿。

「我一直把它擺在這裡，自從塔瑪拉……」他的聲音哽咽起來，有點尷尬地乾咳幾聲，對於自己的失態很難為情。「自從她離開家裡，後來又被蘇克綁架。」

他把相簿拿到窗前的餐具櫃上，打了個寒噤。「有風吹進來，」他說，雙手環抱胸前。他打開木製窗戶，馬上又關起來。冷風從縫隙鑽進來，顯然讓他心下慊慊。他抱著相簿回到沙發前的茶几，坐在我的對面。

相簿邊緣露出數不清的剪報。他輕拍相簿封面。

「所有東西都在這裡。關於蘇克以及他的審判。他們的調查很詳盡。尤其是一個心理學家的理論，他推測說查林．蘇克並不符合傳統連續犯的人格剖繪。」

我不禁想到，這是什麼樣的世界，人們可以隨口說出「傳統」和「連續犯」的字眼而不覺得突兀，想著想著，就錯過了李歐納德的下一句話。

「……他並沒有不幸的童年。大多數虐待狂都會把他們日後的行為歸咎於遭到長輩性侵害。可是這個心理學家說，蘇克沒有這種經驗。」李歐納德用食指輕敲相簿，彷彿那個傢伙就藏在淺綠色的硬皮封面底下，「那個眼科醫師沒有絲毫受虐的跡象。剛好相反。他的童年受到百般呵護，父母親都是很有教養的中產階級。他的老師和同學都不記得他小時候的行為舉止有哪裡不對勁。沒有虐待動物，沒有尿床，沒有縱火，最多只是被逮到夜裡在校車上和女孩擁吻而遭到訓斥。」

我朝著茶几看了一眼，掏出手機看看時間，發現訊號很微弱。這在郊區是很稀鬆平常的。讓我越來越不安的是另一件事，可是不知怎的，我一直搞不清楚是什麼事。

「如你所說的，史利爾先生，那只是心理學家的猜想。」

「那不是猜想，」他近乎粗暴地打斷了我的話。「塔瑪拉已經證實了。」

「等一下……」我心裡更加不安了。我隱隱覺得自己剛才有個重大的發現。「蘇克是否跟你女兒談過他的犯案動機，在他對她……」

李歐納德忿忿咬著下唇。「是的。」

「警方知道嗎？」

老人雙手一攤，輕聲嘆息。

「沒有。那行不通的。」

「為什麼不行？」

就算你女兒沒有作證，為什麼你也沒有？

這時候門鈴響了。

「啊，計程車終於來了。」李歐納德指著門廳說：「走吧，我們在往醫院的路上再聊。」

我替他穿上看起來太大的外套。

就像總是擔心有人闖入的外婆一樣，他也先透過窺視孔查看一下，才打開門鎖。

「噢，我忘了我的相簿。」他轉身對我說：「你可以替我拿一下嗎？」

「沒問題。」我的腦袋又痛了起來，讓我幾乎沒辦法集中精神。我差一點錯過了可以幫助我救出雅莉娜、逮到害死我兒子的凶手的資訊。

我趕緊回起居室拿相簿。這時候我的眼角瞥見茶几底下，這才明白是什麼東西讓我一直侷促不安。

家居鞋。

我聽到李歐納德在門口和司機寒暄。

這雙鞋比他的長靴大得多。就像衣櫥裡的外套一樣……

「你看看相簿吧。」

老人和藹的聲音仍在耳際，我一打開相簿，整個人就愣住了。

這怎麼可能？我心想。恐懼先是讓我的思緒一團混亂，接著更使得我整個人動彈不得。我的眼睛跳過一張接著一張的照片以及文字說明。每一篇報導都是相同的名字和臉孔。**查林．蘇克**。自從我在天鵝島上度過幾週遠離戰場的日子之後，這是我第一次看到他的照片，第一次讀到關於這個案件的報導。

「真是出乎意料之外，」我聽到老人在門口說，他現在的長相和我眼前的照片完全不同。「我真沒想到會是你，孩子。」

為什麼他會稱呼司機「孩子」？

霎時間，我宛如大夢初醒。我趕緊放下相簿，跑到大門口。塔瑪拉對我說什麼來著？

「伊莉絲是個演技精湛的演員。她假裝一副也曾經遭受蘇克凌辱的樣子。」

我怎麼會這麼盲目？

儘管塔瑪拉對我耳提面命，要我小心真實面目的她，我還是掉進她的圈套。

「她是一隻變色龍，就算她站在你面前，你還是認不出她來。」

同樣的，就算蘇克坐在我面前，我也認不出他來。我跑回門口，可是已經太晚了。

根本沒有什麼計程車司機。只有穿著薄薄的手術服的雅莉娜，一動也不動地躺在大門口。接著，蘇克用電擊棒電擊我，就像他先前令她昏厥一樣。

在我們的時代裡，讓人嗟嘆不已的不是壞人的囂張跋扈，而是好人令人駭異的沉默。

——馬丁．路德．金恩

意外事故、公共危險或困境發生時需要提供救助，根據行為人當時的情況提供救助可能，對自己無重大危險且又不違背其他重大義務而不進行救助的，處一年以下有期徒刑或罰金。

——德國聯邦刑法第 323c 條

59
亞歷山大．佐巴赫

當我恢復意識時，人正坐在一個房間裡，周遭有許多人瞪著我看。他們看起來病懨懨的，皮膚蒼白，眼睛充血，不停地眨眼睛。我抬頭看，他們也跟著抬頭。我把頭轉到一邊，他們也跟著模仿我的動作。我說不上有多少人，他們都和我一樣，胸口和手臂都以黑色皮帶束縛住，捆綁在老式的輪椅上。輪椅圍成一個橢圓形，其曲線讓我有無邊無際的幻覺。

我很不喜歡眼前這個景象，很不喜歡四面八方的鏡像，就連地板也會反映我的形象。我更不喜歡耳朵裡將我喚醒的聲音。「很不好意思，請你將就一點，佐巴赫先生。」

腰桿挺直，肩膀突出，咧著嘴微笑，數百個蘇克的影像映入我眼簾。在我喪失意識的那段時間裡，這位眼科醫師搖身一變，讓我幾乎認不出來。在這個四面都是鏡子的房間裡，他看起來比在那個起居室裡的老人更年輕、敏捷，而且城府更深。

「我覺得李歐納德算不上什麼優秀的建築師，」他語氣裡有一點內疚的意味。「他的地下室的牆壁歪歪斜斜的，我沒辦法把鏡子調整到完全對稱。」

就像每個好演員一樣，蘇克在起居室的那一場戲裡表現得不慍不火。他知道要掌握細節，才能使他角色扮演更加深刻，而且更具可信度。兩肩微微前傾，下顎下垂，鈕釦扣歪的襯衫，隨便套上的晨袍，以及褲子上的貓毛，在我看來，無一不符合年老的父親的形象。而蘇克倉促之間來不及刮鬍子或洗頭髮，反倒成了偽裝上的優點。可是現在他摘下面具了，光是熨燙平整的手術服以及掛在脖子上的口罩，就讓人覺得他活力充沛。

「你一定見過我的工作室了吧，佐巴赫先生。一切都已經準備就緒。不過由於我和我的助手有一些意見分歧，我不得不另覓它處，暫時就先在這裡了。」

他在我面前轉了個圈，好像跳踢踏舞似的，在鏡面地板上輕快地踩了幾步。

我感覺疲累不堪，因而無法集中精神。蘇克身後無數的鏡像，比我的頭痛更加讓我意識渙散。電擊棒兩萬伏特的電流穿過我的身體，喚醒了我腦袋裡的搖滾樂團。他們的擴音器正以最大的音量狂暴地怒吼著。

「哪裡？」我問道，蘇克似乎沒聽懂我的問題。

「那得看你說的是身體的哪個部位。李歐納德的軀幹放在樓上的冷凍櫃裡，他的手臂則被垃圾車運走了。」

「我是說雅莉娜。」

「欸，她很好。就要輪到她了。」

輪到她？

「你想幹什麼？」

我的頭痛得讓我不得不閉上眼睛。我再度睜開眼睛時，看到蘇克手裡拿著塑膠袋。他把它拿得遠遠的，宛如一只臭氣薰天的垃圾袋。**渡假去吧**，塑膠袋正面以斗大的字寫著。

「你到底知不知道我在這裡忙些什麼？」他問道。

「你毀了許多人。」

「不對。」他走近一步。「我打開她們的眼睛，她們就再也沒辦法對自己的罪視而不見。」

我仔細打量蘇克的神情，看看他是否有精神疾病的徵兆，眨眼睛、眼角抽搐、瘋狂的獰笑，**隨便什麼都好**。可是在這個屋子裡，唯一露出病態而困惑的臉色的人，就是我從鏡子裡不得不看到的自己。

「就像我先前說的，」蘇克要開始說教了。

「我的童年受到百般呵護。我沒有玩火，沒有虐待動物，也從來沒有尿床。」

他站在距離我一臂之遙的地方，手裡拎著塑膠袋，裡頭裝著形狀怪異的東西，看起來沉甸甸的。

「可是你變成一個心理變態，」我不知怎的說話有氣沒力。蘇克其實不必把我綁起來，從我的聲音就可以知道我根本不是他的對手。

「不對，」他搖頭說：「心理變態不會像我這樣一直在思考罪和道德的問題。我既不是壞胚子，也不是什麼社會的產物。而且我從來不懲罰無辜的人。」

「是嗎？那麼我現在怎麼會成了你的俘虜？」

蘇克喟然嘆息，好像我說到了他的痛處。「我只能說你很倒楣。我從沒想過要把你扯進我的治療裡，這點你要相信我。你和我八竿子打不到一塊兒。你這個不速之客出現在這裡的時候，我正要準備我的下一台手術。幸好我在你的車子開進前院時就看到你，我才有時間先偽裝一下再替你開門。我原本想乾脆不開門就算了，可是因為屋子裡燈火通明，我只好打消這個念頭。後來我不是一直催促你趕緊離開嗎？」

不速之客？趕緊離開？如果是塔瑪拉設了圈套要我來到這裡，那麼這就說不過去了。

蘇克大聲地彈指兩次，似乎注意到我心不在焉。

「我真的叫了計程車，佐巴赫先生。我原本可以假裝暈眩，冒險讓你獨自離開，可是那意味著我又得轉移陣地了。我沒想過要把不相關的人扯進來。可是我們在談話的時候，我從起居室的窗子往下望，當場好像挨了一記悶棍似的。我沒想到一個瞎子居然有辦法自己從我的手術室裡逃脫。她有上銬，可是我顯然太大意，或者是太低估她了。不管怎樣，我得阻止她跑到公路上，於是我找個藉口把窗子開了又關。她聽到了聲音，就趕緊跑回屋子裡。真是一團混亂。兩個不請自來的客人，後來我又得把計程車司機打發走。」

「那麼現在呢？你也要逼使我自殺，就像其他女子一樣嗎？或者把我大卸八塊，就像李歐納德．史利爾的下場？」

「史利爾是個例外。那個老頑固真的蒐集了一大堆關於我的剪報，就是我給你看的那本。他真的把我調查得一清二楚。我不想冒這個險，更何況我要借他的房子用一用。」

「你真的有病。」

蘇克很得意地抿著嘴唇。「你和你那個瞎眼的女朋友一樣，既急躁又衝動。你們兩個真的是天生一對，你和雅莉娜。我知道你們兩個都喜歡對方。」他笑逐顏開地說：「你上過她了，是不是？」

我的頭正好痛得眼淚直流，或許讓蘇克誤以為他的猜測沒錯。他心領神會地點點頭。

「唉唷，我也是談過戀愛的。那是很久以前的事了。她的名字叫作瑪韓。她是醫學院的學生，和我一樣，我們還夢想要合夥開業。」

「我們計畫要結婚，後來她懷孕，我就向她求婚，瑪韓是虔誠的教友，她每個星期有兩天要參加唱詩班，和新領堅振的教友一起讀經。我自己沒有領洗，不過為了討好她，我也跟著上教堂。她想要在婚禮當中穿著白色婚紗。可是她的父母親一直不同意我們的婚事，這對她很重要。她全家都是教友。她不能讓他們知道她懷孕了，對他們來說，未婚生子是有罪的。」

我低頭看著擱在我的膝蓋上的塑膠袋，心裡很想知道這場瘋狂的遊戲伊於胡底。

「有一天晚上，她說她要去找為我們主持婚禮的女牧師談一談，從此再也沒有回家了。教堂的管理員名叫克拉斯，他一直在偷窺她。他是個精神有問題的社工，心裡暗戀我的瑪韓。他聽到我們結婚的計畫，不由得妒火中燒。他一路跟蹤她到停車場，把她拉進一輛貨車裡。在他幹她的時候，她被自己的嘔吐物噎死。」

蘇克雙手一攤表示歉意。他的雙手戴著園藝用的橡膠手套。

「請原諒我的不雅用語，不過我認為只有用髒話才能形容這個齷齪的行為，你不覺得嗎？『強暴』聽起來太委婉了，她其實是被幹到死的。」

「那麼要用什麼樣的字眼才能形容你的變態行為呢？」我問道。

蘇克長嘆一聲，彷彿覺得受了極大的委屈似的。「補償，」他說：「抵罪。贖罪。」

「所以你那時有找那個管理員報仇？」

「欸，沒有。我跑去找那個女牧師算帳。」

雖然疼痛有如看不見的螺旋夾鉗一般癱瘓了我的身體，這句話仍然讓我驚訝得揚起眉毛。

「瑪韓不是他的第一個受害者，」蘇克解釋說：「克拉斯以前就殺過人。好幾千次。不是在現實世界，而是在他的幻想裡。原來他早在半年前就寫信給牧師告解他的性願望，幻想用橡膠娃娃、金屬陽具、防毒面具、陰唇槓鈴，對著嘴裡塞一顆棒球的女人極盡凌辱之能事。」

蘇克在說話時繞著我的輪椅走來走去，我從鏡子裡看到他用繩結把我的手綁在輪椅扶手上。

「可是那個女牧師沒有對任何人說這件事，」他在我耳邊低聲說：「她羞於啟齒。沒有人會想到她的教堂裡有個性變態的執事。她替他申請調職，但是那並沒有解決問題，只是推卸責任而已。」

我的右手突然可以自由活動了，這讓我大惑不解。原來蘇克將繩結解開了。

「我知道你一直在追蹤報導過去幾年來的教會醜聞，」蘇克現在站在我面前。「你知道有一篇關於柏林一所貴族學校的報導嗎？那所學校裡有數百個孩子遭到騷擾甚至被強暴。大部分的孩子都選擇保持緘默。一直到那個老師的犯行超過了追訴期。」

我漸漸猜想到他的意圖了。「所有被你綁架的女人，以前都曾經遭人強暴？」

蘇克搖頭說：「不對。應該說她們都遭到騷擾。可是她們都選擇沉默，沒有讓事件曝光。」

「可是她們都是受害者呀，」我很不以為然地說。

「不。她們都是凶手。這些膽小的臭婊子只想到她們自己，而致使更多人受害。」

他的臉冷若寒霜，隨即別過頭去，凝視著自己在鏡子裡的影像，一副若有所思的樣子。他不再跟我說話，而只是自言自語。

「讀過驚悚小說的人都知道，心理變態會有好幾個不同的階段。從單純的願望到第一次猶豫不決的嘗試，一直到殘忍的犯行。」

是啊，而你就是最後一個瘋狂階段，我心裡在想，遲疑著要不要伸手去摸那只塑膠袋。

「當那個管理員騷擾女牧師時，她原本可以阻止事件的發展，可是她保持沉默，她的不作為的結果，就是我未婚妻的死刑。如果女牧師舉發他的犯行，那麼瑪韓或許就不會命喪黃泉了。」

不對。感覺有點不對勁，我一摸袋裡的東西，就產生了這個念頭。我緩緩打開袋子，一直以為自己會掉進另一個圈套。

「凶手遲早會落網，面對法庭的審判。可是那些幫凶怎麼辦？他們不是都犯了『不為協助罪』嗎？」蘇克問道。「就像母親不相信女兒說爸爸會在夜裡侵犯她一樣。這種事絕對不像人們所想像的那麼罕見。好比我以前的助手，她哀求母親保護她，不要讓她的父親侵犯她，可是母親不想失去她的丈夫。」

伊莉絲，這個名字閃過我的腦袋。**正因為如此，她才會協助蘇克犯案。**「這個母親就像幾十年前在宿舍裡第一個遭到老師騷擾而沒有報警的學生一樣有罪。因為如果那個學生舉發他，或許在他之後的幾百個學生也就不會遭到強暴了。我不是心理變態，佐巴赫先生。我不是壞人。我只是要伸張正義，我要告訴那些幫凶，他們因為自己的不作為而犯了什麼罪。」

「所以你要切除她們的眼瞼，然後在這間鏡屋裡強暴她們？」

他轉過身來。「我要打開她們的眼睛，讓她們親身感受一下其他人因為她們而遭受的痛苦。」

「你真的徹徹底底發瘋了，」我舉起手槍說道。我手裡的槍既沉重又冰冷。以前我在警局的靶場裡經常練習這個型號的手槍，單手拆卸和組裝了不知道多少次，可是現在手裡的這把「Heckler & Koch」感覺卻很陌生。「這是什麼意思？你為什麼要給我這把槍？」

我退下九厘米彈匣，查看內部，心臟好像要從胸口跳出來了。裡頭只有一顆子彈。

「就像我說過的，佐巴赫先生。我跟你沒什麼恩怨，相反的，我還想要幫你。」

我把彈匣插回去，把手槍對準蘇克的胸膛。

他真的是失心瘋了，我一邊思忖著，一邊打開保險。

「你小心一點，」他安撫我說：「裡頭只裝了一顆子彈。」

「足夠讓我解決你了。」

蘇克往前走一步，緊貼著我的輪椅，只要挨一槍，他準會沒命。射擊手再怎麼生疏，這種距離也絕對不可能失誤。

「好吧，」他一副有恃無恐地說：「你就扣下扳機。可是你要知道：如果你現在把我擊斃，你就沒有子彈可以對付害死你兒子的凶手了。而那個傢伙就在隔壁的房間等著你。」

60

「嗶」的一聲，我四周無數鏡子的其中一片彈了起來。

如果不是大門的電子鎖上的數字按鍵板，那扇門從裡頭根本看不見。我猜想人們也可以從外頭按密碼開門。

蘇克出去了沒幾分鐘，有點費力地把一捆塑膠布拖進鏡屋裡，上頭躺著一個人，裹得像粽子似的。

「雅莉娜！」

她一絲不掛，手腳纏了好幾層黑色膠布；嘴巴上還橫貼了一塊。眼睛很不自然地圓瞪著，不是因為恐懼，而是蘇克在她的眼窩夾上不鏽鋼開瞼器。

她一動也不動，甚至默不作聲，我一時間以為她死了，可是看到她胸膛起伏不定，這才鬆了一口氣。我忍不住想要撫摸她，靠近她，把她從這個禽獸的手裡救出來。

「誰是害死我兒子的凶手？」我問道，視線卻不曾離開過雅莉娜。

蘇克取出一只小盒子，讓我想起模型小火車的變壓器。接著他抬頭看我。「噢，是我的錯。如果是我，我會說**女凶手**。」

雅莉娜？他真的是瘋了。

「你在胡扯些什麼？」

我知道自己心裡還在癡心妄想，以為蘇克會透露他和法蘭克・拉曼之間到底是什麼關係，把話題拉回到在拖船上害死我兒子的凶手。可是現在我明白了，這兩個禽獸唯一的共同點就是，他們都發瘋了。

「放過雅莉娜。她什麼都沒做。」

蘇克很不以為然地咂嘴作聲。

「我剛才不是跟你解釋了罪的本質了嗎？」他把小盒子的插頭接到牆上的插座。「有些受害者其實才是真正的凶手。你剛才沒在聽嗎？集眼者或許是把你的兒子推到地獄裡去的最後一隻手。但是早在那之前，有些人原本可以阻止尤利安的悲劇。」

他拿起連在那只盒子上的一條塑膠軟管，試著把它接到雅莉娜身後的某個地方。

「就像我腳邊的這個瞎子。」

「我看是你腦袋有洞吧，」我咆哮道。我激動得差一點忘記手裡拿著一把槍，趕緊再次對準蘇克。

「你覺得你女朋友沒有罪嗎？」這位眼科醫師問道。「嗯，有意思。」

我注意到雅莉娜在塑膠墊上動了一下。

不，不對。我看到**墊子**自己在動。那一團藍色防水布其實是個充氣床墊，而那個小盒子是個充氣機，緩慢而穩定地把空氣打進床墊內胎。

「充氣式客人床，」蘇克得意洋洋地微笑說：「一米六乘兩米；在電器行要價九十九歐元。當然不能和標準規格的手術檯相提並論，可是手術檯對於易碎的鏡面而言太重了。」床墊充氣平均，雅莉娜現在距離鏡子地板已經約莫有四公分高。

「很難相信這個玩意兒在九十秒內就可以充氣到一公尺那麼高。不過別擔心，我替你的女朋友注射了一點點鎮靜劑，讓她不要亂動甚或跌下來。」

他手裡多了一捲不知道哪裡來的膠布，拿在手上不停地晃動。雖然四周都是鏡子，我卻始終沒有注意到他腳邊有一只飛機機員用的皮箱，他剛剛從裡頭一件件取出他的手術器具。雅莉娜、我手裡的手槍，還有別忘了如榔頭一般陣陣捶打我的頭痛，都在侵蝕著我的知覺能力。

顯然我也停機了一陣子。我以為我只是眨一下眼睛，可是當我再度睜開眼睛時，蘇克已經用兩捲膠布把雅莉娜緊緊纏在床墊上。

「只是預防措施。你永遠不會知道下一刻會發生什麼事。」

「不管你想幹什麼，」我語氣嚴峻地說：「現在就給我住手！」

蘇克轉身看著我。「我不是說過嗎？你用槍時可得先想好，佐巴赫先生。」

「放開她。」

「噢，不行。我絕對不能這麼做。」他步履輕快地走到沒有門把的門，按了幾下密碼鎖。他的手套在平滑的鏡面上磨擦，發出近乎猥褻的嘎吱聲。

「我數到三，」我威脅他說：「如果你不放開雅莉娜，我就會用槍打爆你的頭。」

「那麼做對你有什麼好處？」

蘇克指一指正在低聲呻吟的雅莉娜，鎮靜劑的藥效似乎漸漸消退了。

「在你搞清楚所有事實以前，不要輕易下決定。」

他對我伸出拳頭，豎起大拇指。「事實一：如果我死了，你也會沒命。沒有人知道你在這裡。沒有人會找你，而且只有我知道密碼，沒有那個密碼，你是出不去的。」

接著他豎起食指說：「事實二：如果我死了，你的女朋友為什麼和你兒子的死有關的真相也會跟著我陪葬。而事實三，」他豎起中指說：「如果我死了，那麼你就沒有子彈射殺雅莉娜了。」

「我為什麼要射殺她？」我問道，不由得全身顫抖起來，連手槍都沒辦法好好握著。

「你想知道她做了什麼？」

蘇克走到充滿氣的床墊前面，撕開雅莉娜嘴上的膠布。

「我想這該由妳自己來解釋清楚吧。」

61

「不要，」她一開口就這麼說。雅莉娜的聲音嘶啞，好像剛去看過牙醫回來，麻醉藥還沒有退一樣。「你不可以開槍打死他。」

我一直將手槍瞄準蘇克，他卻依然一副不以為意的樣子。

「妳別擔心，雅莉娜。我會想辦法讓我們一起逃出這裡的。」

「問題不在這裡，亞歷。你不可以殺他。他知道尤利安的下落。」

蘇克一直對於我們的對話興致盎然，聽到這裡，他突然哈哈大笑。

「噢，妳的靈媒能力，額我略夫小姐。妳真的還以為在指壓治療時看到關於我的什麼事嗎？」

雅莉娜沒理會他。「我們會跑到這裡來，不是沒有原因的，亞歷。你不可以殺他，不然他就會把他知道的事帶進墳墓裡。」

蘇克以及他無數的鏡像頷首稱是。我漸漸明白他的鏡屋有多麼變態。他要極盡凌虐之能事，讓他的受害者的恐懼隨著層層無盡的鏡像達到頂點。

「雖然我不明白你的女朋友到底想說什麼，」他說：「不過我還是同意她的話。你最好開槍打死她，而不是殺死我。」

「為什麼？」我盡量和這個瘋子繼續胡扯下去，一直到我想到任何點子。可是他的下一句話卻讓我豎起耳朵來。

「你這位瞎眼的女朋友隱瞞了一些事。她的沉默害死了你兒子。」

我望著雅莉娜。

「你胡說！」她破口大罵說：「別聽他的。他只是在戲弄我們。開槍打他的膝蓋，然後把我解開！」

「不行，」我用槍指著蘇克的腦袋。

「沒錯，」眼科醫師同意我的話。「不管我傷得多重，我都有辦法從這裡跑出去，留下你們兩個餓死在這底下。」

他朝著我往前走一步。

「算了吧，佐巴赫。如果我一開始就認為你會把唯一的子彈浪費在我身上，你覺得我會笨到將一把裝填子彈的槍交給你嗎？」他指著我手裡的槍說。「重點不是我或者這個瞎子。問題在於你是不是個男人，願意替雅莉娜抵罪，或者是要我自己來。」

「我才沒有什麼罪呢，你這個病態的混蛋！」雅莉娜叫道。

「喔，是嗎？」蘇克反脣相譏說：「妳的名字根本不叫雅莉娜．額我略夫，是嗎？」

「什麼……」

他打斷她的話說：「妳不是剛到柏林就改名字了嗎？」

「這不關你的事。」

蘇克在說話時視線一直沒有離開我。

「妳曾經遭人性侵害，不是嗎，雅莉娜？可是妳應該記憶猶新吧，畢竟那是不久以前的事。先是一個不知名的仰慕者的告白信。接著門口擺了鮮花。後來妳在晚上醒來發現有個陌生人躺在妳旁邊，我說的沒錯吧？」

雅莉娜張開嘴卻說不出話來。

這是怎麼回事？我思忖著，強忍著一個不祥的預感。

「妳那時候決定不報警，是不是？」

「因為我沒有證據。」

「因為妳只想到妳自己。」

「那又怎樣，該死的混蛋！」雅莉娜奮力想掙脫纏在身上的膠布，蘇克回頭走到床墊旁。他關掉充氣機，俯身對她說：「那個侵害妳的人，後來就開始連續犯案。現在我們把他叫作集眼者。」

他頓了頓。雅莉娜長嘆一聲。

「你說謊。」

她在說到最後一個字時語調上揚，聽起來有點像是個問句。

「我沒有，」蘇克說：「是集眼者自己跟我說的。還會有誰？就連妳最要好的朋友，妳也不放心把這個羞於啟齒的祕密告訴他，是吧？」

蘇克轉頭看了我一眼。「你明白我要說什麼吧，佐巴赫？」這是他第一次沒有叫我「先生」。他不再想扮演有教養的醫生的角色。現在他只想做他自己。一個瘋狂的化身。

「如果雅莉娜當時報了警，他們就會展開調查，一定可以在她床上採集到毛髮、DNA和指紋。警察局早就有這些資料了。這你應該很清楚吧？」

「這不是真的，」我很想這麼說，可是話到嘴邊卻說不出口。**法蘭克的指紋？警察局的電腦裡怎麼會有他的指紋？**

「噢，不，當然是真的。那個後來殺死你家人的凶手，幾年前曾經自願報名參加一項集體DNA試驗。如果你心愛的女朋友那時候沒有保持沉默，那麼他還沒來得及殺死你太太就會被捕了。」

「你在胡扯。如果他真的犯了妨害性自主罪，他關不到一年就可以出獄了。」

「是的，不過精神科醫師可以對他做個簡單的鑑定，如果判定他有再犯之虞，就可以建議將他轉送強制治療。其他受害者也會知道這個人。不管怎樣，事件的發展就會完全不同。他一定得離開這個城市，甚或是離開這個邦。就算他躲在柏林，在他第一次犯案之後，警方也會在例行的過濾中揪出他來。」蘇克用同情的眼神看著我。「集眼者的連續犯案原本可以不至於波及你們家的。」

「你說謊！」我怒吼道。

他搖頭說：「你想想，雅莉娜原本可以阻止多少傷害。所有那些家庭、婦女和小孩……你兒子原本可以倖免於難的。」

雖然我百般不願意，到頭來還是被蘇克的話激怒了。我滿腦子要為死去的妻兒報仇的念頭，讓我不由得放下槍，沉思著雅莉娜到底有沒有罪的問題。

我知道他在操弄我。我知道一個心理變態在利用我的身心創傷。蘇克扭曲了他的世界，顛倒是非善惡，把受害者說成凶手，好為他的病態行為辯解。可是他居然有辦法在我心裡種下這種令人作嘔的念頭的種子，讓我自亂陣腳，為此我感到很自責。

「請妳告訴我這不是真的，」我央求雅莉娜說。

如果她當初報了警，指控對方性侵，那樣就真的可以阻止我兒子的死嗎？

她的回答正是我最不想聽到的。「很抱歉，」雅莉娜乾咳一聲說：「我的確遭到性侵。我也選擇保持沉默。因為我眼睛看不見。因為我沒辦法證明什麼。」

「所以妳選擇躲避，」蘇克的語氣有如檢察官一般。「妳搬了家，改了名字。可是集眼者最後還是找到妳了，不是嗎？兩個月前的某一天，妳在替他按摩時，不就有一種很不好的感覺嗎？妳不是想中斷治療？因為妳感覺到，在妳的診療室裡的這個男人，就是當年強姦妳的那個人。」

「是又怎樣？」我聽到雅莉娜咆哮說：「沒錯，可是我不知道他是誰。不管是在他性侵我的時候，或者是後來找我治療的時候。」

我閉上眼睛。

「不知道不代表不必接受懲罰，孩子。如果妳幾年前去報警，今天亞歷山大·佐巴赫也不會家破人亡了。這就是妳的罪。」

他轉過頭來凝視著我。

「而你現在就可以要求血債血還，如果你想報仇的話。」

62

我一隻眼緊閉，用槍瞄準雅莉娜的頭。蘇克退開我的射擊圈，對我點頭表示同情。

「如果這麼說能讓你釋懷的話……」他說：「你可以替你的女朋友省下一次很不舒服的侵入性治療。我原本要在眼角膜移植手術後切除額我略夫小姐的眼瞼。可是她試圖脫逃，打亂了整個計畫，現在她必須接受懲罰。」

我屏住呼吸，距離她只有一公尺半，照理說不可能失誤。

「亞歷，拜託你不要，」我聽到雅莉娜轉向我說。

如果不是我知道她眼不能視，還真的會以為她在凝視著我。我感覺她心裡的痛苦比被開瞼器撐開的眼睛要難受得多。這一切都是蘇克搞出來的。雅莉娜覺得我兒子的死她難辭其咎。

「我很抱歉，」我說，眼裡泛著淚水，我眨一眨眼睛，接著把它擦掉。

一聲巨響。雖然手槍從我手裡滑掉，卻沒感覺到後座力。手槍掉到地上，撞破了我腳下的鏡子。

「真可惜，」蘇克失望地說，彷彿真的以為我會開槍打死雅莉娜，卻沒想到我在最後一刻轉過身來朝他射擊。

「怎麼回事？」雅莉娜惶惑不安地問道。

「欸，現在我總算知道我們怎麼會在這裡了。」

蘇克戴上口罩，用手撫摸胸部位置的手術服，我的子彈原本應該擊中那個地方的。

「我真的希望你通過信任度測驗，佐巴赫。那麼這件事過了以後，或許我就可以放你走。」

他俯身從皮箱裡拿出一只不鏽鋼的腎形盆，擺在床墊旁的地上。他細心挑選手術刀，間或發出清脆的輕響。

我心不在焉地看了一眼他手裡的刀和地上已經沒有用的手槍。

這次可別再犯錯了。

我早在開槍前就知道了。那手槍掂在手裡就感覺不對勁。太輕了。裡頭裝填的是空包彈而不是實彈。然而我還是必須扣扳機，如果我要遂行我的計畫的話。

「你要做什麼？」我問蘇克說，雖然我已經知道答案了。

那個眼科醫師跪在床墊旁，拿著手術刀貼在雅莉娜的臉上。她被五花大綁的上半身不停地掙扎，腦袋左右搖晃。

「你再靠近我，我就把你咬死，你這個混蛋，」她尖叫道。忿怒和絕望似乎就要把她推到瘋狂邊緣。

蘇克遲疑了一會兒，伸手拿起膠台，撕下一小塊膠布，又把雅莉娜的嘴巴封住。

「我以前有個病人想要脫逃。我為了懲罰她，就在沒有麻醉的情況下替她動手術。再怎麼說……」蘇克從鏡子裡查看我的神色，「……我上次基本上比較有辦法讓那個病人就範。不過現在的問題或許不在於是否麻醉，雅莉娜。我們會再看看。」

他再度拿起手術刀在她臉上比畫，仔細端詳著他的作品，似乎在思考第一刀要下在哪裡，我趁這個機會把手伸到褲袋裡。

「噓，雅莉娜。不要掙扎。妳有可能被刀刃傷到眼睛，那就不妙了。」

他從皮箱裡拿出一只塑膠瓶，把瓶子轉開。瓶蓋同時就是滴管，裡頭裝著透明的液體，他在她眼睛點了幾滴。

「這是沒有危害的消毒藥水。我們必須避免傷口發炎，不是嗎？」

蘇克把瓶子放回去，打量一下雅莉娜扭曲的臉，沒有回頭看就從腎形盆裡拿出一支針筒。「我要再打一針嗎？」

他拔掉針頭的保護套，說時遲那時快，我猛然一撞。

「他媽的怎麼回事……」

果然，蘇克因為突如其來的衝撞而往後倒，同時也放開了雅莉娜。

「你這是在做什麼？」他扯下口罩，忿忿然瞪著我看，驚嚇之餘，手裡的針筒也跟著掉在地上。針頭撞歪了，再也不能施打。我的一部分計畫僥倖成功了。我趁著他沒有回頭看我的空檔，奮力往下彎腰，把整具輪椅抬起來，試圖站起身來。那個老舊的玩意兒實在很重，我一時間失去平衡，倒向一邊。

現在我跟著翻倒的輪椅橫躺在地上，痛得氣喘吁吁。

當下我以為蘇克會踢我一腳，可是他臉上的忿怒瞬間消失無蹤，接著放聲大笑。

「我早說過，你跟你的女朋友一樣既急躁又衝動。你們兩個真是天生一對。」

他走到門口，對著號碼鎖按了一長串數字，如我所願地到外頭再拿一支針筒。

雅莉娜有一搭沒一搭地發出聲響，貼著膠布的嘴巴不住地呻吟。

「我猜他是回去拿針筒，不過別擔心。我想到辦法了。」在這種處境下，我的話未免太有信心了一點：我仍然被綁在翻覆的輪椅上側躺著，痛得齜牙裂嘴，屁股下壓著那把沒有子彈的手槍。

蘇克沒多久就回來了，這次手裡多了一支針筒。他看到我奮力做無謂的掙扎而不覺莞爾，宛如一個動物虐待狂在欣賞一隻掉到陷阱裡的貓似的。

「噢，你縮短了兩公分的距離，佐巴赫先生。敬佩敬佩。你知道嗎？」他指一指半掩的門說：「照著這個速度，你只要兩天就可以爬出這扇門。」

他哈哈大笑，走到雅莉娜身旁準備注射。她不住地呻吟，彷彿要跟蘇克說什麼似的。他彎下腰對她低聲說了幾句話。雅莉娜頓時平靜下來，腦袋也不再那麼劇烈搖晃。蘇克又查看了她好一會兒。接著把剩下的半管針筒放在一旁，拿起手術刀準備動手。

我看著他從右眼下刀。看著血從他用手術刀劃開的傷口滲出來。看著他露在口罩外面的眼睛眨了一下。看著他準備再切深一點，這時候我對他咆哮說：「喂，笨蛋！」

蘇克懶得轉身看我，只是瞅了鏡子一眼，看到我再度舉槍對準他，接著吃吃笑了起來。

「你這是在搞笑嗎？」

從我臀部底下抽出來的手槍已經被我握在手裡很久了。可是直到現在，我才準備好下一步。

「這是最後的警告，放開雅莉娜。」

「要不然呢？」蘇克說，現在他終於肯轉過身來。正如我所料。我屏息凝神，對準他的腦袋開了一槍，槍膛裡裝填的，是羅特醫師在幾個鐘頭前塞在我手裡、用來對我說明我傷得有多麼重的子彈。

蘇克還沒來得及倒在地上就斃命了。

63

「你他媽的這八個鐘頭躲到哪裡去了，佐巴赫？」史托亞罵道，可是從語氣裡聽得出來這位探長如釋重負的心情。

八個鐘頭？

我們在那個瘋子手裡有那麼久？真的花了那麼長的時間才脫離那座屠宰場？當然，外頭一片漆黑。我們打開汽車大燈，但是在冬天整日灰濛濛的柏林，很難據此推論現在幾點鐘。更不用說李歐納德·史利爾的車子儀表板上故障的時鐘了。在蘇克殺死他又霸佔他的屋子之前，他或許不是個成功的建築師，但是他顯然很重視整齊。我在門廳的掛板上找到汽車鑰匙。

「德萊林登，」我摀著又開始流血的鼻子說。

「在以前的東德邊境？」

「沒錯。」

「在檢查站附近？」

「差不多那裡。到了邊境就轉到往波茨坦方向的瓦德街。在森林區裡只有一戶人家。開到手機訊號中斷的地方。」

「然後我就可以找到你？」

「不會。你會看到蘇克。不過不用急，這會兒他跑不掉了。」

八個鐘頭，我在置物櫃裡找看看有沒有手帕。

在那流逝的時間裡，我多半是睡著了。雅莉娜後來跟我說，她以為我開槍擊斃蘇克以後自己也死了，因為她聽不到被壓在輪椅底下的我有呼吸聲。在我昏倒之前，她的麻醉藥就退了，在那段時間裡，她不停地叫我的名字，大聲呼救，一直到我終於睜開眼睛。

「你把蘇克解決掉了，是嗎？」史托亞問道。他的聲音越來越興奮。

「是的。」

「那麼雅莉娜呢？」

「在我身邊，還有另一個人質，我們剛剛把她救出來。」

我醒來以後，不知道花了多久，才一寸一寸地爬到雅莉娜身邊，拿起蘇克掉在地上的手術刀，刺進床墊，等待裡頭的空氣都放空，讓雅莉娜躺在我旁邊，這樣我才有辦法用一隻手割開纏在她身上的膠布。脫身後的她則反過來解開把我綁在輪椅上的皮帶。

「對不起，」那是她在我將她擁入懷裡時所說的第一句話，可是我不讓她再說下去。她沒做錯什麼，我沒什麼好原諒她的。蘇克和法蘭克才是有罪的人，雖然他們都瘋了，各自有不同的理由，認為自己的所作所為都是對的。可是問題還是沒有答案，他們兩個是怎麼搭上線的，怎麼會扯到雅莉娜。另外有個謎團也還沒有解開。

「好吧，佐巴赫，」史托亞再度告誡我說：「你待在那裡別動，直到我的人找到你。你需要救護車嗎？」

「你以為呢？」

妮可拉正好咳個不停，我把手機放下。

「你聽到了吧？這個女孩肺部發炎，而且失去了一隻眼睛。雅莉娜看起來像是掉到火車底下的模樣，而我的腦袋痛得要爆炸了。所以我的回答是：不必了。我不需要救護車。我需要一整家醫院。而我們現在就在開往醫院的路上。」

「我不要，」我聽到身後的妮可拉尖聲叫道。那是她獲救後對我們說的第一句話。蘇克在屋子隔壁的地下儲藏室設置他的手術房。鏡屋則是在主建築裡，所以我們才會在裡頭瞎摸瞎撞了好一陣子，直到雅莉娜想起來，她從蘇克的恐怖手術房逃出來以後，曾經跑到隔壁敲門。其實她在循著公路車聲摸索前進時，早就經過這棟主建築了。

我們在外屋的地下室裡找到妮可拉時，她仍然躺在手術檯上，全身脫水而意識昏迷。不確定的等待、身體的疼痛，早就奪走了她所有的希望。我們打開燈時，她尖聲驚叫。我為她鋸開手銬時，她不斷咆哮怒罵。我揹著她上樓時，她揮拳打我的臉。她一直緊閉著雙眼，或者是出於恐懼，不敢睜開眼睛面對現實世界。一直到我把她放進車子裡，她還在擔心蘇克會不會追上來剜掉她的另一隻眼睛。

「她為什麼不想去醫院？」我對著後照鏡問雅莉娜。她聳聳肩，輕撫著女孩的頭安撫她。

「你最好把她們都載往馬丁・路德醫院，」史托亞說。

馬丁・路德？那至少還有二十分鐘車程。

「你為什麼要我捨近求遠？」

「不要在電話裡說。」

史托亞是個政客，他的回答很狡猾，就算是腦袋挨了一槍的男人也聽得出來他意有所指。

「是法蘭克嗎？」我屏息問道。不知怎的，我的鼻子突然不再流血，此外我頭部繃帶底下的傷疤也開始發癢。我真想把它拆掉。

「我說過，不要在電話裡說，」史托亞證實了我的猜測。「廢話少說。我上一個鐘頭在你該死的語音信箱留言，不是沒有道理的。你最好趕緊去。」

64

雅莉娜．額我略夫

雅莉娜聽到柴油引擎的突突聲漸行漸遠，這才拉起妮可拉的手。

她費盡唇舌才說服佐巴赫在前往馬丁．路德醫院的半路上讓她們下車。雅莉娜對這個新住宅區很熟。在她遭到性侵不久之前——如果蘇克的話可以相信的話，這筆帳要記在法蘭克頭上——她曾經考慮搬回策倫多夫的郊區。房租還算便宜，可是最後她還是選擇距離中心不遠的整排公寓，而且還有一座小花園。

「妳替我帶路，好嗎？」

「**妳們兩個沒問題吧？**」佐巴赫再三確認道。

他不耐煩的語氣裡流露出些許的擔心和關切。其實他迫不及待地要趕到醫院，妮可拉提出的要求正好讓他有機會單獨去找法蘭克算帳。最後他還承諾說，在他開著這輛破車趕赴醫院之前，會先叫救護車過來。

「謝謝，」妮可拉說，她的手緊緊握著雅莉娜的手。她們沿著小路穿過門前花園，路面都已經結冰。幸好雅莉娜在鏡屋外頭的一只紙箱裡找到她們的衣物，她甚至把假髮也戴上；不過一路上積雪盈尺，倒是讓她想起光著腳逃出屋子的痛苦經驗。妮可拉也全身裹著厚厚一層毛絨絨的套頭毛衣，雖然太大了點，那原本是李歐納德．史利爾的衣服。她隨便找了一雙建築用的長靴來穿，匆忙間鞋帶也沒有繫緊，那是建築師穿去工地的裝束。寒風像冰冷的刀刃一樣劃過她們裸露在外的手指頭，可是雅莉娜緊緊抓著女孩不放，她們越是接近大門口，她就抖得越厲害。那不只是天氣酷寒的緣故。約翰娜．史利爾坐在她家客廳，央求雅莉娜協尋她女兒還只是幾天前的事，然而雅莉娜總覺得那位母親把她的妮可拉的照片留下來，已經有好幾年了。

在車子裡，雅莉娜從褲袋裡掏出傳單，要佐巴赫載她們到上頭寫的地址，從那個時候開始，妮可拉就一直激動得漲紅了臉，神情侷促不安。

「妳不必說謝謝，孩子。這是我欠妳的。」

當然，沒有載她們去找警察或者是去醫院，或許是不負責任的，可是雅莉娜很明白妮可拉急著要找她母親。她是過來人，妮可拉幾個月以來所遭受的凌虐創傷，不是醫師或藥物可以療癒的。唯有最親密的人，才能撫平這個傷口。

「我沒想過我媽真的會找我，」她聽到妮可拉說。她不是剛哭過，就是已經淚眼婆娑了。「她甚至為此跑到柏林來。真該死，我一直以為她沒把我當一回事。所以我從來沒有跟她說爸爸對我做了什麼。」

雅莉娜想到她在蘇克的地下室裡對她說的話。

「……不過如果我不見了，他一定很高興。這樣至少我就沒辦法跟別人說，我一搬到他家，他就對我毛手毛腳。」

先前她在李歐納德的屋子瞎摸瞎撞的時候，佐巴赫跟她說過那個心理變態怎麼利用偽裝的電話諮商機構獵取他的受害者。她敢打賭，妮可拉在被她父親強暴之後，也打過那支電話。所以蘇克才會跑到漢堡的精神療養院去找妮可拉的母親，把受虐的女兒的照片拿給她看：他要懲罰約翰娜．史卓姆所犯的罪，因為她沒有注意到女兒遭到強暴的種種跡象。

「還有多遠？」雅莉娜問道。

「就快到了，」妮可拉興奮地說：「我相信她在家。廚房裡的燈是亮的。」

她們蹣跚走了幾步就停下來。

「妳看得到門牌上有妳的名字嗎？」

「可以，」妮可拉遲疑著。「我要去……」

雅莉娜點點頭。「儘管去吧。」

她聽到屋子裡清脆的門鈴聲，然而椅子被推開；接著是輕輕的腳步聲緩緩接近大門邊。

雅莉娜的心臟快要從嘴巴裡跳出來了。妮可拉現在會是什麼心情？她可以想像約翰娜．史卓姆一臉詫異的表情，她絕對不會想到一開門就看到失蹤好幾個月的女兒。

她想她會聽到一聲尖叫。不可置信的尖叫，接著戛然而止，因為這位母親會掩面而泣。然後，在那個錯愕的片刻之後，她會不由自主地開心大叫，把幾個月來鬱積在胸口的痛苦都宣泄出來。

她很想看到那個畫面，她們母女相擁而泣，心裡盼望這不是一場夢，就像她數百個日子以來在夢裡藹藹然重逢一樣。可是這個願望讓她想到蘇克，他在她心裡埋下的重見光明的希望種子不斷孳生，可是當他為了她而傷害這個小女孩的時候，卻使她一輩子良心不安。

她滿心以為她們母女倆的心情一定很激動，因此史卓姆在開門以後會有多麼劇烈的反應，她一點也不意外。

「是誰……」約翰娜．史卓姆話說到一半就尖叫起來。

「噢，天啊，」她聽到妮可拉濁重的呼吸。她放開雅莉娜的手，或許是要和她母親擁抱吧。

「妳把我女兒還給我了！」約翰娜叫道。「妳把我的妮可拉還給我了！」

霎時間，雅莉娜覺得有哪裡不對勁。妮可拉在發抖。她在尖叫。一切都在預期之中，可是她就是覺得不對勁。

不對，雅莉娜心裡在想，妮可拉在看到母親的當下的叫聲裡為什麼沒有半點開心的意味？

「妳怎麼啦？」她問道，整個場面似乎完全失控了。

「妳為什麼要這樣對我？」妮可拉的怒吼裡充滿了絕望，雅莉娜從來沒有聽過這個女孩如此忿怒的悲鳴。說時遲那時快，她的身體一個踉蹌，被一雙強壯的手往前拉，跌進屋子裡，坐倒在妮可拉身旁。

「我不明白……」雅莉娜說，她想搞清楚為什麼約翰娜．史卓姆會突然對她動粗。

「她不是我媽，」妮可拉叫道，她們身後的大門砰的一聲關起來。

「沒錯，」她身後的女人大笑說：「她從來沒有離開過漢堡的瘋人院。」她跨過雅莉娜的頭，踢她一腳，使得她仰翻倒地。「我不叫約翰娜．史卓姆。不過妳可以叫我伊莉絲。」

接下來雅莉娜只感覺到一把麵包刀刺進她的下腹。

65

亞歷山大·佐巴赫

「你遲到了，」史托亞揪著我的手臂說。我甩開他的手，忙不迭衝出電梯。我們在新大樓四樓，灰泥牆上畫了個標誌，左轉就是加護病房。

「你先聽我說，」探長在我後頭氣喘吁吁說，一副跟不上腳步的樣子。「你要到哪裡去呀？你在這裡什麼也找不到啦。」

「在哪裡？」我一邊跑一邊轉身問史托亞。

「法蘭克在哪裡？」

兩分鐘前，史托亞在馬丁·路德醫院門口接我，告訴我案件的最新發展。「因為你現在還是嫌疑人，我不能告訴你整個調查情況，亞歷，」他慢條斯理地點了一根菸，彷彿我們有一整個世界的時間似的。「言歸正傳：你真的逮到他了。法蘭克試圖逃脫，可是肩上的槍傷流血過多，到頭來他寧可束手就擒也不想曝屍荒郊。他拖著半條命跑到醫院，被人發現倒在台階上奄奄一息，」史托亞笑說：「你應該開心了吧？一切都過去了。我們抓到這個禽獸了。」

對此，我只問史托亞一個我感興趣的問題：「他說了什麼？」

我兒子在哪裡？

「什麼也沒說。他已經說不出話來了。他們想要讓他鎮定下來，可是壓力和疼痛使他的整個循環系統都崩潰了。古恩堡醫師說，他們想辦法為他施行急救，可是傷勢……」

就在史托亞聳一聳肩表示遺憾之際，我就拔腿狂奔，把他拋在身後。

「他在哪裡？」我跑到轉角，和一個醫師差一點撞個滿懷，他在那個瞬間側身閃開。

「喂，小心點。這裡不是賽跑道。」

不過我還是沒有停下腳步，和史托亞的距離越拉越遠。

「他在裡頭嗎？」我停下腳步，指著走廊盡頭的玻璃門問道。霧面玻璃上面寫著「OP I-III」。

我不等他回答我，就匆忙按下入口的門鈴。

「佐巴赫，你冷靜一點，」史托亞終於追上我，上氣不接下氣地彎下腰來。我不停地按鈴，可是門沒有打開。一個醫師湊了過來，站在我和史托亞旁邊。

「你們要去哪裡？」那個人身材矮小臃腫，有一對招風耳和落腮鬍，外表看起來一點威嚴也沒有，使得聲音裡的命令語氣大打折扣。

「你們不能進去，裡頭在動手術。」

「你是外科醫師？」我退了一步問他說。

「當然，」他按下牆邊一個開關，玻璃窗就朝裡頭打開。

接著他犯了一個錯誤，轉身對史托亞說：「只要有什麼進展，我就會告訴你。」就在他準備走進手術室時，我擋在他前面，「古恩堡醫師？」

「等一會再說，我得趕緊進去。」

我抓住他的手臂。「請讓我一起進去。」

「那怎麼行？」

「快點，給我穿上消毒衣。」

「不行。為了病人好，閒雜人等不可以進去。」

他想要甩開我走進去，可是我抓著他的衣領不放。「他不是病人，他是害死我兒子的凶手，」我當著他的臉說。

「佐巴赫，算了吧，」史托亞在我身後拉著我的手臂安撫我。

「裡頭那個傢伙，你的病人，綁架了我兒子而且謀殺他，我不能讓他就這樣死在手術檯上，他得先跟我說我兒子的屍體的下落，你明白嗎？」

我必須弄清楚。不管尤利安的下場有多麼悲慘，我都得找到他，否則我死不瞑目。

我把手鬆開一點，那個醫師才深深吸一口氣。

「是的，我明白。我也是個父親。可是此時此地我是個醫師。就算我百般不願意，我的病人的任何來歷都跟我無關。我必須服從我的救人天職，就算是你也不能阻止我。你明白嗎？」

「很好。我明白了。」

我放開他的衣領，後退了一步。

「那麼你只要回答我一個問題就好。」醫師正要走進去時，我追問他說：「法蘭克・拉曼的術後存活機會有多高？」

古恩堡停下腳步，轉過身來，腳下的手術鞋發出刺耳的嘎吱聲。我看著他沉吟不語。他會不會說謊敷衍我，跟我保證手術一定成功。或者他會據實以告。我拔出手槍對準他。

「天啊，佐巴赫。」我聽到史托亞叫道，眼角餘光瞥見他抓著手機。

「有多少百分比，醫師。他撐過來的機率有多高？」

「大概三成，」古恩堡囁嚅說。

「謝謝，」我點頭說。「可是對我來說還是太低了。」接著我威脅醫師，如果他不馬上帶我進去手術室，我就開槍打死他。

66

雅莉娜．額我略夫

雅莉娜倒在廚房粗糙的石板上，感覺體溫正在一點一點流失。

她全身顫抖。每次呼吸都感覺到下腹上的刀子在震動。

「下腹」。真是個難聽的語詞，她心裡在想。**幾乎和「婦女病」一樣難聽。**

那個俯身查看她的人，雅莉娜還聞得到她潮濕的氣息，很想對她說些什麼。可是雅莉娜失血過多，再也沒力氣問她為什麼要這麼做。

「妮可拉看過我的臉，」伊莉絲說，站在她身旁的血泊裡，雅莉娜心想：**顯然她分辨得出來那是她的血**，這個念頭聽起來很蠢，可是話說回來：像一頭待宰的祭牲躺在一間陌生的廚房裡，那又有什麼邏輯可言？

「我不能讓蘇克把她從我身邊奪走。」**原來如此**，雅莉娜心想，她很高興她的想法再度得到證實。她全身冷得發抖，雖然她假正經的外婆所謂「下面」的那個地方正灼熱刺痛。

「妳下面又在痛了嗎，乖孫女？」

「對啦，外婆。我得去看看醫生。」

所以是伊莉絲騙了她們。假裝成約翰娜．史卓姆，坐在客廳裡，演出以淚洗面的樣子，說話含糊不清，而真正的母親其實一直都在漢堡的療養院等著警方的好消息。

「**伊莉絲是個有虐待狂的演員，**」她記得她們試圖從地下室的手術房裡逃出來時，妮可拉跟她說過這句話。「**她會假扮成同樣被綁架的人，為的只是凌辱其他受害者。**」

而這次她對付雅莉娜的辦法，則是喬裝成絕望的母親。

蘇克和她因為爭執而分道揚鑣以後，她覺得被起底的風險太大了。她必須不計任何代價地找到妮可拉。

雅莉娜用僅剩的力量抓住刀子，想要從身體裡拔出來，可是始終沒辦法抓牢木質刀柄。

她不由得想到佐巴赫以及他的錯判。他一直認為塔瑪拉是蘇克的共犯，而他只是意外落入蘇克的圈套。**我也只是對妮可拉起疑心，卻不知道自己親自把她送給了這個凶手。**

「妳不喜歡妳的協尋酬金嗎？」她聽到伊莉絲問道。

這次這個女子的聲音不再是她腦袋裡的記憶，而是在當下——這或許是她漸漸明白的真相當中最恐怖的一個：她以為她從蘇克的身體裡「看到」的一切，其實是從她自己的身體裡「看到」的！現在她才明白，為什麼她在疼痛當中觸摸自己，而那些幻象一直到替蘇克治療之後才出現。倒在地板上奄奄一息的，不是那個眼科醫師，而是……

……**是我自己！我快要死了……**

驚覺到這個殘酷的真相之後，她周遭的世界開始轉個不停。

她聽到自己的鮮血汩流的聲音，感覺到自己的心跳越來越弱，宛若有人把手伸進她的胸腔，讓裡頭的鐘擺停下來似的。

但這或許是我罪有應得，她心想著，而這時候伊莉絲不忘嘲笑她說：「這是妳應得的協尋酬金。」

雅莉娜垂著頭，下顎抵著胸口。可是她沒有睡著。她只是漸漸油盡燈竭。

多年前，她在洛杉磯花十塊錢美金讓一個算命的看她的手相，他說她會活很久，最後在回憶著一個曾經深愛的男人當中安詳地死去。

把我那十塊錢還我，雅莉娜心想，在這個片刻，她覺得那個她深愛的男人離她好遠好遠。

但這或許是我為了我的罪應得的懲罰。或許我原本可以救尤利安的……

或許蘇克說的沒錯，如果當時她去報警把那個騷擾她的人揪出來，佐巴赫的兒子或許就不會死了。她實在不敢再往下想了，她也沒時間反省自己為什麼老是推論錯誤。當她在疼痛當中觸摸自己時，她看到的不是蘇克的世界，那其實是用她自己的眼睛看到的景象。命運真是諷刺，在她生命的盡頭遇到那個瘋狂的眼科醫師，居然讓她恢復了視力，即使只是在須臾之間窺見了自己的死亡，而她更從來沒想過，或許蘇克根本不知道尤利安是死是活。她再也沒力氣想到這些事了。只有一陣刺耳的門鈴聲讓她清醒一下子，因為她已經來到了沒辦法感覺到外在世界的死亡階段。倒在血泊中的她再也聞不到血的氣味，那把刀還是感覺哪裡**不對勁**，可是已經不再像是吞了一團泡在酸液的鐵絲那樣。

對她而言，那個門鈴聲原本可能意味著佐巴赫剛才打電話叫的救護車來了，可是她的意識已經太模糊了。不過蜂鳴器的嗡嗡聲至少打斷了她自我放棄的過程。她覺得自己在沉重的昏厥和心跳過速之間搖擺，彷彿有人在她睡著前拿了一只鬧鐘擺在耳邊似的。雅莉娜想到她把生命中最後一次機會揮霍掉，在李歐納德的家裡，她被佐巴赫擁在懷裡的那個片刻，她沒有說出她的感覺。**她沒有吻他。**

大門再度響起門鈴聲。

他媽的，可不可以不要吵啊？她的腦袋閃過這個念頭，卻在這個瞬間，她內心的眼睛看見一個男人的影像，而她用這雙眼睛在黑暗中摸索的一生，就要在這間瀰漫著鮮血和洗碗水的氣味的廚房裡走到終點。

「**要喝點什麼熱的嗎？**」約翰問道，而她對著這個幻影點點頭，因為現在她最缺的就是溫度。

啊，約翰。每次我需要你的時候，你總是在我身邊。

她一直不是個好廚師，庖廚之事總是能躲則躲，現在當然也沒機會再學了，她很遺憾以前她最好的朋友在做菜時，她從來沒幫他忙。

她不曉得燉菜要燜多久，不曉得怎麼做紅酒醬汁，怎麼使用攪拌器。該死，她甚至不知道約翰做出美味佳餚的用具擺在哪個抽屜……

抽屜？

雅莉娜睜開眼睛。廚房漆黑一片，可是她的心裡亮了起來，宛如有人旋緊了她的思想世界裡的燈泡。**一千瓦的超強燈泡。**

霎時間，她看到眼前巨大而熾熱的燈泡。她看到當下發生了什麼事：

伊莉絲站在大門前。

伊莉絲不會開門。

伊莉絲會一直等到救護人員以為是誤報而離開為止。

伊莉絲會回到廚房，然後……

抽屜！

雅莉娜驀地想到，當她的頭撞到手術檯時，腦袋裡浮現的景象，她知道接下來會發生什麼事：

伊莉絲走到餐具櫃。她打開最上層的抽屜……

「妮可拉，」雅莉娜聽到自己微弱的聲音，彷彿有人用枕頭摀住她的嘴似的。「妮可拉，最上層抽屜。武器。」

趕緊去拿，她很想大叫。**趕緊去拿，趁著伊莉絲回來把它塞到妳嘴裡之前。**

雅莉娜不知道妮可拉是否明白她的警告。不管是她的聲音或者是說話的內容。

在她的幻象裡，那女孩躺在廚房盡頭的地板上，背靠著暖氣，一隻手被銬在上頭，以防止她逃跑。可是或許她搞錯了，也許妮可拉根本不在廚房裡。她沒有聽到妮可拉尖叫、呻吟、啜泣、咳嗽或號啕大哭的聲音。不過話說回來，在門鈴響之前，她自己其實是幾乎喪失知覺的。

因此她也不確定在她幾步之遙的一聲槍響是什麼意思。

耳邊槍響的回音猶在，雅莉娜心想她的命運是不是有可能就此逆轉，雖然她正掉進一生不曾感覺過的黑暗裡。

67

亞歷山大．佐巴赫

「為什麼不行？」我在麻醉科醫師面前揮舞著手槍。我開槍打死蘇克以後，就一直沒有機會裝填子彈，當然我也不想傷及無辜。我只是想嚇他一下。

「我沒辦法把病人叫醒。他已經接受麻醉了。」麻醉師指著他負責的推車，一顆光頭搖晃個不停，讓我有點煩躁，因為它使我想起雅莉娜。「我們已經開始術前準備了。」

「胡說，」我叫道，一拳打在法蘭克的肚子上，使得整張手術檯跟著晃動不已。

我身後的一個護士趁機逃出手術室。剛才我架著古恩堡衝進手術室時，她正在為醫師擺好手術器具。另外兩個比較年輕的醫師，可能是助手，當時站在她身旁，一看到我手裡的槍，就像是遭到電擊一般，幾乎同時間往後彈開。我不知道他們還在不在。我身後的手術室感覺空無一人。我放開古恩堡醫師，衝向那個光頭醫師時，古恩堡一溜煙就逃之夭夭了。

我仔細查看法蘭克沒有知覺的身體。我端詳他緊閉的眼睛，鎖骨上覆著敷料的傷口，一直到露在手術室被單外面的雙腿。

你以為你是誰？我很不屑地思忖著。**竟敢跑到醫院來求救？**他身上接了一堆管子，與其說是個人，看起來還比較像是一具機器。

你早該死了。

我真想用大拇指戳進他肩膀上的那個洞，等著他因為傷口撕裂而痛得大叫。

麻醉師的機器使他呼吸均勻平緩，我心裡在想，**他根本不值得救治。他不應該這麼安詳地睡著，而我兒子的屍體卻在外頭不知道哪裡腐爛著。**

「我數到三！」我把沒辦法對法蘭克宣泄的怒氣都噴在醫師的臉上。

還沒辦法。

「數到三，我就要拔掉他身上的管子報仇。」

「那樣子他就沒辦法呼吸了。他會沒命的。」

「你是要唬弄我嗎？你現在就給他一點解藥，讓他恢復呼吸功能，把他叫醒。我不是笨蛋。我知道你的急救箱裡就有這些配備。」

應該是說我希望它裡面有。我的自信和手裡的槍一樣，都只是嚇唬人用的。

幾年前，妮琪的貓在牙醫那裡出了點意外。獸醫替牠打了抗毒素，讓她的貓意識清醒，呼吸也恢復正常。

「好，好。我可以給他一點藥。」醫師顯然吞了一下口水。**吞口水時，喉結會坐電梯上去，**法蘭克有一次對我們社長這麼說。他的妙喻惹得我哈哈大笑，就像他說文化版人高馬大的吉娜可以就著屋簷喝水一樣。

我怎麼會這麼瞎眼呢？我怎麼沒想到，他那些戲謔的幽默只是要討好我們，其實都只是他的假面具而已。

「可是那麼做一點意義也沒有，」那醫師越來越激動。他在操作呼吸器時下意識地眨了眨眼睛。

「這你別管。」

「你不明白啦，」醫師還是嘮叨個不停，不過手裡多了一管針筒，希望是正確的藥。

「他的身體撐不下去。敗血性休克會要了拉曼先生的命。」

不准你叫他拉曼先生。你要叫他真正的名字。叫他凶手。

我聽到身後有電話鈴聲響起。我轉身一看，果然猜得沒錯。醫師們都跑出去了，而史托亞通知的特勤組在外頭待命不敢衝進來，或許還在評估行動選項。

「要多久？」我問醫師，他正把藥劑注射到插管裡，不解地看了我一眼。

「很快。如果他會醒過來的話，只要幾秒鐘就行了。」

「我是說，我有多久的時間可以跟他說話？」

「一分鐘吧？如果可以的話。」

我看了手術室的活動門一眼，外面還沒有什麼動靜。

情況不妙。

「好吧。」

我把手槍抵在麻醉科醫師大汗淋漓的額頭上，努努嘴指著他手裡的針筒。

「把藥都注射進去。」

68

我不要。

我不要想到我母親。

距離這裡不遠的地方，她躺在安養院裡的紓壓床墊上，臉上掛著氧氣罩，身上插的管子比電視機還要多。

在她的腦袋功能因為中風而變得好似一碗粥之前，我母親一直是為別人而活。不是她自己的生活，而是我們一家人的生活。她喜歡山，可是她總是開車到海邊玩，因為她的「男人們」喜歡海。由於優異的考試成績，她得到外交使館的工作，坐著飛機商務艙環遊世界，和大人物共進晚餐，可是她會開著破舊的休旅車載我和我的朋友們去露營區玩。報上出現她的名字，她看都不看一眼，可是她會翻遍報紙的超市別刊，看看有沒有特賣會。她的世界裡沒有「我」，只有一個「我們」。所以她對大家隱瞞她診斷出罕見的心血管疾病，不想讓我父親和我擔心，而專心於一般人所謂的事業。

而現在我必須承認，她所受的一切苦難都不過是枉然，她白白放棄了她自己的生活，儘管她那麼愛我們，我卻搞砸了所有能搞砸的關係，直到多年之後，在馬丁．路德醫院的第三手術室，我才又想起她，感覺很不對勁。感覺很**不公平**。一個把他的瘋狂像一整桶除草劑一樣倒在我的生活上的男人，和六十年前忍痛把我生下來的女子，他們怎麼會使用相同的維生設備？我真想拔掉所有的插頭，只為了要補償這個不公平。可是他的死期還得等一等。我還需要法蘭克的心跳。

「他差不多了嗎？」

「差不多要死了？」這個光頭麻醉師面露不悅之色，不過也無關緊要了。「他可以呼吸了，他會慢慢醒過來。」

監視器螢幕上的嗶嗶聲越來越短促，證實了他的說法。

「可是我最後一次警告你：如果我現在拔管讓他醒過來，你就必須為病人的死亡負責。」

我晃一晃手槍表示我一點都不在意。

「嗨，亞歷。」

我猛一轉身。史托亞站在手術室門口。他脫掉大衣和夾克，只穿著一件汗衫，剛好遮住他的肥肚腩，負手而立，接著轉個身證明他身上沒有任何武器。

「我可以進來嗎？」

「不行，」我對一直遲疑不決的醫師點點頭。

「我明白你的感受，」史托亞試圖和我站在同一陣線。他其實也可以寫一封信給我。我沒理會他。導管刷的一聲從法蘭克的喉嚨裡拔了出來。接下來的反應感覺迅雷不及掩耳。他在那一瞬間完全停止呼吸，嘴巴和眼睛張得大大的，好像一個嗆到喉嚨的人急著要讓人注意到他出事了似的。

他沒有預警地抽搐起來。突然間，他像一條在空桶子裡的魚一樣不停地掙扎。

「我的天啊，」我聽到史托亞在我們身後氣喘吁吁地說。

「這是休克現象，」醫師解釋說。

我早就跟你說過了，他譴責的眼神這麼說。麻醉師費力地把法蘭克不聽使喚的身體按壓在手術檯上。感覺上好像是一直用麻醉藥抑止的各種疼痛，現在找到它們宣洩的管道了。

「佐巴赫，拜託你住手吧。」史托亞說，宛如有辦法逆轉這一切似的。不同於他的焦急，我反而有一種滿足感，如果可以的話，很想再看一會兒他的肌肉痙攣現象。我很不想開口請求醫師，那或許可以緩解法蘭克的症狀，可是這麼一來，我就沒辦法從這個混蛋嘴裡逼出我要聽到的消息了。醫師已經開始急救，他打開靜脈滴注的開關，而我則默不作聲。

過了好一會兒，監視器上的訊號聲終於平穩下來，法蘭克也睜開眼睛。

他一臉茫然地環顧四周。

我俯身端詳著他，看到他迷惘的眼睛裡有我的影像。

「我兒子在哪裡？」我問道，手裡的槍仍舊瞄準醫師，讓史托亞不敢輕舉妄動。

法蘭克望著我，嘴角露出猙獰的微笑。死到臨頭，他還是不忘嘲弄我。我真想一拳打在他稚氣的臉上，擰斷他的脖子，可是我終究不能對他動手，只能以言語威脅他。「如果你不馬上告訴我你對尤利安做了什麼，我就把一公升的廁所清潔劑注射到你的靜脈裡頭。」

他伸出右手，手指緊緊抓住我的夾克袖子。

「在哪裡？」我甩開他的手問道。他吞嚥了兩次，接著腦袋偏向一側，我必須彎下身體才能聽到他說話。

「汽車……」

法蘭克的聲音像是牙牙學語的小孩子。

「汽車？在一輛汽車裡？」

他眨一眨眼睛。

「在哪一輛車子？」我對他大吼。「他媽的哪一輛車子？」

「在……前面，」他的眼珠子斜向一邊，有好一會兒我只看到他翻白眼，後來才回過神來。

「在……前面。」

他的呼吸聲聽起來像是在地上拖著走的潮濕垃圾袋，咳個不停，最後才說出關鍵字眼。

聽起來像是「Lini」，因為他的喉頭再也發不出「K」的音，可是我馬上就明白了。

醫院。

這個混球指的是他一路開到醫院的車子。

「這裡？」我為求確定又問了一次。他眨一眨眼睛，簌簌流下兩串眼淚。

「哪裡？」現在我再也忍不住了，抓著他猛搖。「那輛該死的車子在哪裡？」

你載著我兒子的屍體到處跑的車子。

他再也不回答我。

我抬頭看著螢幕，脈衝突然變得很不規律。

我看了醫師一眼，他板著一副責備的臉色。

我又看一看史托亞。

「你們找到他的車子了嗎？」我問道。

探長只是搖搖頭，接著指一指螢幕，上頭顯示法蘭克的生命功能急轉直下。

「你已經得到你要的了，」他說：「把槍放下。放過他吧。」

我不停地搖頭，很詫異我的腦袋現在一點都不痛了。法蘭克休克昏厥，我似乎也跟著擺脫了我的頭痛了。

「算了吧，佐巴赫。你知道你現在該做什麼。」

「沒錯，」我衝到醫師前面，用沒有子彈的槍抵著他的下顎。

「這玩意兒可以移動嗎？」

「可以，可以，」他點頭如搗蒜。「手術檯底下有輪子。」

我退了一步，身手俐落地扯掉維生設備的所有管線。在那一瞬間，正弦波的聲音取代了直到剛才的所有噪音。法蘭克又抽搐起來。

「你要做什麼？」

「我們必須去停車場，」我命令醫師把手術檯切換成移動狀態。「而且你要跟我們一起去。」

69

你一輩子都不會想要看到你孩子死去的景象。

我走出手術區，搭上電梯。如果不是有兩個人質，跟著我們後頭的幹員應該會一擁而上吧。可是史托亞看起來不想讓這個危機情勢以流血衝突收場。我用槍抵住醫師的脖子，強迫他推著手術檯跟我走，如果史托亞知道這把槍一點用也沒有，他應該就會親手制止我了。於是，我們穿過已經淨空的一樓急診室，走到醫院外頭，一路上史托亞都要他的人保持距離。

「他還活著嗎？」我問大衛醫師說。我在電梯裡問他姓什麼，知道他有個很難唸的姓，叫什麼「史卓克波夫茲耶夫茲」之類的，所以我乾脆只記著他的名字。他嚇得冷汗直流，讓我有點過意不去，我原本也不想把無辜的人捲進來的。可是如果不使出這個殺手鐧，我一個人絕對沒辦法把法蘭克推出手術室。

「你是問我說他是不是腦死了嗎?沒有，他的眼睛還有反射作用。可是你可以說那是『活著』嗎？」大衛醫師聳聳肩，說著說著，我們已經走出醫院的玻璃門到外頭來了。

陣陣凜冽寒風對著我們的臉飽以老拳。

冷風穿入我胸口，壓迫我的肺部，就連呼吸都很困難。我想我一定全身縮成一團，身體的每一塊肌肉都緊繃起來，包括我的頭皮，有一陣子我還以為頭上的繃帶會像圍巾一樣掉到脖子上。大衛醫師只穿著薄薄的手術服，他趕緊放開手術檯的金屬橫杆，雙手才不至於凍傷。我們在大門口的最上層台階駐足片刻，冷風似乎對法蘭克有甦醒的作用。他開始輕微發抖，睜開了左眼。

「喂，你聽得到我說話嗎？」

我命令醫師把背部的床架搖高讓他坐直。

法蘭克眨一眨眼睛，不知道是在回答我或者只是不自覺的反射動作。

「我兒子在哪裡？」我問道，同時聽到身後活動門打開的聲音。我以為那些持槍的傢伙要衝出來了，可是只有史托亞隻身走到醫院外頭。他不知道從哪裡知道我其實不會傷害任何人。

除了法蘭克和我自己之外。

「讓那個醫師走吧，」他叫道。

我沉吟了片刻，對著在我身旁抖個不停的醫師點點頭，他一時還不敢相信我會放他走。

「滾啦，」我對他咆哮說，揮手叫他離開。他這才轉頭從史托亞身邊衝進醫院裡。

我把手槍對準自己的太陽穴，以免探長動什麼歪腦筋。

「你再往前踏一步，我就扣扳機，」我一邊說一邊俯身查看法蘭克。這會兒他把我搞糊塗了，他臉上的神情突然變得完全正常，甚至相當平靜，我的腦袋裡倏地響起羅特醫師的聲音：

他現在處於一個矛盾的階段。你以前一定也聽說過。病入膏肓的人在病情再度惡化之前，會覺得自己有所好轉。

法蘭克・拉曼，集眼者，這個罪該萬死的人，已經要油盡燈竭了，而直到他嚥氣之前，我還必須指望著他，一想到這點，我就很反胃。他可以決定把祕密帶進墳裡，或者是把它告訴我。

他伸出右手，就像要臣子卑躬屈膝的國王一樣，我以為那又是在侮辱我。可是順著他手指頭的方向轉頭望去，我卻看到了。

醫院入口處。

汽車。

車燈。

大街斜對角停了一輛小轎車，前輪斜停在路邊石上。乍看很不顯眼，因為那裡是一塊工地，許多車子橫七豎八地停在拆下來的鷹架和貨櫃之間。可是一輛小轎車停在許多大卡車中間，還是顯得格格不入，究竟是哪裡不對勁，我一時間也說不上來。我三級併兩級地跳下台階，跑到鋪著沙子的人行道時還摔了一跤。我趕緊爬起來，拾起掉在地上的手槍。那時候我心想身後的幹員一定會對我鳴槍示警，衝上來制服我。或許史托亞會要求我就地趴下。很有可能，可是我沒有聽到任何動靜。

我身體的每個細胞都像有磁性一樣，被那輛灰綠色的轎車吸過去，車廂裡的吸頂燈居然還亮著。

因為有人匆忙下車。

有人連好好關上車門的時間都沒有。

因為那輛車就停在路燈下，如果不仔細瞧，不是很容易注意到車裡的燈還亮著。

我一溜煙跑到對街，查看駕駛座，看到座椅上有汙漬。

可是除此之外……

我什麼也沒看到。

我繞著車子走一圈，站在人行道上望著醫院的方向。史托亞仍舊是單槍匹馬朝著我接近。

我抓住後車門的把手，打開車門一看……

什麼也沒有。

這輛似曾相識的車子是……

空的。

至少乍看來是空的。我什麼也沒看到，因為我的眼睛不想看到一個結局。我不希望我查看的不是後座，而是我兒子的棺材。

就像我說過的：你一輩子都不會想要看到你孩子死去的景象。而若是我掀開覆蓋在後座的毯子，看到一具一動也不動的屍體，更是人生極難堪之境。

「不！」

我跪了下來，趴在打開的車門旁邊。兩隻手摀著太陽穴，朝著車子裡頭絕望地大叫。

拜託不要，我乞求一個我很久都不再相信的神。**拜託不要是這樣的結局**。

就像不敢吵醒正在睡覺的人似的，我伸手輕撫那條粗呢毯子，然後把它掀開。

我看到……

尤利安。

那個震驚就像一隻把我往前拽的手似的。

我不想爬進車子裡，不想觸摸死者，尤利安沒有血色的皮膚宛如易碎的大理石一般映著微光。不過我還是不由自主地爬進去。

當我跪在後座時，我有沒有哭？

當我靠近尤利安、用顫抖的手指撫摸他緊閉的雙眼時，我有沒有大叫？

當我親吻他蒼白的嘴唇時，是不是想起我在他十一歲生日的前一天、最後一次開車載他上學？

我不知道。

我只知道當我關上車門，按下門鎖，好和尤利安獨處時，我很想死去。

永遠。

我一輩子從來沒有這麼想死，當我把尤利安抱在懷裡，把頭埋在他的頭髮裡，他的頭髮再也不會貼在額頭上，因為他再也不會忘記時間，一路從足球場跑回家，趕著要吃晚飯。我再也聞不到他在電視前倚著我睡著時的那種特有的男孩甜美氣味。

我把他的頭壓在我胸口，眼睛朝著醫院望去。我的視線掠過一大群警察，看到害死我兒子的凶手在醫師和護理人員的簇擁下消失在醫院裡。我知道我再也沒有力氣趕過去看著法蘭克嚥下最後一口氣。我只求他在痛苦中死去，不自覺地把懷裡的尤利安摟得更緊了。

就在我下定決心絕不離開車子的時候，被我抱在懷裡的尤利安卻咳了起來。

70

心旋搖曳。

這個語詞我誤用了多少次？用來形容戲劇表演、電影或音樂會，當我要描述對於藝術家的驚豔時。在看到日出、瀑布以及其他自然景象，或者是放下妮琪的第一封情書時。

心旋搖曳。

我是否用得太頻繁了，因而有濫用之嫌，因為我一點也不明白它的意思。

如果我的生命中有個片刻，讓我以為周遭的世界都消失無蹤，整個宇宙都坍縮成一輛汽車的車廂空間，那麼看到我兒子睜開眼睛的那一瞬間，應該可以說是讓我**心旋搖曳**了。

「尤利安，」我想對他說。

可是其實我是尖叫一聲，把手伸到嘴巴裡咬了一口，然後痛澈心扉，就像我自己的血的味道一樣，它讓我不再擔心從美夢中醒來後，再度掉進我的生命的夢魘裡。

可是我沒有被搖醒。

也沒有醫師在我的病床旁邊安撫我說，尤利安只是我的觸覺上的幻覺，是我的腦部創傷的副作用。

我沒有驚醒。

那只會更痛而已。

尤利安睜開眼睛，抿著嘴唇試圖發出一個音：「法蘭克。」

「我知道，」我親了他一下，「你再也不必害怕他了。他死了。」

我兒子在我懷裡瞪著我看。

「死了？」他問道，然後開始號啕大哭，我感謝命運給他這個如釋重負的眼淚，希望這是能讓他洗滌心中創傷的第一步。

我沒有發瘋。不知道什麼原因，尤利安還活著。他沒有死，他就在我的懷抱裡，哭累了就睡著了。

可是這個一生中最讓我心旌搖曳的欣快感倏忽即逝，我一聽到警笛聲，它就戛然而止。我確定這個警笛聲已經響了一整天了，自從我坐進車子裡，而我剛才不自覺地朝著方向盤看了一眼時，更是對中控台上頭的手機視而不見。

正確的說，應該是鑰匙還插在上頭的點火系統。

還有那個吊飾。

一個穿著囚衣的塑膠玩偶，脖子上勒了一條繩子。

71

「然後我心裡在想，比賽結束了，」一個興奮的聲音說。中控台上頭的手機的簡訊顯示有十四通未接來電，都來自同一個號碼。

「現在，你坐進我的車子，用我的手機回電。」

我從來沒有像電話那頭的男子那樣在肚子上挨一槍，可是他現在說的話所撕裂的傷口，卻更讓我心痛。

「休勒？」我不知所措地問道，讓尤利安躺在後座上。

「你一直……」我摸一摸又睡著的兒子，他全身冰冷，可是還有呼吸。

「你一直在幫法蘭克？」

和他一起擄人？一起對孩子行凶？還有我太太？

「胡扯。我沒有幫誰。法蘭克跟我們的比賽一點關係都沒有。」

我閉上眼睛。

不，不。這不是真的。

「可是他自己認罪了，」我的聲音變得嘶啞，呼吸急促而困難。

車子外頭有人用擴音器大聲喊叫，要我下車投降。

「法蘭克認罪了！」我對著電話咆哮說。

「用電子郵件嗎？誰都可以寫、可以寄吧？」休勒大笑。我把尤利安抱得更緊，對著電話叫道：「他跟我講過電話。法蘭克逼我舉槍自盡。」

那時候。在廢船上。

「那時候我站在他旁邊，用槍抵著你兒子的腦袋。只要他說錯一個字，只要他沒有照著我給他的劇本唸，尤利安的腦袋就會開花。」休勒不停地咳嗽。「不過你是對的，他演得太有說服力了，尤其在你家那段，當然也要感謝我替他注射的藥，他才會乖乖聽話。他媽的，你知道那一針有多貴嗎？」

難怪法蘭克的聲音不同於以往，有點像在嗑藥。難怪他在話裡夾雜了一些詭異的字眼：

「**魚還在我的網裡活蹦亂跳**。我可以多給**警方一點線索**，讓他們找到尤利安。」

那些字眼，只有一個用意——**一條魚在網裡？一條鰈魚！**[3]——他要用那些字眼給我警告，而不至於危害到我兒子。

「**用來救他的小命的線索。你明白我的話嗎？**」

不，當時我不明白。

「**唉呀，老兄，佐巴赫。你還是很專業嘛，什麼事都要追根究柢。你還是知道已經釣到大魚就可以把小魚放掉是吧？**」

我什麼都不知道。忿怒、仇恨、痛苦和恐懼讓我瞎了眼，才會把上鉤的大魚放掉。

「你躲到哪裡去了？」我聽到電話那頭有微弱的雜音，猜想休勒正在開車。他又咳了起來。

我感覺到右邊有什麼動靜。我猜測警方要強襲衝進車子，於是把尤利安抱得更緊了，這次說什麼我都不會放開他。可是我只看到史托亞一個人躡手躡腳地接近車子，伸出沒有任何武器的手，指了指副駕駛座。

我對他點點頭，打開中控鎖。

讓他進來吧。只要沒有人拆散我們父子，什麼都無所謂了。

這個時候休勒咳得更厲害了。

「我沒時間跟你瞎扯，」他氣喘吁吁地說：「我不久前才從醫院的手術室裡神不知鬼不覺地溜出來，還真是個奇蹟。你別浪費時間問我在哪裡，我會告訴你才怪。」

史托亞小心翼翼地打開車門，坐上副駕駛座，兩隻腳還擱在車子外頭。他遞給我一條保暖毯子（顯然他剛才已經看到尤利安在我懷裡的動作），又給我一條有兩個耳塞的耳機。

我一下子沒有會意過來，不知道他要幹什麼，他指了指我手裡的耳機，把手指放在嘴唇上。

3 譯按：鰈魚的德文是「Scholle」，和「休勒」同一個字。

他要一起聽。

我替尤利安蓋上毯子，然後接上耳機，把一個耳塞遞到前座。史托亞對包圍在外頭的警察做了個手勢，告訴他們一切都沒問題，輕輕關上副駕駛座的車門，將戴著耳機的那一邊身體往後靠。

「喂，你還在聽嗎？」休勒問道。

史托亞對著我雙目圓瞪，我想他一直不知道什麼電話那麼重要，就算大批警力步步進逼，我還是不肯下車。

他萬萬沒想到電話那頭是他的好搭擋。

「所以你才是集眼者，休勒？」我故意這麼問，好在我的證人面前挖掘出真相。「所以那些孩子都是你害死的。還有我太太，是嗎？」

「沒錯，是我。」

我直視著史托亞。他和我不同，他的懷抱裡沒有任何人可以給他慰藉。

「我就是集眼者。」休勒大剌剌地說。他甚至噗哧笑了出來。「說真的，你們真的相信法蘭克所謂『愛的證明』那種鬼話，只因為當初他瞎了一隻眼睛的弟弟死在冷凍櫃裡？四十五個鐘頭又七分鐘，剜出的眼睛，以電子郵件承認犯行，這樣的鬼話你們居然都相信？我知道我們的犯罪心理剖繪專家在找什麼。我知道**我們**在找什麼。這一切都是我自導自演的，好讓你們認定法蘭克是凶嫌。」

我閉上眼睛，輕輕撫摸尤利安的額頭。我現在只想聽到他均勻的呼吸聲，而不想聽休勒瘋狂的解釋。不過我還是強忍著摔掉手機的衝動。我不分青紅皂白地打斷了法蘭克的手術，因而害他送命，心裡為了這個無法彌補的過錯自責不已。我知道我一輩子都必須為此付出代價。判決早已確定，就算不是俗世的法庭，我也會一輩子良心不安，它剛剛裁定我必須親自聆聽這個殘忍的真相。「法蘭克是我最好的不在場證明，」休勒說：「只要他乖乖聽我的話，我就不會有事。而現在既然尤利安沒死，他應該會對你說出一切真相，你也會知道我是什麼人了。」

「我要宰了你，」我沉聲說，這句話讓探長嚇了一跳，忍不住看了我一眼。史托亞和我都知道，休勒找到一個競技場，準備炫耀他的聰明和周詳思慮。光是這個犯行還沒辦法滿足他，他要誇耀他的罪行。為此他必須有入戲的觀眾，而不是一天到晚修理他的人，不過我已經不在乎這點了。

「你殺死了我太太！」我對他咆哮說。「你凌虐我兒子。我要你償命。」

「噢，是嗎？法蘭克也要嗎？話說回來，你那一槍打得好。他開槍打中我的肚子以後，原本只是想要自首。不過他真是倒楣，一回到你家就挨了你一槍。他居然還有辦法撐著開走我的車子，真是見鬼了。我猜他現在已經山窮水盡了，是嗎？他一定流血不止，焦急地想他該怎麼辦。可想而知，他再也不相信警方了。而他的師父剛才還想要他的命。唉，現在的人還能相信友誼這回事嗎？對了，法蘭克還活著嗎？」

我望著史托亞。他遺憾的眼神使我的眼淚忍不住奪眶而出。

「為什麼？」我不是在問休勒，而是問我自己。

為什麼偏偏是我？為什麼是我的家人？

「我要報仇，」休勒冷冷地說：「就這麼簡單。事情很單純。我太太拐走了我兒子，害我再也找不到他。」

「然後現在你要其他家庭贖罪？」

「我是心理醫師嗎？」休勒笑說。「不過你說的沒錯，為什麼只有我這個父親才要到處找尋我最愛的人？而且把那些從辛苦工作的丈夫身邊拐走他們的孩子的賤人一個個殺掉，的確是很好玩的事。」

「妮琪沒有拐走我兒子。」

「噢，是嗎？那麼是誰取得單獨監護權的？你這個窩囊廢。撇開這點不說，我跟你還有別的帳要算，佐巴赫。我尤其要讓你吃點苦頭，因為你是我看過最差勁的父親。自以為是，墨守成規。你還以為自己是對的，你這個傲慢的混蛋。你的每一句話、每個眼神，都讓我覺得自己是個人渣。你以為我只會刑求無辜的人。你以為你找法蘭克報仇是理所當然的事嗎？現在你做的事和我所做的沒什麼兩樣，你感覺如何呢？」

「我們之間沒有任何共同點，」我說，心裡卻不這麼想。

「噢，不，我們的相似之處遠超過你的想像。唯一的差別在於我知道我的行為會造成什麼額外的損害。那就像每次的革命一樣。為了追求真理，總是會有無辜的人要喪命。」

「真相是，你是個徹頭徹尾的瘋子。」

「真相是，你整個下半輩子都得感謝我。我原本可以殺死尤利安的，可是如此一來，我就沒辦法替你上這堂課了。」

我聽到電話裡有汽車喇叭的聲音，心裡思忖著：**有人撳喇叭超他的車，卻不知道裡頭坐著殺害我太太的凶手**。

「就因為這樣，我才破例放你兒子一馬。也是為了這個緣故，我才會跟你廢話這麼多。這是對你的一部分懲罰。因為你必須了解整個真相，佐巴赫，你才不會自欺欺人。」

休勒的獨白和我的心情若合符節。我感覺越來越不真實。

「天啊，你知道我費了多少力氣才讓你重新上場比賽？你寧可裝瘋賣傻，我絞盡腦汁才想辦法把你從天鵝島弄出來。」

我聽到一陣窸窣聲，抬頭一看。史托亞給我看一張字條，上頭寫著「蘇克」。我點點頭。

「蘇克跟這個案子又有什麼關係？」

我話沒說完，休勒就接著說：「我跟他有個簡單的交易。他替我解決雅莉娜，我讓他免於牢獄之災。」

「為什麼是雅莉娜？」

「因為她是我屁股上的一根刺。她破壞了我們的比賽。他媽的，我有個可以預測未來的鬼牌還是什麼的？我必須把她幹掉，我們才能玩下去。不然比賽就不公平。不過她至少可以把你從大夢中叫醒，還算有一點用處。所以我違背史托亞的意思，把她騙到天鵝島來，然後你瞧瞧自己，你像一隻發情的公狗，一看到她就撲了上去。」

「然後你就把她交給蘇克。」

「是他自己抓到她的。我只是餵給他一點情報而已。我知道他一直在找強暴的對象。於是我跟他說，如果雅莉娜先前有去報警舉發強暴她的人，集眼者就會成為被我們通緝的強姦犯而早早落網了。」

「然後你威脅塔瑪拉不可以作證，這樣蘇克才有辦法無罪獲釋。」

尤利安在我懷裡呻吟。

「這是我們交易的條件之一。小菜一碟。我聽蘇克說，她很害怕他的那個什麼助理的……」

「伊莉絲！」

「沒錯。我把一個消息轉告給塔瑪拉。我跟她說，如果她不收回她的證詞，伊莉絲就會害死她父親。然後我給她看一張圖畫，就是我從你兒子的臥房撕下來的那張畫。我要她在牆上到處塗鴉，證明她突然發瘋，如此一來，她的證詞就會失去證據效力。他媽的，她真的馬上就變得瘋瘋癲癲的。」

他先是吃吃竊笑，接著卻咳個不停，使得他半晌說不出話來。當他終於平靜下來的時候，電話裡的雜音也消失了。我猜他是把車子開到路邊去。我想像路人行經他的車子，看到裡頭一個男人在講電話，卻不知道他剛才看到的是一個連續殺人犯正在嘲諷受害者的家屬。

「我對塔瑪拉說，她必須一直裝瘋賣傻，直到你拿你兒子的一頁日記給她看。SAFRAN WECKT HIRN。她跟你說了嗎？」

「有。」

「可是你一頭霧水，是吧？他媽的，那是個暗語，佐巴赫！我想要幫你啊。你瞧，我很公平吧。你把字母打散重新排列，看看得到什麼？」

FRANK WAR ES NICHT（不是法蘭克幹的）。

「好吧，現在你想起來了。」

史托亞又遞給我一張字條，可是我沒理會他。

「為什麼是那張圖畫？」

我掉進早期生涯的談話模式裡。我要聽到答案。挑出不合邏輯的說詞，拆穿休勒的說法，證明他只是在開一個殘忍的玩笑而已，如此一來，我就再也不必覺得自己是害死無辜者的凶手。可是我們談得越久，我就越加確定他說的都是實話。而他不是要說出心裡的話，卻是要荼毒我的心靈。就像他剛才對我說的：了解整個真相也是對我的一部分懲罰。

「這也是我一石二鳥之計，」他絮絮叨叨地說：「我知道你遲早都會經過塔瑪拉的病房，而我早就設計好了。我該怎麼說了？果不其然。你一看到那些洞穴壁畫，不等我開口，你立馬就跟著我開車跑了。你迫不及待要回家去。」

我俯身看著尤利安，他睜開眼睛，聲音微弱地要水喝。那應該就是我動手的訊號了。

72

我把手機放進夾克口袋，耳機還塞在耳朵裡，接著打開車門。我一腳踹開它，把我兒子抱出來。

史托亞不再監聽電話，也跟著我下車。他顯然對外頭的幹員做了手勢，他們開出一條路，讓我以及抱在手上的尤利安通過。

寒風仍舊在我耳邊呼嘯。我幾乎聽不到休勒在電話裡說什麼。

「在多爾伐布利克的那一場鬧劇，我很不好意思。那完全是事發突然。一點都不專業，可是要臨場應變，就往往會落得如此下場。」

我把尤利安抱在身上，開始沁汗，手臂裡的尤利安也漸漸往下滑，而距離醫院還有三十幾步之遙。

「這裡的事原本早就應該搞定的。你兒子的日記讓你心焦如焚，浴缸裡奄奄一息的狗又使得你對法蘭克怒不可遏。其實我應該引誘你到閣樓上的，我把法蘭克和你兒子藏在那上面四個星期。這個主意不錯吧？為了保存證據，你的房子被警方封鎖了。而誰會回頭搜查已經整個翻過一遍的犯罪現場呢？」

我身旁出現一堆醫師和護理人員，由兩個幹員陪同，以防我再次拔出手槍來。他們保持兩公尺的安全距離，推了一具擔架給我，好讓尤利安躺在上頭。

「本來整件事在那裡就應該解決了。你原本會找到昏迷不醒的尤利安和法蘭克。我在法蘭克身邊留了一把手槍。我打賭你會拿起槍來打死他，我說的沒錯吧？他媽的，我真想躲在一旁看尤利安被槍聲吵醒，然後告訴你整個真相，哈哈。」

「可是結果不是這樣。」

「沒辦法，誰教我這個白癡演戲演過頭了。你瞧，佐巴赫？我和你就是這點不一樣，我會坦承自己犯了錯。我不應該解開尤利安的腳鐐。我跟你一起打開門時，那個小鬼差一點就逃脫了。」

「你在裡頭乒乓作響，就是在揍他？」

「那是逼不得已的事。你兒子咬了我一口，我用槍托一下子就把他打昏，拖到地下室去，你進屋子時才不會看到他。」

有人過來把擔架和我兒子推走。我本來想出聲制止他，抓著扶手不放，可是筋疲力竭的我反而往前跌了一跤。

「幸好你沒有緊跟在後，你白白浪費了時間。而且如果不是你突然昏倒，我也不會把你揹到尤利安的房間來個即興演出。」

還有床頭櫃上的日記，浴缸裡的湯湯，閣樓地板上的法蘭克。只不過不是法蘭克在威脅休勒，而是剛好相反。

「他媽的，這整件事太突然了，我在地下室找不到東西可以捆住你兒子，於是我暫時把他塞到我的後車箱裡。」

法蘭克，他從來沒有傷害我兒子，雖然肩頭挨了一槍，還是回頭救出我兒子，把他放在後座，又替他蓋上毛毯，負傷開車到醫院來……

「你原本應該在那裡就可以發現他，如果整件事沒有搞砸的話。你一看到車子就會明白你殺錯人了。」

我覺得噁心想吐，一個踉蹌仰天倒在醫院門口，抬頭看到大批警察拿著槍對準我。在正常狀況下，他們早該在尤利安一被推走之後就動手了。後來我才知道，特勤組裡有技術人員監聽到休勒的手機。史托亞有下令叫他們逮捕我，可是絕對不能打斷我講電話。

「他媽的，尤利安的逃跑使整個場面失控。我雖然依計畫回到閣樓假裝被法蘭克打趴在地上——其實是我逼他就範的——可是我手裡已經沒有可以威脅他的人質。法蘭克擔心我會開槍打死尤利安，只好照著劇本演戲。他自己的性命他反而沒那麼在意。所以他才會放膽攻擊我。你在浴室發現隱藏攝影機，讓我分心了一下子，那個毒蟲還真的拿起我的手槍，朝著我的肚子開了一槍。」

「真可惜沒有打中心臟，」我隔著電話啐他一口。

「喂，我說過了，那場鬧劇算是我不對。可是人生就是這麼回事。那就像是比賽一樣。你沒辦法一切都照著計畫走。到頭來會是什麼結局，都是各種意外在決定的。也正因為如此，你才會在那裡，不是嗎？噢，對了。佐巴赫。你現在會跑到那裡去，也是我設計的。」

這是米克．休洛科夫斯基這輩子對我說的最後一句話。他掛上電話。就這樣。我的懲罰結束了。

那個時候，在零下十四度的寒風裡，我躺在馬丁．路德醫院門口，以為他會繼續說下去，既覺得油盡燈竭而又興奮莫名。既為了尤利安的歷劫歸來而欣喜若狂，也因為法蘭克因我而死而黯然神傷。既為了受難者而嗒然若喪，也為了倖存者而鳧趨雀躍。

我感覺到好幾隻手對我拉拉扯扯，把我按壓在地上，反扭我的手臂。我感覺到有人在我身上搜索武器，以優勢警力逮捕我。

我不知道在那之前，我的脖子夾著早已經沒有聲音的手機，呆呆望著柏林的夜空，這樣持續了多久。

有時候我覺得，我和休勒的那通電話始終沒有中斷，我仍然不時會驀地發覺我在自言自語地和他講電話，威脅他說我一定會找到他宰了他，然而他，以及當時讓我心如刀割的一切事物，都已經煙消雲散了。

終章

數個月後。耶誕節。尤利安和我在裝飾耶誕樹。他其實還不到那個年紀，但是羅特醫師的治療對他助益頗大，而那些傷痛也把我們拉得更近，就像到地獄走一遭的戰場老兵一樣，再也沒有什麼事能把我們分開了。

門鈴響起。雅莉娜。她臉色蒼白。雖然她奇蹟般地倖免於難，然而直到現在，還是看得出她傷得有多麼重。當時救援部隊早就在外頭待命，槍聲一響，一直在警戒狀態的他們就強勢衝進伊莉絲的屋子。

約翰去找他在美國的親戚，雅莉娜不知道假期要去哪裡。我緊緊抱著她，湯湯則撲到我身上。

她送尤利安一個禮物。一張裝框的法蘭克的照片，醫師們到了最後一刻仍然不放棄他。**野火燒不盡，春風吹又生**，照片底下如是寫道，那是外科醫師在第三次急救手術成功後拍攝的照片。

我也有個禮物。也是一張照片，不過是黑白的，而且影像模糊不清。

超音波。

我已經淚流滿腮。那是我們僅有一次的兩情纏綿的夜晚，在我們救出那對雙胞胎之後，而幾個鐘頭之後，尤利安就被擄走了。伊莉絲那一刀之後的雙重奇蹟。尤利安看了那超音波照片，嘴唇邊也漾著微笑。

我們默默坐在擺上餐點的桌子，手牽著手，湯湯趴在我們腳邊，霎時間，我們不再覺得自己是一起歷經戰役而大難不死的老兵，而是一個共同成長的家庭的成員……

你們要聽我說的，就是這樣的結局嗎？那麼，去電影院吧。

在我的現實世界裡，沒有柔焦鏡頭。我的一生從來沒有遵守好萊塢的法則。真相是，過去九個月以來，我兒子沒有跟我說過一句話。我每天早上端麥片粥給他時，沒有一句「哈囉」，送他到學校的時候，也沒有一聲「再見」，他回家沒多久以後就復學了，雖然每天只上三個鐘頭。上課時間再長一點，他就沒辦法專心。

羅特醫師說他已經進步很多了，他的確不再吸吮大拇指，每兩個晚上才會尿床一次，可是在我的內心深處，我知道他為了法蘭克的死而一直不肯原諒我。尤利安被那個心理變態的混蛋關了好幾個星期，只有法蘭克和他在一起同生共死，而我卻害死了他。

也許羅特醫師是對的，尤利安總有一天會試著原諒我，可是我知道他永遠都沒辦法走出那陰影。每天夜裡我關燈前，都會在他的眼神裡看到這個陰影。那是一個老男人的眼神。

我的官司還在進行當中，感謝我那辯才無礙的律師，我才得以交保候傳。他希望法庭能夠理解我的懲罰已經夠多了。我的太太遇害，我的兒子得了創傷後壓力症，而雅莉娜從人為的昏迷醒來後，聽到醫師診斷說她再也沒辦法受孕，從此以後就不再理我了。我知道她為什麼離開我，但我卻不確定那是否就像約翰說的，只是暫時的離別。雖然刺她一刀而使她成為人母的願望破滅的人不是我，卻是我拖她下水，讓她至今仍然哀毀逾恆。

尤利安如此，我身邊所有和我親密的人亦復如此。

只有約翰還會偶爾打電話給我。他和我一樣，始終在問自己，在我們所能掌握的那幾個鐘頭裡，他是否能做點別的什麼，而不是偏偏跑去找伊莉絲。他告訴我說，雅莉娜不再工作，整天守在電腦前面，和網路上的自助團體廝混。他說她最近都在搜尋諸如「角膜緣」和「幹細胞移植」之類的關鍵詞。她的很多願望都幻滅了，只剩下一個重見光明的期盼，而顯然她一直極力壓抑著它。約翰說她覺得自己像是懷了強姦犯的孩子似的，這樣的念頭對她是很殘忍的二次傷害。一方面，她也想要一個沒有黑暗的生活。另一方面，她卻對給她這個夢想的始作俑者忿懣不已。約翰說我應該主動一點。他告訴我她平常在什麼時間會和湯湯一起去散步，而我真的有一次鼓起勇氣到公園遠遠地看著她。那是一個很寧靜的星期天，街上幾乎沒有車馬喧囂聲。她應該聽得到我在呼喚她的名字。可是如果她真的停下腳步，我該跟她說什麼呢？跟她說我很抱歉？跟她說我的律師認為我救了那麼多人，應該可以抵償我的過失？因為我遭受的懲罰夠多了，雅莉娜或任何人就應該原諒我嗎？

我想沒人會原諒我的。

因為到頭來，休勒說出一切真相。或許很不理性，可是我不能欺騙自己。我覺得自己沒有比他好到哪裡去。幾乎每個凶手都可以解釋他的犯案動機。為了他的民族的不幸而試圖報復攻擊的自殺炸彈客，在一家咖啡店前面炸死他自己，或者是一個瘋子為了告訴父親們要多關心自己的孩子一點，而擄走他們的孩子，甚或是蘇克，因為沉默的受害者的「不為協助罪」而「懲罰」她們，他們都認為自己是對的。這些凶手都覺得自己的犯行是有理由的，而他們在犯案的當下也一點罪惡感都沒有。我也是一樣，我以為自己是為了兒子的死而報仇，卻因此鑄成大錯。

你們不想看到這樣的結局？我活在人間煉獄裡，而休勒從科隆一家精神療養院脫逃，從此鴻飛冥冥？

你們或許希望結局不至於這麼悲慘，而根據醫師的評估，就算沒有我的介入，法蘭克還是救不回來？或者妮可拉其實根本沒有失去眼睛，蘇克只是造成她輕微的傷害，沒多久就可以康復，因為他後來改變主意，不想切除她的眼角膜了？

很抱歉讓你們失望了。我不是在寫好萊塢的劇本。

無論如何，妮可拉總算還活著，雖然她至今仍然無法解釋，為什麼雅莉娜知道最上層抽屜裡有武器，她才得以搶先伊莉絲一步開槍打死她。現在她回到漢堡和母親住在一起，她的傷口的復原狀況很理想，並且控告她父親強制性交罪和誘姦未成年少女。她的義眼做得唯妙唯肖，幾乎沒有人認得出來。

如果這麼說可以讓你們稍感寬慰的話——昨天我和尤利安一起去接受「動物治療」。羅特認為養一隻狗可能有治療效果，我兒子年紀太大了，動物玩偶已經沒辦法吸引他，可是他很需要有個寵愛的東西。我想不妨養一隻幼犬，拉不拉多或是大麥町，尤利安是因為有羅特醫師陪同，他才願意和我一起來的，而他的決定也讓我們很意外。他選擇了一隻黑老鼠。

我有點遲疑。這隻囓齒動物，象牙白的尾巴捲曲在我兒子的頸間，我從來沒有想過拿它來取代泰迪熊。

「你看尤利安讓牠在他手臂上爬來爬去的時候笑得多開心，」羅特對我說。的確，那是只有在幾週大的嬰兒臉上才看得到的天使笑容。不自覺的微笑，但總是好的開端。

「歲月會療癒所有傷痛，」羅特煞有介事地引用俗諺說，我正把老鼠連同籠子、草墊和飼料塞進車子後座。

「噢不，」我反駁他說：「歲月只會催人老。」

羅特沉吟半晌，彷彿不確定是否該讓我一個人回去。他在臨別時只跟我說：「你不該放棄希望，佐巴赫先生。你看看你兒子。想想他剛才在店裡溫柔的微笑，你就會明白：到頭來，善是不會消失的。它眼下或許被埋在他的心靈的礦坑深處。可是它就像被你按壓在水裡的足球一樣，總有一天，善還是會浮出水面的。」

那是六個鐘頭前的事。尤利安在回程中就已經替他的新朋友取了個名字。瓊斯先生睡在我們在潘考夫的新家的臥房裡，籠子就擺在他的床前。

如果有路人匆匆看我們家一眼，他應該會看到再平常不過的家庭景象：深夜裡，父親站在門前看著他正入睡的兒子。

這麼安詳。這麼正常。這麼不實在。

我不是很確定，或許瓊斯先生真的有撫慰的作用，儘管只是透過牠身上的氣味，摻雜著木頭、泥土和乾草的芬芳。我感覺到蓋上被子的尤利安呼吸平穩，可是從我在昏暗的樓梯間的角度看過去，或許說不得準。

我輕輕閤上門，就像每個夜晚一樣，我坐在起居室裡等候。

這些日子以來，我總會在沙發上坐一會兒，看看魔鬼們今晚會不會自行離去。

它們一如往常地不肯放過我們，我回到我兒子的房間，他又在做惡夢，不停地呼喊他媽媽的名字。

今晚我不由得想起羅特醫師的話。我真希望他是對的。善到頭來真的不會消失。

那麼惡呢？當我輕撫尤利安汗濕了的前額，而他哭著睜開眼睛時，我心裡很明白……

惡也一樣不會消失。

一個鐘頭後。尤利安終於又睡著，可是他還是在黑暗的夢裡不斷呻吟。我一直在他床邊守候，當我準備離開房間時，一陣窸窣聲讓我停下腳步。籠子裡的老鼠瞅著我看，彷彿要告訴我一個祕密。我打開門閂，伸手抓牠，牠出乎意外地沒有逃走。只是溫暖的毛皮底下的心臟撲通撲通跳得很厲害。

我把瓊斯先生放在我兒子旁邊的另一個枕頭上，他一動也不動，無助的睡姿讓我有點生氣。

於是我又伸手想把那隻動物抓回籠子裡，這時候我兒子睜開眼睛。他疲倦地眨一眨眼，看到瓊斯先生，對我點點頭。他微微張嘴，好像有什麼話要說。過了一會兒，我覺得我聽到他低聲說：「謝謝。」

或許那只是我的幻想，我心裡思忖著，過沒多久，我起身離開房間，輕輕把門帶上。

反正我已經不只一次欺騙自己了。

作者識

我在朗讀會時經常被問到一個問題：「你覺得寫這種小說的人是不是都是有點狂熱？」

我總是回答說：「那麼你覺得自己的狂熱很嚴重嗎？例如說花錢讀這樣的書。」不過我必須承認，讀者的懷疑是有道理的。一個既長得「活像貌不驚人的鈞特・姚賀」[4]（一個波茨坦的讀者的評語），又有著「小屁孩的髮型、紅潤的臉頰以及大蒜鼻子」的人（引自《週日世界報》〔*Welt am Sonntag*〕），怎麼會想到寫心理驚悚小說呢？

請容我以在學校裡的標準答案回答：「我不知道。」

我的確隱約知道我們為什麼喜歡在家裡沙發上以連續殺人犯和強姦犯的故事自娛；為什麼我們要在閒暇時探究人類心靈的深淵：因為我們需要一根避雷針。一個能疏導我們在現實世界恐懼的東西，我們可以在安穩的氛圍裡宣泄它們，讀完後把它們和小說一起放回書架上。不過這或許也只是一廂情願的想法，我們其實都有個必須去面對的黑暗面。我自己是透過寫作，你們則是透過閱讀。不管怎樣，在維也納最近的一場朗讀會上，一個心理學家對我說，我們都是好人。那些沒地方宣泄的人，也就是既不會閱讀也不會創作驚悚小說的人，以

4 譯按：鈞特・姚賀（Günther Jauch），德國知名電視節目主持人。

及所有自我壓抑的人，才是我們必須考慮到的對象。

在這個意義下，我要謝謝所有幫助我在《獵眼者》裡寫出人性的人。首先，我還是要謝謝作為讀者的你們。如果沒有你們，人們在書店裡或許會把我叫成「費里策先生」。在我收到無數的退稿信件裡，真的有一封信如此稱呼我，一直到二〇〇六年 Droemer Knaur 出版社給我一個機會，為此我要感謝社長 Hans-Peter Übles 以及我的第一個編輯 Andrea Müller。

另外，Carolin Graehl 和 Regine Weisbrod 也一直很照顧我（不是在精神醫學上，而是在編輯方面；兩者的區別很微妙），他們往往把我的手稿化腐朽為神奇而使我舌撟不下。當然下次他們最好只是在手稿上註記說「無可挑剔，直接付印」，但是這種善意的謊言當然只是有害無益。

我知道出版社裡有個人一直對我頗有微辭，因為我老是忘記他。在這裡我仍然只能感謝 Droemer 的整個團隊：Christian Tesch、Kerstin Reitze de la Maza、Theresa Schenkel、Konstanze Treber、Noomi Rohrbach、Susanne Klein、Monika Neudeck、Sibylle Dietzel、Iris Haas、Andrea Bauer、Andrea Heiß、Georg Regis、Andreas Thiele 以及 Katrin Englberger。

就像《集眼者》一樣，一群試讀者，或者更好說是「試聽者」，他們對這本書的評論使我獲益良多。Petra Klewes、Andrea Czech、Sahre Wippig、Uwe Röder、Niels Luithardt、Anke Mädler、Fanny Holz、Manja Werner 以及 Viktor Stamenovic，他們都很熟悉雅莉娜的世界，因為他們都是視障者。他們每個人都欣然回答我關於他們的生活的每個問題。另外我要特別感謝為我朗讀手稿的 Jenny Grulke。

除了上述的人們以外，也有很多人表示樂意試讀《獵眼者》。其中包括 Rainer Wileand 和 Thomas Zorbach，他們的評論使這本書增色不少，而我的經紀人 Roman Hocke，我每次都要向他致謝，因為如果沒有他，我就不會成為作家（於此要請版權代理公司 AVA-International 見諒）。說到這裡，我更要感謝 Claudia von Hornstein、Uwe Neumahr、Christine Ziehl、Claudia Bachmann、Patrick Hocke 以及 Marc Ryan Balthasar，他們替我重新架設新的首頁 www.sebastianfitzek.de。

除了書店和圖書館工作人員之外，這次我不再忘掉朗讀會以及推理小說展的主辦人員，他們經常在休假時間熱心工作，讓我以及其他作者得以朗讀自己的作品（當然大部分時間都是在瞎扯）。

在醫學的建議方面，我則大多數受惠自我的哥哥 Clemens，他是神經放射科醫師，另外還有我大嫂 Sabine，神經學家，他們兩個都很想改念漢學系或是別的科系，我才不會每年都突發奇想，纏著他們問一大堆莫名其妙的問題。想要探究本書談到的眼角膜移植問題的讀者，可以參閱：Robert Kurson, *Der Blinde, der wieder sehen lernte*。在此我借用 Harlan Coben 的話說：「本書如有任何錯誤，那都是上述專家的責任。我再也不想替他們揹黑鍋了。」

我還要謝謝 Sandra，妳不像我們的巴吉度獵犬莫莉，就算這本書討論到第十次修正稿，妳還是沒有睡著。妳的批評使《獵眼者》得以去蕪存菁（而且讓我更生氣，不過那是另一回事）。

我要感謝 Sabrina Rabow，她是個完美的媒體連絡人。如果你們要上電視或者見報，打電話給她就對了。可是如果你們沒事找她，那麼她就屬於我了。

我知道自己老是亂放電，所以 Zsolt Bács 才會一直不放過我。全德國沒有人比他更懂驚悚小說了，他一再給我許多很有幫助的點子，而且聽說他想把《孩子》（*Das Kind*）拍成電影。關於電影的訊息，請以「Das Kind」關鍵字搜尋 Facebook。

我的致謝名單中，也不會少了 Arno Müller、Thomas Koschwitz、Christian Meyer、Simon Jäger、Gerlinde Jänicke、Jochen Trus、Oliver Kalkofe、Sabine Hoffmann（我最尊敬的書評家）。另外還有 John Katzenbach，我要謝謝他的 Big Window 令人驚豔的餐點。我也要謝謝 Christoph Siemons，尤其是 Krypteria，她用《集眼者》為名寫了一首歌「The Eye Collector」，歌曲發表以後則反過來在這本書的結局方面給了我一個靈感。

這是我第一次可以謝謝我女兒 Charlotte，她以自然生產的方式在十月十日上午十時來到這個世界（我發誓！），我在用奶瓶餵奶的時候，她應該聽了我的許多故事。她甚至會咧著嘴開心地對我笑（只要奶嘴不掉下來的話），可是 Sandra 漸漸懷疑是否應該讓我和她獨處。（好主意！）

我要謝謝我父親，小時候他帶我到柏林附近的森林裡散步時，他不會跟我說童話故事，而是說了許多恐怖故事，像是殺人魔哈爾曼和他的斧頭。業餘的心理學家現在或許可以根據這個經驗來分析我。

接著我要感謝 Raschke 一家人，尤其是 Manuela，她是我的大腦，替我安排生活的大小事。每次我查看日程表，就會回想到：九點鐘：吸氣！九點兩秒：吐氣！

她的先生 Kalle 是我的好友，他的工作是虐待狂（健身教練），此外他也是德國拳擊冠軍，所以我把所有批評我的信件都轉寄給他。

不過你們不要因此就不敢寫信給我了。除了 fitzek@sebastianfitzek.de 以外，你們也可以到 Facebook、twitter、wkw、studivz 搜尋我的名字，以及所有的交友網站（我的暱稱是「Sollteeinwitzsein」）。

我有可能因為忙著新書巡迴發表、寫作，以及換尿布而延遲回信。可是我會儘速回信的。

我希望我們很快又會一起讀我的小說。

瑟巴斯提昂・費策克

柏林，花粉熱月（五月）

國家圖書館出版品預行編目資料

獵眼者 / 瑟巴斯提昂．費策克（Sebastian Fitzek）著 林宏濤 譯. -- 初版. -- 臺北市：商周出版, 城邦文化出版：家庭傳媒城邦分公司發行, 民106.1
面： 公分
譯自：Der Augenjäger
ISBN 978-986-477-172-1（平裝）
875.57　　105024257

獵眼者

原著書名 / Der Augenjäger
作　　者 / 瑟巴斯提昂．費策克（Sebastian Fitzek）
譯　　者 / 林宏濤
企畫選書 / 林宏濤
責任編輯 / 賴芊曄

版　　權 / 林心紅
行銷業務 / 李衍逸、黃崇華
總 編 輯 / 楊如玉
總 經 理 / 彭之琬
發 行 人 / 何飛鵬
法律顧問 / 台英國際商務法律事務所　羅明通律師
出　　版 / 商周出版
城邦文化事業股份有限公司
台北市中山區民生東路二段141號9樓
電話：(02) 2500-7008 傳眞：(02) 2500-7759
E-mail：bwp.service@cite.com.tw
Blog：http://bwp25007008.pixnet.net/blog
發　　行 / 英屬蓋曼群島商家庭傳媒股份有限公司城邦分公司
台北市中山區民生東路二段141號2樓
書虫客服服務專線：02-25007718．02-25007719
24小時傳眞服務：02-25001990．02-25001991
服務時間：週一至週五09:30-12:00．13:30-17:00
郵撥帳號：19863813　戶名：書虫股份有限公司
讀者服務信箱E-mail：service@readingclub.com.tw
歡迎光臨城邦讀書花園　網址：www.cite.com.tw
香港發行所 / 城邦（香港）出版集團有限公司
香港灣仔駱克道193號東超商業中心1樓
電話：(852) 25086231　傳眞：(852) 25789337
馬新發行所 / 城邦(馬新)出版集團 Cité (M) Sdn. Bhd.
41, Jalan Radin Anum, Bandar Baru Sri Petaling,
57000 Kuala Lumpur, Malaysia
電話：(603)90578822　傳眞：(603) 90576622

封面設計 / 黃聖文
排　　版 / 新鑫電腦排版工作室
印　　刷 / 韋懋印刷事業有限公司
總 經 銷 / 聯合發行股份有限公司
電話：(02) 29178022　傳眞：(02) 29110053

■2017年（民106）1月初版
定價 380元

Printed in Taiwan
城邦讀書花園
www.cite.com.tw

ISBN 978-986-477-172-1

廣　告　回
北區郵政管理登記
台北廣字第000791
郵資已付，免貼郵

104台北市民生東路二段141號2樓

英屬蓋曼群島商家庭傳媒股份有限公司　城邦分公司

請沿虛線對摺，謝謝！

書號：BL5075	**書名：**獵眼者	**編碼：**

請於此處用膠水黏貼

讀者回函卡

感謝您購買我們出版的書籍！請費心填寫此回函卡，我們將不定期寄上城邦集團最新的出版訊息。

不定期好禮相贈！
立即加入：商周出版
Facebook 粉絲團

姓名：＿＿＿＿＿＿＿＿＿＿ 性別：☐男 ☐女

生日：西元＿＿＿＿年＿＿＿＿月＿＿＿＿日

地址：＿＿＿＿＿＿＿＿＿＿

聯絡電話：＿＿＿＿＿＿＿＿ 傳真：＿＿＿＿＿＿＿＿

E-mail ：

學歷：☐ 1. 小學 ☐ 2. 國中 ☐ 3. 高中 ☐ 4. 大學 ☐ 5. 研究所以上

職業：☐ 1. 學生 ☐ 2. 軍公教 ☐ 3. 服務 ☐ 4. 金融 ☐ 5. 製造 ☐ 6. 資訊
☐ 7. 傳播 ☐ 8. 自由業 ☐ 9. 農漁牧 ☐ 10. 家管 ☐ 11. 退休
☐ 12. 其他＿＿＿＿＿＿＿＿

您從何種方式得知本書消息？

☐ 1. 書店 ☐ 2. 網路 ☐ 3. 報紙 ☐ 4. 雜誌 ☐ 5. 廣播 ☐ 6. 電視
☐ 7. 親友推薦 ☐ 8. 其他＿＿＿＿＿＿＿＿

您通常以何種方式購書？

☐ 1. 書店 ☐ 2. 網路 ☐ 3. 傳真訂購 ☐ 4. 郵局劃撥 ☐ 5. 其他＿＿＿＿

您喜歡閱讀那些類別的書籍？

☐ 1. 財經商業 ☐ 2. 自然科學 ☐ 3. 歷史 ☐ 4. 法律 ☐ 5. 文學
☐ 6. 休閒旅遊 ☐ 7. 小說 ☐ 8. 人物傳記 ☐ 9. 生活、勵志 ☐ 10. 其他

對我們的建議：＿＿＿＿＿＿＿＿＿＿

【為提供訂購、行銷、客戶管理或其他合於營業登記項目或章程所定業務之目的，城邦出版人集團（即英屬蓋曼群島商家庭傳媒（股）公司城邦分公司、城邦文化事業（股）公司），於本集團之營運期間及地區內，將以電郵、傳真、電話、簡訊、郵寄或其他公告方式利用您提供之資料（資料類別：C001、C002、C003、C011 等）。利用對象除本集團外，亦可能包括相關服務的協力機構。如您有依個資法第三條或其他需服務之處，得致電本公司客服中心電話 02-25007718 請求協助。相關資料如為非必要項目，不提供亦不影響您的權益。】

1.C001 辨識個人者：如消費者之姓名、地址、電話、電子郵件等資訊。
2.C002 辨識財務者：如信用卡或轉帳帳戶資訊。
3.C003 政府資料中之辨識者：如身分證字號或護照號碼（外國人）。
4.C011 個人描述：如性別、國籍、出生年月日。

請於此處用膠水黏貼